幕末　開陽丸

徳川海軍最後の戦い

安部龍太郎

角川文庫
18901

目次

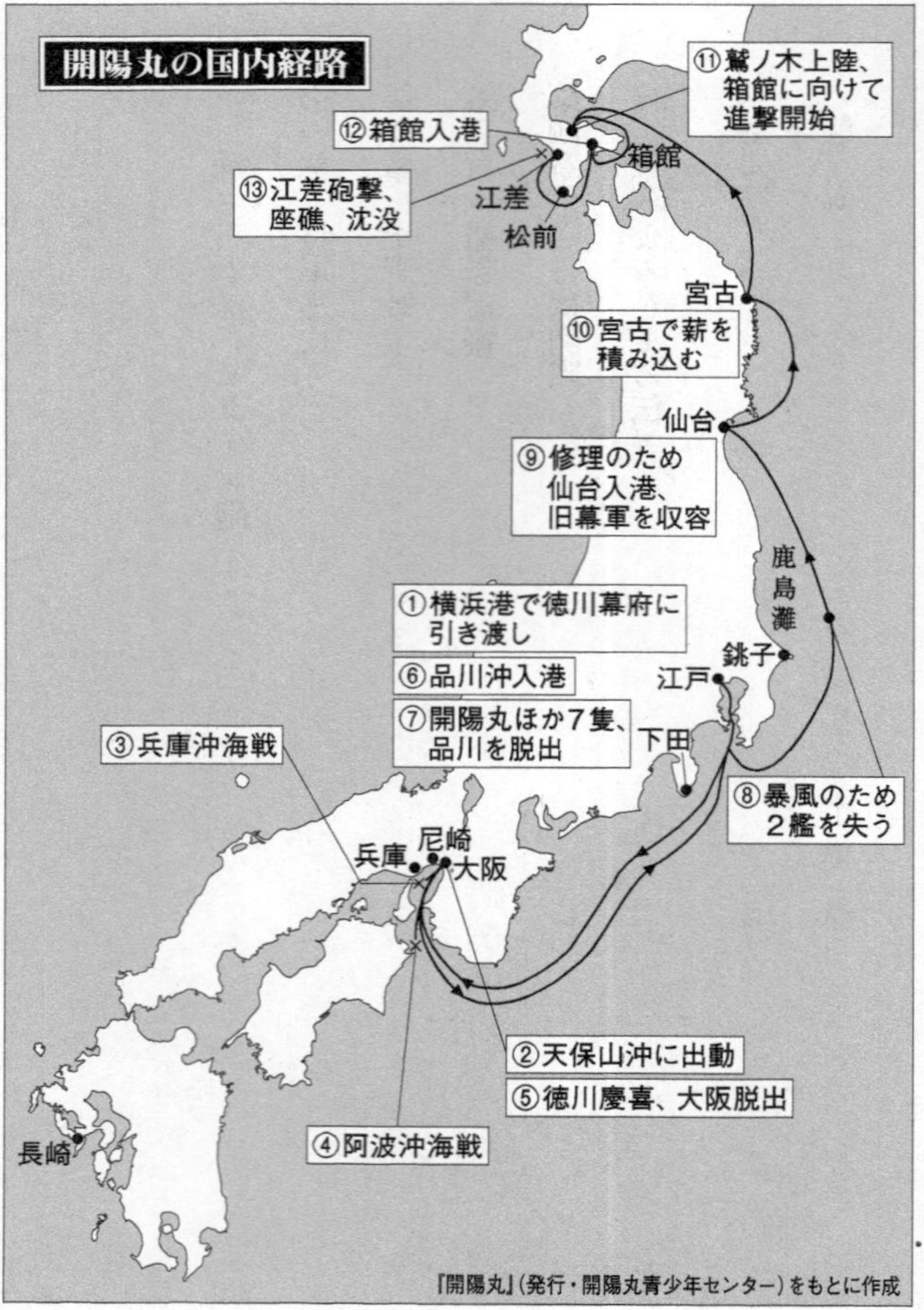
開陽丸の国内経路
⑪鷲ノ木上陸、
箱館に向けて
進撃開始
⑫箱館入港
箱館
⑬江差砲撃、
座礁、沈没
江差
松前
宮古
⑩宮古で薪を
積み込む
仙台
⑨修理のため
仙台入港、
旧幕軍を収容
鹿島灘
①横浜港で徳川幕府に
引き渡し
⑥品川沖入港
⑦開陽丸ほか7隻、
品川を脱出
銚子
江戸
下田
③兵庫沖海戦
⑧暴風のため
2艦を失う
尼崎
兵庫
大阪
②天保山沖に出動
⑤徳川慶喜、大阪脱出
長崎
④阿波沖海戦
『開陽丸』(発行・開陽丸青少年センター)をもとに作成

序章　三十ポンドカノン砲

江差《えさし》は日本海に面した港町である。渡島《おしま》半島の南西部に位置し、海岸段丘にへばりつくように町が広がっているために、海からの風をまともに受ける。

風速八メートル以上の風が吹く日が、年間二百日以上にも及ぶというから尋常ではないが、天はこの苛烈《かれつ》な土地にひとつの贈り物をした。

鴎《かもめ》が翼を広げたような形をした島を、西風をさえぎる位置に配したのである。この鴎島《かもめじま》が風よけとなり、江差は天然の良港として江戸時代から発展してきた。

ニシン漁が盛んな頃には、北前船《きたまえぶね》が大挙して買い付けに入港し、「江差の五月は江《え》戸《ど》にもない」と言われるほどの活況を呈した。

江差は伝説の町でもある。

沖合には明治元（一八六八）年の箱館《はこだて》戦争の頃に沈んだ開陽丸《かいようまる》が眠っている。

その船に乗って北海道まで渡り、あえなく散った者たちのことは、今も心からの同情と深い敬愛の念をもって語り継がれている。

そうした熱意が、ひとつの奇跡を成し遂げた。海底に沈んで朽ち果てたと思われていた開陽丸を発見し、政府や道庁を動かして引き上げ作業にこぎつけたのである。

船はすでに残骸《ざんがい》と化していたが、十年にもわたる作業の結果、三万数千点にも及ぶ遺物が引き上げられた。

中でもハイライトは、昭和五十（一九七五）年六月十八日に行なわれた大砲の引き上げだった。

あいにくこの日は朝から土砂降りの雨だったが、港のまわりには町の内外から数千人が集まり、世紀の一瞬を固唾《かたず》を呑《の》んで見守っていた。

その中に、南雲《なぐも》さわの小柄な姿もあった。

八十歳ちかい老婆で、顔は赤黒く陽にやけ、手の指は固く節くれ立っている。江差から三十キロほど北に離れた山間の開拓村で、働きづめに働いてきた指である。

それでも年の割には背筋が真っ直ぐに伸び、丸くつぶらな瞳《ひとみ》は黒真珠のように生き生きとした光を放っていた。

さわが育った開拓村は、かつては四十戸ほどの集落だったが、日本が高度経済成長期をむかえた頃から過疎化が進み、今ではたった五軒となっている。

しかも残ったのは老夫婦か一人暮らしの老人ばかりで、自動車の運転を出来る者は一人もいない。

江差に行くには谷川ぞいの道を八キロも下り、国道二百二十九号線まで出て、日に三回しか通らないバスに乗らなければならない。

それでもさわが大砲の引き上げを見物に来たのは、子供の頃祖母の富子《とみこ》から聞いた話が今でも耳に残っていたからである。

「江差の沖には、開陽丸という大《お》っきい船が沈んでおってな。それはそれは立派な軍艦だったんだよ」

富子は幼いさわを寝かし付ける時に、よくそんな話をしたものだ。

その船はオランダで作られ、三本の帆柱《マスト》に真っ白な帆をかかげていた。

船の両側には二十六門もの大砲を積み、何キロも先まで弾を飛ばすことが出来た。

「その大砲を撃つ時には、耳がつぶれるほどの音がしてねえ。大きな船がぐらぐら揺れたものだったよ」

深い雪に閉ざされた家の寝床で、夢見るような眼差をして物語ったものだ。

「お婆《ばあ》は、なしてそったら詳しく分かってるんかね」

さわは一度そうたずねたことがある。

「その船に乗ったことがあるからさ」

「本当さ。開陽丸の艦長だった沢《さわ》さんは、私の許婚者《いいひと》だったんだもの。お前の名前も、あの人からいただいたものなんだよ」

「お婆、嘘だべ」

「そしたら、なして一緒にならなかったのさ」

「徳川《とくがわ》さまがつぶれて、何もかも変わっちまったからさ。この世の中には、子供には分からない事がたくさんあるもんなんだよ」

　富子はその頃七十歳に近かったはずである。

それでもあごが尖《とが》り鼻筋が細く通った顔は、さわの目から見ても美しく気品があった。

江戸の育ちとかで言葉にもなまりがなく、山奥の開拓村に生きながら不粋なことが嫌いだった。草創期の村にたった一人で入り、婿を取って南雲の姓を守り抜いたという気丈な人でもある。

そのために村では偏屈者のように思われていたが、さわは富子の話を聞くのが好きだった。

　こんな山奥の村に住んでいる祖母にもそんな華やかな時代があったのなら、自分の人生にも何か素晴らしいことが待ち受けているにちがいない。

そう思えて胸がはずんでくるからだ。

富子が死んだのは、さわが七歳の頃である。

旅立つ前夜には湯で体を洗い、白帷子《しろかたびら》に着替え、翌朝眠るように息を引き取っていた。

その手に真鍮《しんちゅう》の根付けをしっかりと握りしめていたことを、さわは今でも覚えている。

親たちが富子の遺体を棺《ひつぎ》に納めようとした時、親指くらいの大きさの根付けが手からぽろりとこぼれたからだ。

誰もその由来を知らなかったが、余程大切なものだろうと察して棺とともに葬ることにした。

さわはすでに富子が死んだ年をいくつも超えているが、あのように覚悟の定まった死に方は出来まいと思う。

老い先短くなるにつれて富子のことがしきりに思い出されるだけに、開陽丸が引き上げられると聞いて矢も楯《たて》もたまらず江差にやって来たのだった。

雨は降りつづいている。

鉛色の雨雲が低くたれこめ、大粒の雨が真っ直ぐに降り落ちてくる。

船は岸から三百メートルほどの所に沈んでいるらしく、沖にはクレーン船が出てワイヤーロープを垂れている。

ロープの周りでは、潜水具をつけた数人のダイバーが交互にもぐって作業をつづけているが、事は簡単には運ばないようである。

「百年以上も沈んどったもんやけね。海の底で腐っとるさね」

黒いこうもり傘をさした老人が、誰にともなくつぶやいた。

傘から飛び散る雨のしずくが、さわの肩を濡《ぬ》らしている。

だがそのことよりも、さわには老人のしたり顔した物言いの方が不愉快だった。

午後三時、ダイバーから合図の声が上がり、クレーン船の巻揚機《ウインチ》が静かに回り始めた。

巨大な獲物を取り逃がすまいとするように、ワイヤーロープが慎重に巻き上げられていく。

さわは思わず両手を握りしめた。

節くれ立った小さな手を握りしめ、息を詰めてワイヤーロープを見つめた。

群集も静まりかえっている。

岸に打ち寄せる波の音と、傘を叩《たた》く雨の音だけがあたりを包んでいる。

その音をきいているうちに、さわは自分も今海の底にいて、ウィンチのカタカタという音とともに引き上げられているような気がしてきた。

「それはそれは立派な軍艦だったんだよ」

夢見るように語る祖母の声が、耳の底でよみがえった。

急に起こったどよめきに、さわははっと我に返った。灰色の水面から、開陽丸の大砲が姿を現わしていた。巨大な大砲がワイヤーでゆっくりと吊《つ》り上げられていく。長さ二・四メートル、重さ一・六八トン、口径十六センチの三十ポンドカノン砲が、百七年ぶりに日の目を見たのである。

だが、それはさわが予想していたものとはまったく違っていた。大砲の表面には石や貝殻がびっしりと張り付き、海藻までが生い茂り、岩でも引き上げたようにしか見えなかった。

こうもり傘の老人が言ったように、百年以上も海の底に沈んでいたのだからそうなるのは当たり前である。

だがさわは少女の頃の夢のままに、ぴかぴかの大砲が引き上げられるとばかり思っていただけに、ひどく失望した。

富子が夜ごとに語ってくれた物語までが色褪《いろあ》せていくようで、何やらこの世の中が憎らしくさえなってきた。

第一章　将軍逃亡

一

空は晴れわたっていた。

北西からの風が強く、海は白く波立っているが、帆走するには絶好の日よりである。

開陽丸副艦長の沢太郎左衛門《たろうざえもん》は、甲板《デツキ》の艦橋《ブリツジ》に立ってあたりを見回した。

開港なったばかりの兵庫港には、フランス、イギリス、アメリカの軍艦や商船が停泊している。

開陽丸を旗艦とする徳川艦隊五隻は、これらの船を監視するために縦列の陣形を取り、港の沖に錨《いかり》を下ろしていた。

己れの理解を超えた速さで世の中が移り変わることに、太郎左衛門は苛立《いらだ》っている。

士官室を出てブリッジに立ったのは、冷たい風に当たって頭を冷やすためだった。

彼が六年にわたるオランダ留学から戻ったのは、この年慶応三（一八六七）年三月二十六日のことである。

海防の強化を急ぐ幕府が、六十五万ドルの巨費を投じてオランダに発注した開陽丸に乗っての華々しい帰国だったが、それから七ヵ月後には幕府は朝廷に大政を奉還し、徳川幕府は二百六十余年にして幕を閉じた。

しかも十二月九日には王政復古の大号令が下され、徳川家についての処遇が朝廷において話し合われている。

上洛中《じょうらく》だった徳川慶喜《よしのぶ》は二条城《にじょう》を追われ、十二月十二日に大坂城《おおさか》に入って朝廷の決定を待っていた。

オランダ留学中に西欧諸国の事情をつぶさに見てきただけに、日本がこのままでは立ちゆかないことは太郎左衛門にも分かっている。

将軍や幕府の要人たちが大政奉還を決断したのも、朝廷を中心とした挙国一致の体制を作らなければ国が保てないと考えたからだ。

それなのにこの機に乗じて徳川家から封を奪おうとする薩摩《さつま》や長州《ちょうしゅう》のやり方は、断じて許せなかった。

「沢君、そこにいたのか」

榎本武揚《えのもとたけあき》がデッキに立ち、まぶし気にブリッジを見上げた。

「少し風に当たりたくてね」

「何か良い思案でも浮かんだか」

髭《ひげ》をたくわえ始めた口元に、いたずらっぽい笑みを浮かべている。

何か面白いことを思いついた時の榎本の癖だった。

「君こそ、何やら名案があるようだね」

「せっかくの順風だ。紀淡《きたん》海峡あたりまで操練に出ようじゃないか」

「それなら砲術の演習もしたいものだな」

「そう言うだろうと思って、司令官の許可は取ってある。ただし空砲だよ」

「分かった。すぐ行く」

太郎左衛門は急に活気づいてデッキに下りた。

二人は幕府が築地《つきじ》に設立した軍艦操練所以来の親友で、オランダ留学中にも苦楽を共にした仲だった。

太郎左衛門は三十四歳で、武揚よりふたつ年上である。

背がすらりと高く、面長の顔は芝居の女形《おやま》さえ及ばないほど優しげに整っている。

神田《かんだ》の撃剣館《げきけんかん》で神道無念流《しんとうむねんりゅう》を学び、免許皆伝を許されたほどの達人だが、日頃はめったに声を荒らげることはない。

専門は砲術で、若くして蘭学を修め、二十七歳で軍艦操練所の砲術教授方に任命さ

である。

れ、榎本武揚は、肩幅の広いがっしりとした体付きの硬骨漢だった。

太郎左衛門のように剣の心得はないが、気性が真っ直ぐで、不義に対しては体を張って立ち向かっていく。

江戸っ子らしいからりとした気性で、誰からも慕われる親分肌の男である。

専門は航海術と機関学で、軍艦操練所では御軍艦操練教授に登用された。

この頃から榎本は出世において太郎左衛門より一歩先んじていて、開陽丸で江戸を出航する時には艦長に任じられて従五位下《じゅごいのげ》和泉守《いずみのかみ》をたまわった。

だが二人は莫逆《ばくげき》の友である。

身分などには関わりなく、君、ぼくと呼び合う闊達《かったつ》な付き合いをつづけていたのだった。

開陽丸が錨を上げたのは、操練と決してから三十分後のことだった。

「総員、持ち場へ」

伝声管を通じて榎本艦長の命令が伝わると、二百四十八名の乗組員が一斉に持ち場についた。

「錨、上げ」

「よう候《そろ》」

「主帆、前帆とも下帆《コース》を開け」

「よう候」

「面舵《おもかじ》一杯」

榎本の矢継ぎ早な指示に従って、水兵たちが巻揚機《ウインチ》で錨を巻き上げ、檣《マスト》に登って帆を開く。

コースに北西の風をはらんだ開陽丸は、船首を右に向けて兵庫港監視の隊列から離れ、南へ向けて走り出した。

美しい船である。

全長七十二・八メートルの船体は黒く染められ、片側に十三門ずつの大砲を装備している。デッキには三本のマストが立ち、主帆と前帆は高さ四十数メートルにも及ぶ。排水トン数二千五百九十トン。補助エンジンとして四百馬力の蒸気機関を搭載し、最大速力十二ノット（時速約二十二キロ）を記録する。

アメリカのペリー提督が外輪式の蒸気船で浦賀《うらが》に来航して以来十五年目にして、幕府はスクリュー式の最新鋭艦を入手したのだった。

真っ白な帆に順風をはらんだ開陽丸は、さざ波の立つ青い海を滑るように進んでい。

「エンジン点火、作動用意」

榎本が伝声管に向かって叫んだ。

この風なら帆走だけでも充分だが、汽走も試してみる気になったらしい。

「たまには熱くしないと、四百馬力が夜泣きするんでね」

例の笑みを浮かべて太郎左衛門をふり返った。

真新しいコート型の軍服と海軍帽がよく似合っている。

胸にV字様の金ボタンをあしらったデザインは、榎本自身が考案したものだ。

太郎左衛門も同じ服を着ていたが、腰のベルトには一尺八寸の脇差し備前兼光《びぜんかねみつ》をはいている。何とも無恰好《ぶかっこう》だと榎本は笑うが、年少の頃から剣の修行に打ち込んできただけに、これがないと落ち着かないのである。

「エンジン用意、よう候」

伝声管から応答があるまで、しばしの間があった。

蒸気機関を動かすには相当量の火力が必要なのだ。

「エンジン作動、全力全開」

開陽丸のスクリューは二枚羽根である。ギアを入れてエンジンの回転を伝えると、二枚羽根が水を推す感触がデッキにまで伝わり、船の速度はぐんと上がった。

後ろのマストにかかげた日の丸の旗が、音をたててはためいている。

船は大坂湾を南西に進み、淡路島《あわじしま》の山々をのぞみながら紀淡海峡にさしかかった。

ここから進路を北東にとり、友ヶ島《ともしま》の沖で停止した。

島の北方五百メートルほどの所に無人の小島がある。

「距離はおよそ千五百だ。あれが良かろう」

双眼鏡で目標を確認した太郎左衛門は、砲術士官の上原七郎《うえはらしちろう》に砲撃の仕度にかかるように命じた。

「副長、仕度はすべて整っております」

上原が直立の姿勢で答えた。

軍艦操練所以来の教え子で、二十二歳になる気鋭の若者である。太郎左衛門が開陽丸の副長に任じられたことを知ると、幕府に直訴して砲術士官として乗船したのだった。

階下の砲床《ガンデッキ》に下りると、船の左右に二十六門の大砲が並び、一門に四人ずつの砲手が配されていた。

クルップ社製の十六センチ施条砲が十八門、三十ポンドカノン砲八門である。

クルップ砲の長さは三・三五メートルもあるだけに、幅十三メートルの開陽丸の両側に据えると、中央の通路の幅は五メートルほどしか取れなくなる。

その狭い通路で百四人の砲手が作業に当たるだけに、余程操練をつんでいないと実戦の時に素早い砲撃が出来ないのだった。

「目標、右舷《うげん》前方。弾込め始め」

太郎左衛門の号令一下、砲手たちは大砲の台車を固定したロープをはずし、重さ二・八トンもある大砲を引き出し、砲口から火薬を装塡《そうてん》し、砲撃の反動で台車が下がらないように再びしっかりとロープで固定する。

実戦の時には二十四キロもある砲弾を込めるのだが、操練では弾を砲口まで運ぶだけだった。

「右一番、よう候」

「右二番、よう候」

右舷から次々に弾込め完了の声が上がった。

番号は船首からふってあり、最後尾が十三番である。

「左一番、よう候」

「左三番、よう候」

やや遅れて左舷《さげん》から完了の声が上がった。

「上原君、射度は出たか」

「距離千五百ならば、クルップ砲二・五度、カノン砲七度です」

上原が弾道表を見ながら答えた。

クルップ砲は、砲身に螺旋《らせん》状の溝をつけ、先の尖《とが》った砲弾を回転させながら飛ばすので、最大射程は三千九百八十メートルにも及ぶ。

無施条で円弾を飛ばすカノン砲でさえ、二千七百メートルの射程距離がある。

これはクルップ砲が四・五度、カノン砲が十一度の発射角度で撃った場合の飛距離で、目標が近ければ発射角度を下げる必要がある。

この角度と飛距離の関係を記したものが弾道表だった。

「射度、クルップ砲二・五度。カノン砲七度」

砲兵たちが大砲の側面についた象限儀《しょうげんぎ》で角度を正確に合わせていく。

照準は砲の中ほどについた照準器で定める。

「右一番より、連続撃ち方、かかれ」

耳をつん裂くばかりの爆発音をたてて右一番砲が火を噴いた。

二番、三番とそれにつづく。

実弾は込めていないものの、砲撃の反動で開陽丸が揺れ動き、青い煙と硫黄《いおう》の臭いがガンデッキに充満した。

右舷の十三番まで撃つと、船は取舵《とりかじ》を切って反転し、左舷を小島の方に向ける。

「左十三番より、連射」

左舷の十三門が相ついで火を噴き、砲術操練は無事に終わった。

「どうだ。胸のつかえが下りたろう」

デッキに上がると、榎本が歩み寄ってきた。

「駄目だ。やはり実弾射撃をしなければ、本当の操練にはならない」

「何しろ一発二十両もする弾だからな。司令官もなかなか首を縦にふらんのだ」

「実射してみなければ、弾道表が正しいかどうかも分からん。何とも心許《こころもと》ない話じゃないか」

「そう言うな。そのうち存分に腕をふるう機会があるさ」

「状況はよほど悪いのか」

「薩長《さっちょう》の輩《やから》は幼帝を戴き、大樹に内大臣の辞官と封地返上を迫っている。大樹も土佐《とさ》の山内《やまうち》侯や越前《えちぜん》の松平《まつだいら》侯と巻き返しをはかっておられるがね」

大樹とは将軍のことである。徳川十五代将軍はすでに大政を奉還して将軍職を辞していたが、旧幕臣の間ではいまだに大樹と呼ばれていた。

「いずれにしろ、もうじき結着がつくだろう。帰りに大坂城に寄って、矢田堀《やたぼり》司令官の指示をあおぐつもりだ」

その日の夕方、開陽丸は大坂の天保山《てんぽうざん》沖に錨《いかり》を下ろした。

榎本は艦の指揮を太郎左衛門に任せ、数名の部下とともに漕艇《カッター》で上陸していった。

翌十二月二十七日の昼過ぎ、榎本武揚は上機嫌で艦に戻ってきた。

「沢君、喜べ。事は大樹の望まれた通りに運ぶことになったぞ」

太郎左衛門の部屋のドアを開けるなり、ワインのボトルを高々と差し上げた。

すでにどこかで飲んできたらしく、顔が赤く酒臭い息をしていた。

「こいつで祝杯を上げようではないか。ここでいいかね。それともぼくの部屋にしようか」

ワインは「グルオ・ラ・ローズ」の一八四八年ものである。

オランダのドルトレヒト市で買い求めた榎本秘蔵の逸品だった。

開陽丸進水式の祝賀パーティで口にして以来、榎本はこのワインの虜《とりこ》になっている。

それを開けるとは、余程嬉《うれ》しいことがあったに違いなかった。

「飲むのはここで構わぬが、本当にいいのかね。後で宝物をどぶに捨てたと言われたんじゃ、寝覚めが悪いからなあ」

「いいともいいとも。こんな日に開けられてこそ、このワインも東洋の果てまでやって来た甲斐《かい》があるというものだ」

太郎左衛門が並べた真鍮《しんちゅう》のコップに、榎本は惜しげもなくワインを注いだ。

だがワインはドルトレヒトで飲んだ時のように旨《うま》くはなかった。

日本に運ぶまでの温度管理が悪かったからだ。

慶応二年十月二十五日（西暦一八六六年十二月一日）にオランダを出港した開陽丸

のリオ・デ・ジャネイロに寄港し、アフリカの喜望峰《きぼうほう》を回り、翌年の（西暦四月三十日）に横浜に着いた。の間に赤道直下を二度も通ったために、熱気に当たってワインの質が変わったのである。

そんなこととは知らない榎本は、傍《はた》で見るのも気の毒なほど落胆してワインのラベルを何度も読み返した。

「おかしいな。偽物をつかまされたはずはないんだが」

「いいではないか。それより大坂城で何があったか話してくれ」

「大樹の知謀が、薩長の奸計《かんけい》を打ち砕いたのさ」

榎本が苦いワインを飲み干して語ったのは、次のような事だった。

十二月九日、朝廷は王政復古の大号令を下した。徳川家からの大政奉還を受け、以後は天皇が中心となってこの国を司《つかさど》っていくと宣言したのである。

この時、徳川慶喜の内大臣職と四百万石の所領をどうするかが問題となった。すでに討幕の方針を固めていた薩長や岩倉具視《いわくらともみ》は、恭順の証《あかし》として官位と封地を返上するよう慶喜に命じるべきだと主張した。

これに対して土佐の山内容堂《ようどう》と越前の松平春嶽《しゅんがく》は、この国を二百六十余年の間大過なく治めてきたのは徳川幕府の功績だと反論し、封地の返上も朝廷の経費を賄うための範囲に限定し、諸大名にも石高に応じて分担させるように求めた。

両者の争いの背後には、尊皇討幕派と公議政体派の対立があった。

薩摩や長州は幕府を討って国体を一新し、政治の権限を新政府に集中しなければ、欧米列強に対抗できるような国造りはできないと考えていた。

これに対して山内容堂ら公議政体派は、欧米の議会のように上院と下院を設置し、日本が取るべき政策を公議によって決するべきだと主張していた。

両者の争いは王政復古の大号令が発せられ、新政府が発足したことで決着がついたかに見えたが、山内容堂や松平春嶽は猛烈な巻き返し工作に出た。

徳川譜代の大名ばかりか、阿波《あわ》や筑前《ちくぜん》、肥後《ひご》など外様《とざま》大名十八藩を身方につけて朝廷に圧力をかけたのである。

その結果朝廷は、徳川家の封地返上は諸大名の会議によって定め、他の大名家にも朝廷経費の負担を求めると発表した。

つまり徳川家の封地返上は懲罰的なものではなく、諸大名一律の経費負担の一環とされたのだ。

公議政体派の勝利ともいうべきこの決定をたずさえて、容堂と春嶽が大坂城の徳川喜を訪ねたのが昨日のことである。

武揚はその直後に喜びにわく大坂城に入り、慶喜から直《じか》にねぎらいの盃《さかずき》を受けてきたのだった。

「その酒が、ついさっきまで残っていたというわけか」

太郎左衛門もワインを口にした。

まずい。ドルトレヒトの祝賀パーティで飲んだ時のふくよかな香りと深い味わいは完全に消え失せ、苦さと渋さと下品なアルコール臭ばかりが残っている。

それでも顔もしかめずに泰然と飲み干したのは、榎本の無念を察してのことだった。

「いや、実は今朝も少し飲んできた」

榎本が面目なげに白状した。

「矢田堀司令官を訪ねて、今後の指示をあおいできたのだ。その折もねぎらいの盃を頂戴したというわけさ」

「司令官は何と申された」

「兵庫港の開港が何の混乱もなく行なわれたのは、ひとえに我が徳川艦隊の働きの賜物である。大樹も司令官もそう申されたよ。これで徳川家の安泰と祖国変革の道が同時に開かれたのだ。こんな日に飲まずにいろというのは無体な話だろう」

「よし。それならぼくも飲もう。みんなを集めて祝盃《しゅくはい》を上げようじゃないか」

「君ならそう言うだろうと思ってね。仕度にかかるように命じたところだ。来れ友だち、はれやかにだ」

祝いの酒宴は開陽丸のデッキで行なわれた。

長さ七十三メートル、幅十三メートルもある船だけに、乗員三百四十八名全員が集まっても楽に座れるほどである。

主檣《メインマスト》から船首に向けてわずかに上《のぼ》り勾配《こうばい》のあるデッキには、一斗樽《いっとだる》七つがすえられていた。榎本が大坂市中で買い込んできたものだ。

乗員たちはそれぞれの持ち場ごとに酒樽《さかだる》を囲み、車座になって座り込んでいる。

「諸君、この酒は大樹からの御下賜金で買い求めたものだ。すなわち諸君ら一人一人の勲《いさおし》の証である」

榎本がブリッジに立って声を張り上げた。

この男は人の心をつかむのが実にうまい。

真っ正直な熱血漢だけに、大げさなことを言っても少しも嫌味がないのである。

「このたび朝廷では、大樹のご意向をすべてお認めになった。公議政体派は勝利し、薩長の奸計は打ち砕かれた。我らも開陽丸にあって、勝利に大きく貢献したのだ。この誇りと歓びを胸に、新しい日本の創造に邁進《まいしん》しようではないか。今日はその門出だ。大いに飲もう」

全員が真鍮のコップについだ酒を高々とかかげ、乾杯の声を上げて飲み干した。

この一月あまりもやもやとした日がつづいていただけに、誰の顔にもあふれんばかりの歓びがあった。

「副長、祝砲でも撃ちましょうか」

上原七郎がそう申し出た。クルップ砲を盛大に撃って、歓びを爆発させたいのである。

「それはやめておけ。大坂市中でどんな騒動になるか分からないからね」

祝砲の習慣はまだ日本には、定着していない。

大坂市中の者たちが、戦争が始まったと早とちりしかねなかった。

「そのかわり満艦飾にしたらどうだ。その方が祝宴にふさわしいだろう」

「そいつはいい。さすがは沢君だ」

側であぐらをかいていた榎本が、すかさず提案に飛びついた。

操帆手たちが素早く三本のマストに登り、色とりどりの国旗をつけたロープを張り渡した。中でも日の丸と徳川家の葵《あおい》の御旗《みはた》はひときわ大きく鮮やかだった。

満艦飾の下で酒宴は夕方までつづき、全員が肩を組んで開陽丸進水祝歌を合唱した。

開陽丸がドルトレヒトのヒップス造船所で進水式を行なった時、オランダ人の関係者が作ってくれたものである。

〽来れ友だち　はれやかに

今しも宴《えん》は開かれぬ
ヒップスの友が日本の
ためにつくりし美《うま》し船
〽来れ友だち　いざ歌へ
若き日本のそが為に
やよとこしへに記憶せん
かくも楽しき今日の日を
〽来れ友だち　もろ共に
力の限り朗《おほら》かに
盃乾《ほ》して祈らなむ
わが日本の友のため

この歌を歌うと、太郎左衛門は泣けてくる。苦しかった留学時代と、進水式の日の感激を同時に思い出すからだ。榎本も泣いていた。二人の思いは同じだから、泣き顔を見られても恥ずかしくはない。互いにはにかんだ笑みを浮かべ、肩にまわした手にしっかりと力を込めたばかりだった。

い。

二

公議政体論は、徳川家の延命をはかろうとした因循姑息《いんじゅんこそく》の策だと評されることが多い。

主権が将軍から天皇に移ったとしても、列藩会議による天下の公論によって政治が決せられ、徳川慶喜がこれに加わるなら、四百万石の所領を持つ彼の発言力がもっとも大きくなり、事実上は幕府の頃と何も変わらないというのである。

だが、はたしてそうだろうか？

確かに列藩会議においては、しばらくは徳川家の優位がつづいたかもしれない。だが、将軍として諸大名に君臨するのと、会議のメンバーとして優位に立つのとでは事の本質がまったくちがう。

しかも慶喜は、四百万石のうち二百万石を朝廷に返上すると明言している。政権を返上したのだから封地も返上するべきだという、松平春嶽や山内容堂の説得を容《い》れてのことだ。

こうした形で慶喜が列藩会議に参加することには、何ら問題はなかったはずである。

そうして列藩諸侯から成る上院と、諸藩の有能な人材から成る下院が開かれ、アメリカやイギリスにならって選挙制度が導入されていたなら、平和裡《へいわり》の改革が成っていただろう。

戊辰《ぼしん》戦争などという理不尽な戦で多くの人命を失うこともなく、今日我々が直面している官僚主義や中央集権の弊害も、もう少しゆるやかな形で現われていたはずである。


だが、破局は足早に近付いていた。

太郎左衛門らが肩を組み合って祝い歌を歌っていた頃、江戸ではすでに取り返しのつかない大事件が勃発《ぼっぱつ》していたのである。

事は九月半ばの薩摩藩京都屋敷までさかのぼる。

この頃徳川慶喜に大政奉還の秘策があることを知った西郷吉之助《さいごうきちのすけ》は、伊牟田尚平《いむたしょうへい》、益満休之助《ますみつきゅうのすけ》、相楽総三《さがらそうぞう》の三人に江戸市中と関東全域の攪乱《かくらん》を命じた。

三田《みた》の薩摩藩邸を拠点として討幕派の浪士や無頼の徒を集め、富豪の家に押し入って軍用金を奪い、関東各地で挙兵せよというのである。

三人のうち伊牟田と益満は薩摩藩士、相楽は平田《ひらた》流の国学を学んだ尊皇攘夷《そんのうじょうい》派の志士である。

彼らはさっそく江戸に下って人を集め、徒党を組んで富豪の家に押し入り、討幕のための御用金と称して金を奪った。

三千両から五千両もの大金を奪い、意気揚々と三田藩邸に引き揚げていくが、トルや小銃で武装しているために、町奉行所の役人には取り押さえることができなかった。

薩摩藩の仕業だと分かってはいても、藩邸は治外法権が認められているので踏み込むことさえできない。

しかも軍用金を得た浪士たちは関東各地で蜂起《ほうき》し、放火や掠奪《りゃくだつ》をくり返した。こうした騒動に乗じて無頼の徒や窮民までが強盗や放火を行なうようになり、混乱はますます深まっていった。

それでも幕府の要人たちが薩摩藩との正面衝突をさけたのは、幕府を挑発して戦争に持ち込もうという西郷の狙いが分かっていたからである。

大政奉還をした今では、政治の実権は朝廷が握っている。朝廷を実質的に動かしているのは薩長なのだから、薩摩を相手に戦いを起こせばそのまま朝敵にされかねない。

陸軍奉行の勝海舟《かつかいしゅう》らはそう説いて、討薩《とうさつ》を主張する旗本たちを懸命に押さえていたが、その努力も水泡に帰す日が来た。

十二月二十三日の早朝、江戸城二の丸が放火され、全焼したのである。

二の丸には島津斉彬《しまづなりあきら》の養女で、将軍家定《いえさだ》の夫人となった天璋院《てんしょういん》が住んでいたために、薩摩藩士が天璋院を奪い去るために放火したのだという噂がもっぱらだった。

真偽のほどは未《いま》だに明らかではない。

だが江戸市中をこれほどまでに攪乱され、城にまで放火されながら黙っていたとあっては、武士としての一分が立たない。

旧幕府の要人たちは薩摩藩邸の藩士や浪士たちを検挙する決断を固め、庄内《しょうない》藩兵を主力とする二千余の軍勢に三田屋敷を包囲させた。

その上で市中攪乱の賊徒の引き渡しを求めたが、伊牟田らはこれをあざ笑うかのように庄内藩の屯所に夜襲をかけたために、ついに戦争となった。

屋敷内には百五十余名の藩士や浪士がいたが、そのうち四十九名が討死し、益満ら七十余名が捕えられた。

伊牟田や相楽ら二十九名は江戸市中で強奪した金銀財宝を持って藩邸を脱出し、品《しな》川《がわ》沖に待機していた藩の汽船翔鳳丸《しょうほうまる》で海に逃れた。

この知らせが大坂城に届くと、城中にいた一万余の幕臣たちは激怒し、断固薩摩を討つべきだといきり立った。

徳川慶喜も老中たちも思いは同じである。ここまで虚仮にされて黙っていては、もはや武士とは言えまい。薩摩がそこまで挑発するなら、正々堂々相手になってやろうではないか。

議一決すると、薩摩藩の罪状を列挙した「討薩の表」を朝廷に奏上し、薩摩藩の討伐を求めることにした。

また、薩摩藩邸から脱走した者たちを捕えるように、全国の大名家や寺社領に通達を下した。

この通達は、大坂湾に停泊中の開陽丸にも届けられた。

「当節悪徒ども市中暴行いたし、かつ野州《やしゅう》そのほかにおいて徒党を結び、容易ならざる事共取行ひ候につき、この程それぞれ御召捕に相成り候ところ、右同志の者ども松平修理太夫《しゅりだいぶ》屋敷（薩摩藩邸）内に潜伏いたし候。去る二十三日夜市中に取締りとして出張罷在《まかりあり》候酒井左衛門尉《さかいさえもんのじょう》人数（庄内藩兵）屯所へ乱入砲発におよぶ所業捨て置き難く、同人より召捕引渡しの義掛け合ひにおよぶのところ、理不尽に発砲におよび候に付き、余儀なく戦争に相成り候。ついてはなお脱走の輩《やから》も斗《はか》り難く候間、右様の者見聞におよび候はばすみやかに召捕、自然手余り候はば討捨て候上、早々に訴へ出候やういたすべし。

万一見分け候ともそのまま差置き候者は、重科に処さるべき事」

事は太郎左衛門らの思いも寄らぬ方向に進み始めていたのである。

マストが哭《な》いていた。

風が強くなったらしく、三本のマストが船体とこすれ合ってギギッ、ギギッときしんでいる。

　初めて帆船に乗った頃は、この音を聞いただけで浮き足立つような思いをしたものだが、今では心地良い子守り唄《こもりうた》のようにしか聞こえない。

　遅い昼食をとった太郎左衛門は、士官室のベッドに横になって軽い午睡を取っていた。

　昨夜夜ふけまで西洋式火薬製造機についての蘭書を読んでいたので、昼食が済むと急に睡魔に襲われたのである。

　と、突然、非常を告げる警鐘が響きわたった。

　太郎左衛門は即座に体を起こし、枕元の時計を見た。

　十二月三十日、午後三時である。それを確認した後でデッキに上がった。

　警鐘を鳴らしたのは、メインマストの見張り台《トップ》についていた水兵だった。

「何事だ」

「南の方角より、不審な汽船が近づいて来ます」

　太郎左衛門はブリッジに登り、南に双眼鏡を向けた。

　高くなった波に上へ下へとゆさぶられながら、中型の蒸気船が兵庫港へと向かってくる。

　不審と言ったのは、船籍を示す旗をかかげていないからだ。

「沢君、どこの船だ」

榎本もあわただしくブリッジに上がってきた。

「おそらく薩摩の平運丸《へいうんまる》だろう。品川沖で一度見たことがある」

「ならば三田屋敷からの脱走者を乗せているかも知れぬ。停船を命じて臨検を行なおう」

「いや、平運丸かどうかを確かめてからだ」

相手は三キロばかりも離れている。しかも波にさえぎられて全形が見えないので、双眼鏡でもはっきりとは確認できなかった。

「補助エンジン点火、出港用意」

榎本が操船士官に命じ、士官が伝声管で機関室に伝えた。

相手はやはり薩摩の平運丸だった。七百五十トン、百五十馬力と開陽丸の三分の一の大きさしかないが、飛脚船だけあって船足は速い。

平運丸は三田藩邸が襲撃される三日前に、藩邸内の貴重品や重要書類、江戸市中から強奪した軍用金を積んで品川沖から航海してきたのである。

「間違いない。敵船だ」

太郎左衛門が確認した時には、平運丸は一キロばかりの所に迫っていた。

向こうも開陽丸に気付いたらしく、進路を急に西に取り、和田《わだ》岬の方から港に入ろうとした。

開陽丸の速力をもってすれば、前方に回り込んで入港を阻止することは容易だったが、榎本が追跡を命じようとした瞬間、敵は意外な行動に出た。

メインマストに高々と菊の御紋章をかかげたのである。

これではたとえ十中九まで嘘だと分かっていても、軍事行動に出ることは出来ない。朝廷御用の船に大砲を撃ちかけたとあっては、徳川家を朝敵としたがっている薩摩に絶好の口実を与えることになるからだ。

「沢君、どうする」

榎本はやりたがっている。真っ正直な男だけに、敵の狡猾《こうかつ》なやり方が許せないのだ。

「港に入ってからでも遅くはあるまい。ここで攻撃を仕掛けたなら、あの連中は自爆して船を沈めるだろうよ」

そうなったなら、いくら三田藩邸がらみの賊船だと主張しても、何の証拠も提示できないのである。

討幕のためならいつでも命を捨てるという覚悟を一人一人が持っていることが、薩摩藩士の恐ろしいところだった。

平運丸は和田岬を回って兵庫港に入ると、薩摩の最新鋭艦春日丸《かすがまる》の後ろに隠れるように停泊した。

春日丸は千十五トン、三百馬力の外輪型蒸気船である。英国艦隊で快速砲艦として活躍していたキャンスー号を、十六万両で買い取ったものだ。

薩摩藩は討幕戦争にそなえ、十七ノット（時速約三十一キロ）という無類の速さを誇る春日丸を兵庫港に待機させていたのである。

「これより港を封鎖する。各艦に信号を送れ」

命令は信号灯によって蟠龍丸《ばんりゆうまる》、富士山丸《ふじやままる》、翔鶴丸《しようかくまる》、順動丸《じゆんどうまる》の順に伝えられ、五隻の軍艦が縦列隊形を組んで平運丸を港に封じ込めた。

海には夕闇が迫り、神戸の町には明かりが灯り始めていた。

影絵のようにそびえる六甲《ろつこう》の山々のふもとに、明かりの帯が点々と続いている。

「榎本君、この位置からでは、砲弾が町に飛び込むおそれがある。位置を変えた方が良さそうだ」

太郎左衛門は慎重だった。

クルップ砲の実射訓練をしていないので、正確な弾道がつかめないのだ。

「分かった。明日《あした》の明け方位置を変える。とりあえず測量だけはしておこう」

榎本は二隻のカッターを下ろすと、自ら部下をひきいて水深の測量に出かけていった。

明くれば慶応四年の元旦《がんたん》である。

太郎左衛門は初日の出の前に砲術士官らをデッキに集め、船側《せんそく》に敵弾防御網《パンセル》をかけるように命じた。

「これより賊徒追捕のため、薩船《さっせん》平運丸の臨検を行なう。かの藩とはすでに戦争状態にあり、抵抗が予想される。全員油断なく仕度にかかれ」

開陽丸にとってこれが初めての実戦である。

上原七郎はじめ八名の砲術士官たちは、緊張した面持ちで持ち場へと散っていった。

太郎左衛門はガンデッキに下り、砲弾に火薬を装塡《そうてん》するように命じた。

クルップ砲の砲弾は二十四キロもの重さがあり、中に大量の黒色火薬をつめる。弾が命中すると先端につけた信管が発火し、鉄の砲弾が炸裂《さくれつ》するのだ。

信管の取り付け方が悪かったり、弾に詰めた火薬の量が少なかったりすると不発弾になるだけに、装塡には細心の注意が必要だった。

日の出の頃には戦仕度をすべて終えたが、榎本は開陽丸の位置を変えようとはしなかった。

「菊の御紋章がどうにも気になるんでね。大坂城に使いを出して、砲撃の許可を取りたいんだ」

幕臣とて尊皇の思いは強い。まして今は王政復古が宣された直後だけに、榎本も独断で発砲を命ずることをためらっていた。

大坂城からの返答はなかった。

薩摩藩との戦争に踏み切る決断を、徳川慶喜もお付きの老中たちもつけかねているらしい。

じりじりしながら使者の帰りを待っていると、午後四時過ぎに平運丸が動き出した。

夕なぎの海を、沖に向かって全速力で走っていく。

「敵船逃走、追撃に移る」

榎本は十二ノットの汽走で平運丸の前方に回り込むことにした。

同時に蟠龍丸に信号を送り、敵を尾行するよう命じている。

「沢君、相手が停船に応じない場合は砲撃する」

「分かった。いつでも指示してくれ」

太郎左衛門はガンデッキに下り、クルップ砲の装弾を命じた。

砲兵たちがあわただしく台車を動かし、砲先から火薬と砲弾を落とし込んだ。

鉛の突起のついた砲弾が、砲身の溝にそって回転しながら沈んでいく。

その勢いで、発射のための火薬をしっかりと砲底に押し込んだ。

「発射角度零《ゼロ》、目標、右舷《うげん》前方汽船！」

クルップ砲は千五百メートルまでなら水平射撃が可能である。

弾は水面と平行に真っ直ぐに飛び、敵の船側に命中するはずだった。

先に発砲したのは、根津勢吉《ねづせいきち》艦長が指揮する蟠龍丸だった。

七・七ノットの船足では敵船尾行は無理だと思ったらしく、平運丸が和田岬の横を通過しようとした時、空砲一発を放った。

停船せよとの警告である。だが三田屋敷から運び出した軍用金を積んでいる平運丸は止まろうとはしない。和田岬の沖で面舵《おもかじ》を切り、西へ逃げ去ろうとした。

このために右舷を蟠龍丸にさらすことになった。

これでは撃ってくれと言うようなものである。根津はためらわず発砲を命じた。

十二ポンドカノン砲の砲弾は、船尾の船将室中央に命中し、華々しい爆裂音を上げた。

逃れ切れぬと見た平運丸は、面舵のまま半転し、白煙を上げながら兵庫港に逃げ込んだ。

三日早朝、春日丸の艦長赤塚源六《あかつかげんろく》が、士官一人を連れて蟠龍丸に談判に来た。

「根津君は短気でいかん。君が行って話をしてきてくれないか」

榎本に頼まれた太郎左衛門は、カッターに乗って蟠龍丸に向かった。

赤塚源六は三十歳ばかりの背の高い男だった。色黒だが面長のすっきりとした顔立ちで、眉《まゆ》がきりりと濃く、物静かな切れ長の目をしている。

丸に十文字の記章をつけた海軍帽をかぶり、腰のベルトにはS&W《スミスアンドウエッソン》の六連発ピストルを吊《つ》るしていた。

供の士官は五尺ばかりの身長しかなかったが、肩幅が広く、二の腕が異様に太い。示現流《じげんりゅう》の打《う》ち込《こ》み稽古《げいこ》で鍛え上げたことは瞭然《りょうぜん》で、腰には二尺ばかりの刀をおびていた。

鼻は折れ曲がり、唇はぶ厚く、金壺眼《かなつぼまなこ》が油断なく光っている。

(嫌な目だな)

太郎左衛門はそう感じた。

おそらく何人も斬ったことがあるのだろう。

しかも殺戮《さつりく》に血の快楽を覚えるタイプの男である。

赤塚がこの男を帯同したのは、こちらに無言の圧力をかけるためにちがいなかった。

「おはんが沢殿でごわんそか」

「そうだが」

「それがしは春日丸の艦長赤塚でごわす」

「談判に参られたそうだが、どのような用向きかね」

太郎左衛門は泰然と赤塚に対しながらも、意識の片隅では常に金壺眼をとらえていた。

「一昨日《おととい》、我が蒸気船が用向きありて出港せんとする時、貴艦より何の連絡もなく無法に発砲なされた。そのうち一弾は炸裂弾にして、我が艦は大いなる損害を受けもした。いかなる訳にてこのような暴挙に及ばれしか、ご返答を承りもんそ」

「あれは決して無法に発砲したんじゃないよ。君も海軍のお方ゆえご承知だと思うが、戦時中に敵船が脱走する時には、空砲を撃って停船をうながし、それでも従わない場合には発砲するも可なりと万国公法に定めてある。我らはそれに従って行動しており、決して闇討ちのような無法の砲撃をしたわけではない」

「もとより戦時中であれば、そのように為《な》すは当然のことでごわんそ。じゃっどん今当港に諸藩の軍船が停泊するのは、戦争をするためではありもはん」

赤塚は冷静沈着で、決して感情を表に現わさない。

さすがに若くして春日丸の艦長に任じられるだけのことはあった。

「しかも我が配下の軍船は、天朝付属の船となっておりもす。我が蒸気船が錦《にしき》の御旗《みはた》をかかげていたことは、足下もご承知のはずではごわはんか」

太郎左衛門は返答しなかった。

こんな見えすいた論法に引っかかって言質を取られるほど若くはないのである。

「ご返答をたまわりたい」

「我らは平運丸が、三田藩邸の賊徒を乗せた船だと承知しているばかりだよ。それが嘘だと言うのなら、第三者立ち合いのもとに平運丸の臨検を行なおうじゃないか」

「我らの軍船は天朝付属のものでごわす。しかるに足下の軍船は我らを敵と見なし、突然炸裂弾を撃ちかけて非常なる損害を与えられた。足下らはただ今を戦時中と心得、我らを敵と見なしておられるのでごわんそか」

「その答えが聞きたければ、開陽丸に来てもらおう。薩摩を敵とするかどうかの判断は、榎本艦長が下すものだからね」

「それは望むところでごわす。ただちにご案内いただきもんそ」

太郎左衛門は春日丸のカッターに乗って開陽丸に案内した。

海は昨日と同じべたなぎである。

開陽丸まではわずか三百メートルほどしか離れていない。

船側の縄梯子《なわばしご》を登る時、金壺眼の士官が背後に立って薄笑いを浮かべた。

獲物を前に舌なめずりするような下卑た笑いである。

「私の背中に何かついているかね」

太郎左衛門がふり返ると、金壺眼は一歩下がって刀の柄に手をかけた。

「呆《ほう》け者《もん》が。何《なよ》しちょっとか」

赤塚が士官を怒鳴りつけて二人の間に割って入った。

事情を聞いた榎本の答えは明快だった。

「薩摩が敵かどうかだって？　そんなことは決まっているじゃないか。昨年の秋以来、薩摩藩士が江戸市中において強盗を働いたことは君だって知っているだろう。当家の手の者がその糺問《きゅうもん》のために三田藩邸に出向いたところ、そっちは何の返答もなく鉄砲を撃ちかけてきた。その報告が来て、我らはその残党を捕えるように命じられているんだぜ。薩摩を敵と見なすのは当然じゃないか」

「天朝付属と知りながら、敵と見なすということでござるな」

赤塚は執拗《しつよう》に言質を取ろうとした。

「いいや。これは朝廷とは関係のねえことだ。目的のためには手段を選ばねえ卑劣漢に対する、我ら旗本の私戦だよ。今後薩摩の船は一隻たりともこの港から出しゃしねえから、あんたの部下にもようく伝えときな」

激した榎本がべらんめえ調でまくしたてた時、金壺眼の士官が動いた。

「シャーッ」

怪鳥《けちょう》のように甲高い気合いを上げると、瞬時に刀を抜き放ち、右上段から榎本の首筋目がけて斬りつけた。

だが、太郎左衛門の動きはそれより数段速かった。備前兼光に手をかけたまま相手の内懐にもぐり込み、抜く手も見せずに一尺八寸の刃をふるった。

兼光独特の細まった切っ先が、上段から斬りかかろうとした相手の両手首を鮮やかにとらえ、刀を握ったまま頭上にすっ飛ばした。

と同時に、太郎左衛門は左肩で体当たりをくれている。

相手は三メートルほども後ろに飛んで、デッキの上にあお向けになった。

要人警固のために身につけた神道無念流の刀術は、少しも錆《さび》ついてはいなかった。

「赤塚君、この男を殺したら、日本の進歩は十年遅れるよ」

太郎左衛門は榎本をそれほどの男だと見込んでいる。今は荒削りだが、将来必ず日本を背負って立つ逸材である。こんな所で死なせるわけには、絶対にいかなかった。

「それがしが命じたことではごわはん。はやり立って勝手にしたことでごわす」

赤塚はS&Wを引き抜き、苦痛にもだえる部下のこめかみを容赦なく撃ち抜いた。

「じゃっどん、言いわけはいたしもはん。この責任はいかようにも取るつもりでごわす」

まだ砲身の熱いS&Wを差し出してそう言った。

「君、我らは海軍軍人だ。決着は正々堂々と海戦でつけようじゃないか」

榎本は色めきたつ部下たちを押さえ、赤塚と士官の遺体を春日丸に送り返すように命じた。

三

その船に気付いたのは、赤塚らのカッターを見送ってしばらくしてからだった。

小型の鉄製蒸気船が、西の方から陸地にそって入港しようとしていた。

船足は亀のように遅く、船体の数ヵ所に被弾の跡がある。

特に左舷《さげん》喫水線のあたりに受けた傷はいたましく、撃ち抜かれた船体に鉄板を打ちつけてかろうじて浸水をまぬがれていた。

メインマストも中ほどから折れ、まさに満身創痍《まんしんそうい》の状態だった。

「沢君、あれは翔鳳丸ではないか」

榎本に言われて太郎左衛門も双眼鏡をのぞいてみた。

船の形さえ変わるほどの攻撃を受けているが、あれは確かに薩摩の輸送船翔鳳丸である。

三田屋敷から逃れた藩士や浪士を収容し、品川沖での海戦を切り抜け、かろうじて兵庫港までたどりついたのだ。

「間違いない。あの傷でよくもここまでたどり着いたものだ」

相手は江戸市中攪乱《かくらん》の張本人である。だが太郎左衛門は海の男として、翔鳳丸の船員たちの剛胆さに頭が下がる思いがした。

徳川艦隊に発見されることを恐れているのだろう。四百六十トンの翔鳳丸は陸地にへばりつくように航行し、停泊中の他の船の陰に隠れながら春日丸の方に向かっている。

「どうする。追捕に向かうかね」

榎本がたずねた。

「放っておこう。翔鳳丸を背負い込めば、春日丸の動きも鈍る。我らにとっては好都合だ」

太郎左衛門は双眼鏡で翔鳳丸を追った。

船には陸戦用の四・五ポンド砲を二門積んでいたはずだが、デッキには見当たらない。おそらく船を軽くするために、どこかに放置してきたのだろう。

デッキには剽悍《ひょうかん》な顔付きをした男たちが十人ばかり立って、外国船を珍しげにながめている。

中の一人が、犬を抱きかかえていた。
十五、六歳とおぼしき童顔の少年で、犬の両足を船縁《ふなべり》にかけさせて背中から抱えている。
(強盗の一味は犬まで使うらしい)

苦々しい思いで見つめていると、横を向いていた犬がこちらを向いた。耳のぴんと立った黒い犬で、額にひと筋白い毛が走っている。

太郎左衛門はどきりとした。

(あれは、力丸《りきまる》ではないか)

まさかと思いながらもう一度双眼鏡を当てたが、翔鳳丸はイギリス船の陰に隠れて見えなくなっていた。

「上原君、至急ブリッジに来てくれ」

伝声管に向かって叫んだ。自分でも思いがけないほど大きな声だった。

上原は忠実な犬のように足早に駆け上がってきた。

「副長、ご用でしょうか」

「英国船の陰から出てくる船を見てくれ。薩摩の翔鳳丸だ」

双眼鏡を渡して言った。

「間違いありません。翔鳳丸です」

上原も品川沖であの船を見知っていた。

「デッキに犬を抱いた少年がいるだろう」

「はい。おります」

「あの犬に見覚えはないか」

「あれは……、あれは力丸です」

上原の声が驚きに上ずっていた。

双眼鏡をはずしてふり向いた時には、それと分かるほどに青ざめていた。

「しかし、どうして力丸が薩摩の船に」

「分からん」

「富子さんも、あの船に乗っているのでしょうか」

「今は何も分からん。このことはしばらく他言無用に願いたい」

南雲富子は上原の従姉《いとこ》であり、太郎左衛門の許婚《いいなずけ》だった。

二人の父が同じ奥火之番《おくひのばん》役で肝胆相照らす仲だっただけに、富子が十八歳になったなら夫婦《めおと》にすると約束していたのである。

ところが祝言も間近に迫った頃に富子の母が病みついたために延期となり、翌年には太郎左衛門が長崎海軍伝習所の伝習生に抜擢《ばってき》されたために再び延期となった。

そうこうするうちにオランダ留学を命じられ、帰国できる目処《めど》もたたなくなったので、太郎左衛門は婚約の解消を申し出た。

だが、富子は待っていると言った。

たとえ何年かかっても待っているから、きっと無事に帰って来てほしい。

太郎左衛門を真っ直ぐに見つめ、子供の頃のように指切りをせがんだ。

ならば必ず無事に帰って来ると約束して旅立ったが、昨年三月に六年ぶりに帰国してみると、富子は姿を消していた。

富子ばかりか一家四人、屋敷を売り払って行方知れずになっていたのである。

父に事情をたずねても、頑固に知らぬと言い張るばかりである。

上原七郎も何も聞いてはいないという。

太郎左衛門は富子の行方を知りたくて江戸の中の心当たりをたずね回ったが、何ひとつ手がかりを得られないうちに大坂出張を命じられたのだった。

力丸は富子が可愛がっていた犬だった。

生後間もない捨犬を育て上げたもので、富子がどこへ出かける時にもついて回っていただけに、力丸が翔鳳丸に乗っているからには、彼女が一緒にいる可能性は充分にあった。

榎本の宣戦布告を受け、赤塚源六も開戦を決意したらしい。

春日丸に戻るなり盛んに蒸気を焚《た》いていつでも作動できる状態にエンジンを保ち、六門の大砲に砲弾を装塡《そうてん》し、外輪にパンセルをかけ始めた。

春日丸は船体の両側に取り付けた巨大な外輪を、蒸気機関で回転させることによって推進力を得る。

水をかく羽根が大きいだけに十七ノットという素晴らしい速度を誇るが、外輪部に砲撃を受けたなら航行不能におちいりやすいという弱点を持つ。

蒸気船が外輪式から開陽丸のようなスクリュー式に変わっていったのは、その弱点があまりにも大きかったからである。

赤塚もそんなことは百も承知しているだけに、外輪をパンセルでおおって被弾をさけようとしたのだった。

開陽丸もすでに開戦の準備をととのえていた。港を封鎖する縦列陣形では船足の速い春日丸に各個撃破されかねないので、蟠龍丸・翔鶴丸を脇備えとして魚鱗《ぎよりん》の陣形を組み、順動丸と富士山丸を遊撃船として後方に放置していた。

午後四時頃、大坂城に出していた使いがようやく戻った。

大坂城の徳川慶喜は、「討薩の表」が朝廷に容《い》れられなかった場合には独自の兵力で薩摩を討つ決断をし、昨日一万五千の大軍を京都に向けて進発させたという。

いよいよ薩摩藩と正邪をかけた戦いに突入したわけで、通達通り賊徒をすみやかに召捕り、手に余るようなら討捨てにせよとの指示だった。

時すでに薄暮である。決行は明朝と決して早目の夕食を取っていると、

「大坂方面に、火の手が見えます」

見張りの者が大声をあげた。

暗い海の向こうに、天を焦がして赤々と火が燃えている。確かに大坂城のあたりである。

「まさか、薩長に」

大坂城が攻められているのではないか。そんな不安が誰の胸にもよぎった。

「沢君、行こう」

榎本の決断は速かった。

主君が窮地におちいっているとすれば、何をおいても駆けつけるのが家臣たる者の務めである。目前の作戦に拘泥している場合ではなかった。

蟠龍丸だけを見張りとして残し、四隻の艦隊は兵庫港から大坂へと向かった。中でも十二ノットの開陽丸だけが頭抜けて速い。二十数キロの航路を一時間ほどで走り切ると、天保山沖に船を止めて偵察のカッターを出した。

大坂市中は平穏だった。

兵庫から見た大炎上は、薩摩藩大坂屋敷の者たちが徳川家との決戦を前に屋敷を自焼したものだった。

火薬をつめた四斗樽《しとだる》ふたつに火をつけたために、関西一円から見えるほどの火災となったのである。

一同ほっと胸をなで下ろしたものの、この頃すでに徳川家の命運は尽きかけていた。

鳥羽《とば》・伏見《ふしみ》の戦いが始まっていたのである。

朝廷に「討薩の表」を奏上するために入京しようとする徳川軍を、薩摩、長州を中心とする新政府軍は、鳥羽・伏見に陣を布《し》いて阻止しようとした。

この日の正午過ぎから緊迫した睨《にら》み合《あ》いがつづき、

「入京する」

「待て」

の押し問答があった揚句、午後五時頃、桐野《きりの》利秋《としあき》隊長の号令一下、薩摩軍は徳川軍に対して砲撃を始めた。

桐野は「人斬り半次郎《はんじろう》」の異名で知られた、筋金入りの「志士」である。徳川家を挑発して戦争に持ち込もうとする西郷吉之助の計略を熟知しているだけに、時を移して大魚を逃すことを怖れたのだ。

徳川軍一万五千に対し、新政府軍は三分の一にも満たない兵力だが、先んじて要地を押さえた強みがある。

しかも薩摩、長州とも英仏などとの攘夷《じょうい》戦争や数度の国内戦を経験しているだけに、戦に対する気構えがちがう。

徳川軍は鳥羽・伏見で相ついで敗れ、淀《よど》城まで退却するのやむなきに到った。

四日の早朝、蟠龍丸が天保山沖にやって来た。今朝四時過ぎ、薩摩の三船が闇にまぎれて出港し、一隻は西へ、二隻は南に向かったという。

二手に分かれたのには理由がある。

江戸から逃れて来た翔鳳丸は、すでに自力航行が困難なほどに損傷が激しいために、春日丸で曳航《えいこう》していく以外に脱出の方法がなかった。

いかな春日丸とはいえ、満身創痍《まんしんそうい》の船を引いていては自慢の快速を発揮することは出来ない。脱出を知った開陽丸に追跡され、早晩追いつかれることは目に見えている。

そこで赤塚艦長は陽動作戦を取った。

高々と灯《あかり》をかかげたカッターを平運丸に引かせ、三隻が隊列を組んでいるように見せかけて明石海峡へ向かわせたのである。

そうして春日丸と翔鳳丸は、南の紀淡海峡をめざした。

薩摩と同盟関係にある土佐藩の港に逃げ込む計略である。

だが、蟠龍丸艦長の根津はこの手を食わなかった。短気な男だが長崎海軍伝習所出身の俊英だけに、カッターの灯が大きく揺れるのを見ておかしいと気付いたのだ。

灯は確かに蒸気船のデッキの位置に見える。だがこの程度の波なら、大型の船があれほど揺れることはない。

そうと察した根津は、暗夜に息をひそめて港口に待機し、二隻の軍船が南に向かうのを確認したのである。

「沢君、君の言った通りだ」

榎本は俄然《がぜん》勢いづいた。

翔鳳丸を合流させれば敵の足手まといになるという太郎左衛門の読みは、ぴたりと当たったのだ。

「追うかね」

「むろんだ。補助エンジン全開、取舵《とりかじ》一杯。南に進路を取れ」

「よう候《そろ》」

操舵手《そうだしゅ》の高い声が上がり、開陽丸は左へ大きく旋回して敵の追跡態勢に入った。

「どれくらいで追いつけると思うかね」

榎本が六角形の机の上に海図を広げた。

「相手が七ノットなら三時間だ」

出港の時間差が二時間、スピードの差が五ノットなら、三時間で追いつく。

太郎左衛門は頭の中で素早くはじき出した。

「八ノットなら四時間か。ちょうどこの間演習したあたりだな」

榎本が紀淡海峡を指さした。

「総員に告ぐ。本船はただ今敵船を追跡中である。春日丸を撃沈し、賊船翔鳳丸を拿《だ》捕《ほ》するを目的とする。わが徳川家の公明正大を天下に証せるか否かは、ひとえにこの一戦にかかっておる。諸君、主君のために一命を捨つるは、武士たる者の誉である。今こそ任務をまっとうし、長年の大恩に報いようではないか」

榎本の張りのある声が伝声管を通じて全員に伝わり、艦内はにわかに張り詰めた空気に包まれた。

二隻の姿をとらえたのは、由良《ゆら》の瀬戸にさしかかった時だった。

春日丸は翔鳳丸を曳航し、いかにも重たげに進んでいく。

波高はおよそ一メートル。紀伊《きい》水道が近付くにつれて風が強くなり、海は荒れ模様となっていた。

「本艦は敵の左舷《さげん》につける。全員持ち場につけ」

太郎左衛門の命令に従って、百四名の砲手が訓練通りきびきびと配置についた。

四キロ、三・五キロ、三キロ……。

開陽丸はみるみるうちに敵との距離を詰めていく。

春日丸の赤塚艦長は、このままでは逃げ切れぬと判断したのだろう。

翔鳳丸をつないだロープを断ち切り、敢然と反転してきた。

身軽になって開陽丸に立ち向かい、その間に翔鳳丸を逃がそうというのである。

開陽丸はオランダ製の最新鋭艦、一方の春日丸は英国海軍で活躍した快速砲艦である。

両者はおよそ二千五百メートルの距離で対峙《たいじ》し、日本史上初の近代海戦にのぞもうとしていた。

「目標、左舷前方二千五百。クルップ砲角度三・五」

若い上原が弾道表を見て指示を出す。

「左一番、左二番、連続撃ち方、かかれ」

太郎左衛門の声とともに雷管式撃発器が下ろされ、十六センチ施条砲が轟音《ごうおん》とともに火を噴いた。

太郎左衛門はデッキのブリッジに登り、双眼鏡で弾道を確かめている。初弾は春日丸の左舷二十メートルの所に落ち、二発目は船を大きく飛び越えて水しぶきを上げた。

船は常に波に揺れている。

同じ発射角度で撃っても、一定の弾道を保つことは出来ないのである。

「左三番、左四番、連射」

もう二発撃ってみたが、命中にはほど遠い。

「榎本君、これでは弾の浪費だ。千五百まで距離を詰めてくれ」

そこまで近付いて水平撃ちをしたなら命中精度はずっと上がるが、敵の標的にもなりやすい。

千五百まで近付いた時、春日丸の舳先《へさき》に据えた百ポンド砲が火を噴き、開陽丸の手前で巨大な水しぶきを上げた。重さ四十五キロもある化け物のような弾だった。

春日丸の命はそのスピードである。

敵に的を絞らせないように右に左に動き回りながら、舳先に二門、両舷《りょうげん》に二門ずつ据えた大砲を撃ちかけてくる。

一方の開陽丸は十八門のクルップ砲と八門の三十ポンドカノン砲を装備し、火力で敵を圧倒している。

先に命中させたのは春日丸だった。砲撃したのは、後の海軍提督東郷平八郎《とうごうへいはちろう》である。

若き東郷が放った四十ポンド砲は、いったん開陽丸の前方に落下したものの、水面でバウンドして後帆の帆桁《ほげた》に命中した。

帆桁はふき飛んだものの、傷は浅い。

次に開陽丸の三十ポンドカノン砲が、春日丸の外輪の上部に当たった。

敵の最大の弱点に見事に命中させたわけだが、あいにく炸裂弾《さくれつだん》ではなかったために、春日丸が張ったパンセルにはばまれ、大きな打撃を与えることは出来なかった。

二時間ばかりの海戦の末に、当たったのはこの二発だけである。

翔鳳丸が逃れる時間を充分にかせいだと見た春日丸は、これ以上の戦いをさけ、十七ノットの快速を飛ばして加太《かだ》の瀬戸へと逃げ去っていった。

その頃翔鳳丸は、徳島県の蒲生田《かもだ》岬と伊島《いしま》の間の橋杭《はしぐい》の瀬を通過中だった。紀淡海峡を越え、紀伊水道を南下し、何とかここまで逃げのびてきたが、荒波に揺られるうちに満身創痍の船は各所にガタがきていた。

船側の破損箇所からの浸水がひどく、蒸気機関にまで水が及ぶ有様である。スクリューの主軸《シャフト》がゆがんでいるのか、船底から鉄と鉄がこすれ合う凄《すさ》まじい音がする。

それでも何とか土佐領の甲浦《かんのうら》までたどりつこうと、全員必死の排水作業をつづけていた。

この寒空にずぶ濡《ぬ》れになり、ポンプを踏んだり、手桶《ておけ》に汲《く》んだ水を滑車で吊《つ》り上げたりと大童《おおわらわ》である。

だが、喫水線が下がっているために、高い波が打ち寄せると汲み出した水の何倍もの水が船縁《ふなべり》を越えて入り込んでくる。

まるで賽《さい》の河原の小石積みのように残酷な仕事だが、薩摩の水兵たちは弱音ひとつ吐かずに持ち場を守っていた。

南雲富子は力丸を抱きしめたまま、デッキの後方でうずくまっていた。

波のしぶきをあびて髪も着物もずぶ濡れだが、排水作業の邪魔になるので階下の船室にはいられない。寒風吹き抜けるデッキの上でじっと耐えるしかなかった。

空は雲ひとつない青空で、大きな太陽が西に傾きかけている。

右手に見える阿波の山々は、冬なお枯れぬ木々の緑におおわれている。

これほど美しい景色の中でこんな苦難にあっていることが、まるで夢のように感じられた。

夢といえば、この三月あまりの出来事も現実とは思えない。

さながら白日夢の中をさまよっているようだった。

「寒かろう。これを使え」

相楽総三が毛布を差し出した。三十歳になる向こう気ばかりが強い男である。

平田流の国学の影響を受けて尊皇攘夷《そんのうじょうい》運動に飛び込み、薩摩の志士との親交を深めたことがきっかけで、西郷吉之助から江戸市中攪乱《かくらん》の密命を受けることになった。

三田屋敷を逃れた浪士の多くは、江戸から逃れる途中に立ち寄った港で下ろされたが、相楽と数人の配下だけは翔鳳丸から下りることを許されなかった。

江戸で致命的な失策を犯したからである。

富子は毛布を受け取らなかった。

体と同じように冷え切った目で、じっと相楽を見つめたばかりだった。

「強情な女だ。黙り込むのもいい加減にしたらどうだ」

「…………」

「このような目にあうのも、お前のせいなのだぞ。さあ、これをかけておけ」

相楽が背中にかけた毛布を、富子は引きはがして濡れたデッキに投げ捨てた。力丸をひしと抱き締めたまま、暗い穴倉の底から外を見るような目を向けている。

「どうした。今度はなだめすかすつもりかね」

伊牟田尚平がにやにやしながら近付いてきた。

筋張った体付きをした長身の男である。頬には若い頃に受けた刃傷があり、それが彼の風貌《ふうぼう》をいっそう残忍なものにしていた。

「こんな犬まで船に乗せて。お人好《ひとよ》しもたいがいにしたらどうだね」

「犬を捨てるなら、舌をかみ切ると言いやがる。死なれでもしたら元も子もないからな」

「そうだよ総三さん。この女の口を割れなかったら、あんたに責任を取ってもらうことになる」

「そんなことは分かっている」

相楽が怒鳴りつけたが、声の芯《しん》にかすかな怯《おび》えがあった。

二人は江戸市中攪乱を命じられた同志だが、決して一枚岩ではない。尊皇攘夷という革命思想に燃えた相楽を、伊牟田がいいように利用しているというのが実態に近かった。

「本当に分かっているのかなあ。責任を取るということがどんなことか」

「腹を切ればよかろう。それくらいの覚悟はとうに定めておる」

「冗談じゃないよ。腹を切って済むのなら、だれも苦労はしないさ。江戸育ちの人はこれだから困る」

伊牟田は藩外での活動が長かっただけに、言葉の訛《なま》りがまったくない。そのために誰も薩摩の者とは気付かないほどだった。

「伊牟田さん、駄目です。これ以上の航行はできもはん」

艦長の伊地知《いぢち》八郎《はちろう》が大股《おおまた》に歩み寄った。色の浅黒い剽悍《ひょうかん》な顔付きをした若者である。

「今はどのあたりかね」

「阿波の由岐《ゆき》の浦の近くです。そこに船ば入れて修理するしか手はごわはん」

「よかろう。しかし阿波の蜂須賀《はちすか》家は俗人党だよ」

俗人党とは徳川家の身方か日和見を決め込んでいる者を示す。

討幕派にとっては敵となりかねない勢力だった。

「万一の時には、船を焼いて血路を開くつもりでごわす。それもならん時にゃ、斬り死にするのも一興でごわんそ」

「よか若衆《にせ》じゃ。君たちこそ国の宝だ」

伊牟田は伊地知の肩を抱きしめるようにして舳先に向かった。

まったく彼らの胆力は恐るべきものだった。薩摩には若衆組というものがあり、若いうちに共同生活をすることによって互いの技を磨き合い、団結心を強めていく。

そこでもっとも厳しく鍛えられるのが胆力で、人に辱めを受けて引き下がったなら切腹、武士にあるまじき行ないをしたなら切腹という強烈な掟《おきて》があった。

胆を練り上げるためにはさまざまの試練が課されたが、中でも「回り鉄砲」はもの凄《すご》い。

火縄が燃えつきると発砲する仕掛けをした鉄砲を車座の中央に吊るし、紐《ひも》にねじりをかけて回転させながら酒を飲むのである。

いつ鉄砲が火を噴くか分からない恐ろしいゲームだが、車座を抜けることは許されない。

当たった時には仕方がないと胆を据え、平然と酒が飲めるようにならなければ一人前の武士とは見なされないのである。

こうして鍛えた胆力がものを言ったのは、十日前の品川沖海戦の時であった。

三田藩邸から逃れてきた藩士や浪士二十九名を収容して出港した翔鳳丸は、徳川家の軍艦回天丸《かいてんまる》に追撃され、横っ腹に砲弾を打ち込まれた。

回天丸は千六百七十八トン。翔鳳丸の実に四倍ちかい大きさである。

しかも五十六ポンド砲十二門と旋回台砲一門を備えているので、陸戦用四・五ポンド砲二門しか積んでいない翔鳳丸のかなう相手ではない。

万事休すと胆を据えた伊地知艦長は、捨て身の反撃に出た。

四・五ポンド砲を打ちながら、回天丸に体当たりに行ったのである。

翔鳳は鉄製だが回天は木造船である。体当たりをくらわせて相手を破壊し、デッキによじ登って斬り込みをかけようという特攻作戦だった。

この気迫に、回天丸の乗員たちはひるんだ。

翔鳳丸を沈没寸前にまで追い詰めながら、方向を転じて逃げ出した。

その隙に翔鳳丸は、無人の野を行くがごとく悠然と江戸湾を脱出したのだった。

だがさしもの勇船も、今や命運尽きかけようとしていた。

四十キロほど南西にある土佐藩領の甲浦にたどり着くことを断念し、由岐の浦に避難することにしたが、海図も手馴《てな》れた案内人もないまま港に入ろうとしたために、浅瀬の砂地に乗り上げたのである。

満潮になってようやく浮き上がったものの、夕方から吹き始めた北西からの突風に吹き流され、湾の中央にある箆野島《ぬのしま》の北岸の岩礁に乗り上げ、船底の破損は決定的となった。

「全員離艦、カッターを下ろせ」

伊地知の命令で、あわただしく脱出の仕度が始まった。

陸地まではわずかの距離しかないが、波が荒く風が強いので作業は容易に進まない。

「ほら、行くぞ。立て」

相楽が乱暴に富子の手を引いた。

富子は意志の失せた人形のように引き起こされ、反動で前に倒れそうになった。

「しゃんとしろ。お前のような売女《ばいた》と関わったのが、わしの運の尽きじゃ」

憎々しげに吐き捨てる相楽に、力丸が猛然と吠《ほ》えかかった。

三角形の耳をぴんと立て、体を低くして今にも飛びかかりそうである。

この健気《けなげ》な犬は、富子のためならいつでも命を捨てようと胆を据えていた。

（逃げよう）

相継ぐ不幸に壊れかけた富子の頭に、思念のあぶくがぽかりと浮かんだ。

（この混乱の最中にならら逃げられる）

そんな筋道立ったことを考えたのではない。太郎左衛門に会って密書を渡したいという思いが、疲れきった体を無意識のうちに動かしたのだ。

富子は濡《ぬ》れた襦袢《じゅばん》のすそをひるがえし、相楽総三にせかされるままカッターに乗り移った。

四

開陽丸が天保山沖に戻ったのは、一月五日の午後一時過ぎだった。

初めての実戦における戦果は、あまり芳しいものではなかった。

春日丸に逃げられた後、翔鳳丸の行方を追って紀伊水道での探索をつづけたが、発見することが出来ないまま日が暮れた。

あの状態で遠くまで逃げられるはずがない。

きっとどこかの入江に身を潜めているはずである。

そう考えてその夜は橘《たちばな》港に停泊し、翌早朝から阿波の南方に回ってみた。

翔鳳丸が土佐に逃げ込もうとしているのなら、途中の港に避難しているかもしれないと見当をつけてのことである。

読みはズバリと当たり、由岐の浦に逃げ込んでいる翔鳳丸を発見したものの、時すでに遅かった。

座礁した翔鳳丸は焼き払われ、薩摩藩士も浪士たちも逃げ去った後だった。

むろん江戸市中攪乱《かくらん》の証拠となるような品は何ひとつ残してはいない。

開陽丸の水兵たちは周辺を二時間以上も捜索したが、敵のしたたかさに脱帽して引き揚げるほかはなかった。

戦争も喧嘩《けんか》と同じである。経験の差が勝敗を分ける。もし榎本武揚や沢太郎左衛門に充分の実戦経験があったなら、春日丸が翔鳳丸を切り離して立ち向かって来た時にも、翔鳳丸追跡を優先したはずである。

作戦の目的は翔鳳丸を拿捕《だほ》することにあったのだし、満身創痍《まんしんそうい》の船に追いつくことは容易にできたはずだ。

たとえ春日丸がそれをはばもうと攻撃を仕掛けてきても、クルップ砲の火力と射程距離があれば充分に撃退できただろう。

春日丸は翔鳳丸を逃がすために無理な攻撃を仕掛けざるを得なくなるのだから、春日丸を引き付けて撃沈することができたかもしれない。

だが、開陽丸は緒戦での判断を誤り、結局虻蜂《あぶはち》取らずの結果を招いてしまったのだった。

そうした中にあって、太郎左衛門だけはいささかの収穫を得ていた。

南雲富子と力丸の消息がつかめたのである。

開陽丸の水兵たちが薩摩藩士の捜索をつづけている間、太郎左衛門は上原七郎とともに一行の中に女はいなかったかと訊《たず》ねて回った。

すると翔鳳丸から出したカッターで上陸した女が、近くの寺に逃げ込むのを見たという者がいた。しかも女の後を数人の武士が血相を変えて追いかけていたという。寺の名は光願寺《こうがんじ》といった。

さっそく訪ねて話を聞いたが、六十がらみのやせた住職はそのような女は知らぬとにべもなかった。

「私は徳川家軍艦役の沢という者です。存じ寄りの者があの船に乗っていたと思われるゆえ、行方を捜しているのです」

太郎左衛門は富子と一緒にとった写真を示した。

オランダ留学に発《た》つ前に、横浜で写したものだ。

六年の間にかなり色褪《いろあ》せていたが、島田髷《しまだまげ》を結ってうつむき加減に立っている富子の顔ははっきりと写っていた。

「ほっほう。これが写真というものですか」

住職は初めて写真を見たらしく、裏返したり日にすかしたりしていたが、手のひらを返したようにこの人なら確かに来たと言った。

「余程辛《つら》い目にあわれたらしく、髪も着物もずぶ濡れでなあ。悪い者から追われているのでかくまってくれと、手を合わせてお頼みになる。それを無下に断わることは、御仏《みほとけ》に仕える者ならできませぬ。その夜一晩かくまい通し、翌朝小僧に日和佐《ひわさ》まで案内させました。あそこなら上方に向から船の便もありますでな」

その夜薩摩藩士たちが寺に押しかけ、本堂に泊まっていったが、住職は知らぬふりでかくまい通した。太郎左衛門に知らぬと言ったのも、富子の身を案じたからだという。

富子がなぜ翔鳳丸に乗っていたのか。これからどこへ向かうつもりなのか。太郎左衛門は矢継ぎ早にたずねたが、住職も事情は一切知らなかった。

「何しろ荒くれどもが本堂で目を光らせておりますからな。話をする余裕などとてもなかったですわ」

太郎左衛門は日和佐の港に直行して富子を捜したかったが、大坂の情勢も気にかかるだけに断念せざるを得なかったのである。

天保山沖で補助エンジンを停止すると、艦内が急に静かになり、遠くで放つ大砲の音が聞こえた。

鳥羽・伏見で始まった戦は、ますます激しさを増しているらしい。

「これから大坂城へ行って戦況を確かめて来る。火急の場合には、君が艦隊の指揮をとってくれ」

榎本は太郎左衛門に後事を託し、二十数人の部下を連れて大坂へ向かった。

戦況を伝える使者が戻ったのは、六日の夕方である。

「我が軍は鳥羽・伏見で大敗。全軍総崩れとなって大坂城に退却しております」

耳を疑うような惨敗の報である。

三日の午後五時頃から始まった戦に敗れた徳川軍は、翌四日にも鳥羽・伏見で大敗し、五日昼頃淀城まで退却して態勢を整えようとした。

ところが事もあろうに、老中稲葉正邦《いなばまさくに》が藩主を務める淀藩が朝廷の意を受けて寝返ったのである。

城を守る藩兵たちは大手門を固く閉ざして徳川軍の入城を拒み、新政府軍に身方する姿勢を明確にした。

徳川軍はやむなく木津川《きづがわ》の南まで退却し、橋を焼き落として敵の進撃を食い止めようとした。

ところが今度は、淀川の対岸の山崎《やまざき》に布陣していた津《つ》藩藤堂《とうどう》家が寝返った。

六日早朝に「勅命もだし難く、旧恩を捨つるほかはない」と通告するなり、砲撃を加えてきたのである。

このために徳川軍は浮き足立ち、我先にと大坂城に向けて敗走した。

大坂市中は混乱をきわめ、徳川家を見限って脱走する将兵が続出しているという。

「艦長はどうした」

太郎左衛門は務めて平静を装った。

「大樹を守ると申されて、大坂城に残っておられます。兵庫方面より長州勢が攻め上…ゆえ、西《にし》の宮《みや》方面の警戒に当たれとのご命令でございます」

る…衛門は即座に開陽丸を西の宮の沖合に向け、臨戦態勢をとって街道の監視をつづけた。


「副長、ご無礼します。副長」

当直士官に起こされたのは、浅い眠りに入った直後だった。

枕元の時計は午前四時をさしている。

「何事かね」

「ただ今、外国奉行山口駿河守《やまぐちするがのかみ》と申される方が参られ、面会を求めておられます」

太郎左衛門はあわただしく身づくろいをして闇におおわれたデッキに出た。

北西の風が強くなり、波は荒くなっている。

前後左右に大きく揺れるデッキに、壮年の大柄な武士が投光器に照らされて立っていた。

まさしく外国奉行である。太郎左衛門はひとまず艦長室に案内して応接した。

「挨拶《あいさつ》は無用じゃ。ただ今天保山沖のアメリカ軍艦に、高貴の方々が参られておる。すみやかに当艦にお移しいたすゆえ、その方自ら出迎えに参上してもらいたい」

山口駿河守は部屋のドアを閉めるなり、声をひそめて告げた。

「高貴の方々とは？」

「余の口からは申されぬ。行けば自然と分かるであろう」

「その方々の人数はいかほどでしょうか」

「八人じゃ。くれぐれも粗相のなきようにな」

このような夜中に、高貴の方々八人とは尋常ではない。太郎左衛門はすぐにカッター三隻を出すように命じ、上原七郎以下二十一名の部下を連れてアメリカ船に向かった。

星明かりで大型船の姿はぼんやりと見えるが、海は一面に墨を流したように暗い。波は二メートル近い高さである。

六人の水兵がこぐカッターは、めまぐるしく揺り動かされながら、アメリカ艦が発する信号を目当てに進んでいった。

高貴な方々とは、前将軍徳川慶喜の一行だった。

会津《あいづ》藩主松平容保《かたもり》、その弟で桑名《くわな》藩主の松平定敬《さだあき》、老中酒井《さかい》雅楽頭《うたのかみ》、板倉伊賀守《いたくらいがのかみ》らが慶喜を囲み、艦内の士官室に肩を寄せ合うようにして座っていた。

太郎左衛門も大坂城での評定で何度か顔を合わせたことがある。

あの頃の威厳に満ちた姿とはうって変わった疲れ果てた表情をしていた。

、かようなところで何をなされているのですか」

驚きのあまり、太郎左衛門は身分の上下も忘れてたずねた。

大坂城中で戦の指揮をとっているはずの首脳陣が、落武者のように小さくすくんでひと固まりになっているのだ。驚くなという方が無理だった。

「委細は開陽丸に移ってから話す。急ぎご案内いたせ」

板倉伊賀守が居丈高に申し付けた。

備中松山藩《びっちゅうまつやま》の藩主で四十六歳になる。

先代桑名藩主の松平定永《さだなが》の八男で、慶喜がもっとも頼りにしている側近である。

「ならば、こちらへ」

太郎左衛門は先頭のカッターに慶喜と会津、桑名藩主を乗せ、自ら供として付き添った。

二隻目には酒井や板倉らを乗せ、上原に供をさせた。

三隻目には銃を構えた二十人の水兵が乗り、油断なく警固に当たっている。

あたりは薄明るくなり、海の色は暗い灰色へと変わっている。

波は相変わらず高く、カッターは右に左に木の葉のように翻弄《ほんろう》された。

慶喜ら三人は船から振り落とされまいと、船底の横木にしがみついて体を伏せている。

船縁《ふなべり》に当たってくだけた波が頭上からふり注ぐたびに、羽織といわず袴《はかま》といわずぶ濡《ぬ》れになり、尾羽打ち枯らした鳥のように寒さに震えていた。

「ご無礼とは存じまするが」

太郎左衛門はさすがに哀れになった。

「それがしの股《また》の間に座られませ」

慶喜を前に座らせ、後ろから抱きかかえた。両足をしっかりと踏ん張り、船の揺れに合わせて拍子を取るので何かにしがみつく必要もない。

「なるほど。これは木馬のようじゃ。ご両人もここに参られよ」

慶喜は波に乗るこつを覚えると会津侯と桑名侯を前に並べ、木馬遊びに興ずる子供のように夢中で拍子を取り始めた。

「次は右じゃ。それそれ、今度は左でござる」

戦に惨敗し多くの家臣を失いながらこれほど無邪気でいられるとは、下級幕臣の息子にはとても理解できない神経である。

太郎左衛門は慶喜を抱きかかえながら、何やら得体の知れない生き物に触れたような気がしていた。

ようやく開陽丸にたどりついたものの、乗艦するのがまたひと苦労だった。

波が高いためにカッターを船に近付けられないのである。近付き過ぎれば船側に衝突して転覆しかねない。かといって近付けなければ、海に不慣れな慶喜たちはとても縄梯子《なわばしご》につかまることは出来なかった。

「網《トロス》だ。網を下ろせ」

太郎左衛門の命令で、マストに登るために張るトロスが投げ下ろされた。

これにつかまってカッターを開陽丸の側に寄せ、三人のお殿さまを登らせた。

ずぶ濡れの三人を艦長室で休ませ、熱い茶をふるまっていると、板倉伊賀守らがやって来た。こちらも濡れねずみになって体を震わせている。

「お約束通り、子細をうかがいたい」

「上様は昨夜九時に大坂城を脱し、八軒屋《はちけんや》の船着き場から小舟に乗って開陽丸に向かわれた。ところが暗夜の上に波が荒く、近くに停泊するアメリカ艦に頼らざるを得なくなったのだ」

「何ゆえ当艦に？」

「稲葉家、藤堂家の裏切りにより、鳥羽・伏見の軍勢は敗退するのやむなきに至った。またこの情勢を見た畿内《きない》、西国の諸藩も、相ついで徳川家を見限っておる。御三家の紀州《きしゅう》家でさえ、大坂攻めの軍勢を進発させる有様じゃ。もはや大坂城では支えきれぬ」

伊賀守は吐き捨てるように言って士官室に入っていった。

「ならば大坂城中にいる身方はどうなるのですか」

太郎左衛門は食い下がったが、伊賀守は音をたててドアを閉ざしたばかりだった。

「副長、左舷《さげん》前方より、イギリス軍艦が接近中です」

伝声管からけたたましい声が上がった。

急いでブリッジに登ると、三本マストの蒸気船が兵庫港の方向から煙を上げながら近付いてくる。

デッキには百人ばかりの水兵が銃を構えて配置につき、大砲の前扉をすべて開いて臨戦態勢を取ったまま、開陽丸と富士山丸の間に停泊した。

「いったい何事でしょうか」

上原が心配そうにブリッジに登ってきた。

「おそらく薩長に頼まれて、我らに脅しをかけているのだろう。ほっておけ」

イギリス艦のブリッジには数名の士官が立ち、双眼鏡でこちらをのぞいていた。

また天保山沖の身方の艦船に信号灯でさかんに連絡をとっている。

まるで開戦をうながすような激しい動きに、富士山丸から問い合わせの信号が送られてきた。

「イギリス艦ノ挙動イカニ？」

「懸念ナシ」

太郎左衛門はそう返答させた。

近くにはアメリカ艦もフランス艦も停泊しているのだ。

いかにイギリスが薩長に肩入れしていようと、無法な攻撃ができるはずがなかった。

だがそれは万国公法を熟知している者の判断である。

艦長室にいる徳川慶喜らはイギリス艦の動きに怖れをなしたらしく、板倉伊賀守を問い合わせにさし向けた。

「イギリス軍艦は、この船に攻めかかろうとしているのではないか。上様もはなはだ懸念しておられるゆえ、そうした場合にはどうするのか確《しか》とご返答申し上げよ」

「イギリス艦は薩長に頼まれて、当艦をこの位置から追い払おうとしているのでございましょう。しかし親交のある国の軍艦に故なく発砲することは、万国公法によって禁じられております。戦になることは絶対にございませぬゆえ、ご安心下さるようお伝えいただきたい」

だが、イギリス艦は執拗《しつよう》だった。まるで慶喜らの動揺を見透かしたように、開陽丸の近くを回り始め、しきりに軍事演習をくり返した。

しかも、開陽丸に照準を合わせて空砲を撃ちかけてくる。

また天保山沖からもイギリス艦船が近付きつつあった。

これにうろたえたのか、板倉伊賀守が再びブリッジに駆け上がってきた。

「先ほど懸念には及ばぬと申したが、イギリス艦は今にも攻めかかりそうな様子ではないか。万一発砲されたならどうするのか、そちの存念をいま一度申し上げよ」

「先刻申し上げた通り、万国の海軍には互いに順守すべき公法というものがございます。たとえ薩長の輩《やから》がイギリス艦に乗り込んで扇動しておるとしても、この公法を破って攻撃を仕掛けてくる気遣いはございません」

「しかし、イギリス人は他国の者とちがって乱暴狼藉《ろうぜき》に及ぶことが多いと聞く。現に今も、あのように砲撃をくり返しておるではないか」

「分からんお人だな。あれは演習のための空砲だと申し上げたではありませんか」

太郎左衛門はかっとして突き放した物言いをした。

日頃は冷静沈着だが、こうした時には下町育ちの地がもろに出るのである。

「あなたも日本の侍でしょう。あれくらいの脅しで浮き足立っては、沽券《こけん》に関わると思いませんか」

「無礼な。わしは上様の名代として訊《たず》ねておるのだぞ」

「ならば上様にも伝えていただきたい。この沢太郎左衛門が本艦を預かっている限り、イギリス人どもに指一本触れさせはいたしません。上に立つお方は下の者を信頼し、軽々しい振舞いに及ばれませんようにとね」

「貴様、軍艦役の分際で……」

「その分際を頼って来たのは、どこのどちら様でしょうかね。それほどご心配なら、こちらもこれから演習を始めて、イギリス人には一歩も引けを取らないところをご覧

ょうか」

に川慶喜も是非見たいというので、さっそく演習にとりかかることにした。

だが、二十六門の大砲にはすでに実弾が込めてある。

これを抜き取るかどうか、砲術士官の一人が指示をあおぎに来た。

「長州勢が大坂に向けて進撃した場合には、砲撃せねばならぬ。弾は込めたままにしておけ」

「しかし万一暴発したなら、イギリス艦に攻撃の口実を与えることになりましょう」

「君も鈍《スロー》だな。砲手に口火雷管を渡さなければ済むことじゃないか」

太郎左衛門の命令で、艦内に戦争用意《アラルム》の太鼓が打ち鳴らされた。

乗員たちは何も知らされていなかったが、日頃から訓練が行き届いているだけに対応は迅速である。

わずか二分ほどの間にすべての砲手が配置につき、二十六門の大砲をいつでも撃てる態勢にした。

弾薬係は弾庫と火薬庫に走り、小銃隊は剣を銃の砲先につけてデッキに整列し、狙撃隊は帆柱の中途の棚まで登って敵将狙撃の構えをとった。

また船首部には、旋回式砲台を持つ一ポンド狙撃砲二門を据え、正面の敵に備えている。

「独立撃ち方用意」

「かかれ！」

号令と共に一ポンド狙撃砲二門と小銃、狙撃銃が火を噴いた。

むろん空砲である。だがイギリス艦は開陽丸の決然たる姿勢に恐れをなしたのか、挑発はぴたりと止んだのだった。

一月八日午前八時。

板倉伊賀守から思いがけない命令があった。

「上様は早々に江戸城に帰りたいと申されておる。すみやかに出港の用意をいたせ」

大坂城中にはいまだに一万余の徳川軍がいて、慶喜が陣頭に立って指揮してくれるものと信じている。その者たちを置き去りにし、首脳陣だけが江戸へ逃げ帰ろうというのだ。

将たる者にあるまじき卑怯《ひきょう》な振舞いだけに、太郎左衛門にはとうてい承服できなかった。

「恐れながら、ただ今本艦がこの場を離れたなら、大坂の守備が手薄となりましょう。また本艦は徳川艦隊の旗艦として、他艦の指揮を取るべき任にあります。本艦なくし、他の四隻も戦うことはできませぬ」

「出港は上様の思し召《おぼしめ》しじゃと申しておる」

「ただ今、矢田堀司令官も榎本艦長も不在でございます。いかに上意とは申せ、このような大事を私一人で決することはできません」

「昨日はずいぶんと勇ましい物言いをしおったが、矢田堀や榎本がいなければ、江戸まで航海することもできぬというわけか」

伊賀守が憎さげに吐き捨てた。

怖気《おじけ》づいた男というものは、ここまで卑しくなるものらしい。

太郎左衛門はまともに相手をするのが馬鹿らしくなった。

「ともかく、両名が戻るまでお待ち下され。その上でご返答申し上げまする」

さっそくカッターを出して大坂の榎本らに事情を知らせようとしたが、北西の風は昨日以上に強く、波は荒れ狂っている。

六人の水兵たちは必死で櫓《オール》をこぐが、波にもてあそばれ風に吹き流されて、行動の自由はまったく利かなかった。

これでは榎本らも戻って来られるはずがない。どうしたものかと当惑していると、再び伊賀守がデッキに現われ、富士山丸の艦長を呼べと命じた。

「この波風では、カッターを出すことはできません」

「かの船は目と鼻の先に停泊しておるではないか。急ぎ呼び寄せ、上様の御前に伺候せよ」

伊賀守はそう告げるなり、冷たい風から逃げるように階下に去った。

信号灯で来艦の指令を伝えると、艦長の望月大象《もちづきだいぞう》が荒波をついてやって来た。

「何事ですか」

トロスを伝ってデッキに上がるなりたずねた。三十半ばの恰幅《かっぷく》のいい髭面《ひげづら》の男である。

「本艦に大樹が来ておられる」

「上様が……、どうして」

「大坂城から落ちて来られたのだ。江戸に逃げ帰りたいと申されておる」

太郎左衛門は大声で遠慮のないことを言った。長年船に乗っていれば、声は自然と大きくなる。歯に衣着《きぬ》せぬのは、慶喜たちへの怒りのせいだった。

二人は肩を並べて艦長室を訪ねた。

船尾部を占めるガラス窓のある部屋のソファーに、慶喜が所在なげに座っていた。会津侯と桑名侯が両側の床に座り、その下座に老中二人が控えている。

こうした場所でも、身分の序列だけは厳格に守られていた。

太郎左衛門と望月は当惑した顔を見合わせ、ドアのすぐ側に平伏した。

革靴をはいているので、正座をするのがひどく苦痛だった。

「両名に申し渡す」

板倉伊賀守は威厳を保とうとしてひどく力み返っていた。

「ひとつ。望月大象儀はただ今より富士山丸をもって指揮艦と心得、他の軍艦に司令すべし。ひとつ。沢太郎左衛門儀は開陽丸江戸湾へ航海中船将代理を申しつける。ただちに出港の用意を致すべし」

主君の上意とあれば、これ以上異を唱えることは出来ない。

二人は無念の臍《ほぞ》をかみながら艦長室を後にした。

「徳川家の命運も、これで尽きたようだな」

デッキに登る階段《ステップ》の中途で立ち止まり、望月がぽつりとつぶやいた。

望月を見送ってから、太郎左衛門は重立った士官を集めて対応を協議した。

「いかに上意とはいえ、窮地におちいった友軍や艦長を置き去りにして出港するわけにはいかぬ。何か良い知恵はないか」

「エンジンに故障が起こったと言って、榎本艦長がもどられるまで時間をかせいだらどうでしょうか」

そう提案したのは、砲術士官の矢作平三郎《やはぎへいざぶろう》である。

「そうだ、この嵐では帆走はできぬ」

「蒸気を抜いて気圧が上がらぬとでも言えば、あの方々には分かるまい」

何人かの士官が口々に同意した。

だれもが出港命令に失望と怒りとやり切れなさを覚えているだけに、命を賭《と》してもこの場に居座ろうと胆を決めていた。

「いやいや、それでは老中方を鎮めることはできますまい」

上原七郎がおだやかに反論した。

「それにこの嵐が短時間のうちにやむとも思えません」

「ならば君は、不義の命令に従えというのか」

斬りかからんばかりの勢いで問い詰める者がいたが、上原はあくまで冷静である。

「そうではありません。ひとまず抜錨《ばつびょう》して運転を始めれば、上様もご安堵《あんど》なされ、老中方も落ち着かれましょう。出港して大坂湾を何度か回っていれば、そのうちに嵐もおさまるのではないでしょうか」

「よう候《そろ》。それは名案じゃ」

「荒天航海の演習にもなる。上原君、見直したぞ」

溜飲《りゅういん》を下げた士官たちは、さっそく出港しようと勇み立った。

「分かった。ただし、このことは口外無用だ。後日罪に問われた時には、私が全責任を取る」

太郎左衛門の決断で開陽丸が出港したのは午後二時のことである。

いったん紀淡海峡まで下り、進路を北に転じて天保山沖までもどる。

スピードを五ノットに落として何度か往復するうちに夜になった。

これで明日の朝までは安心と思った途端に落とし穴があった。

堺《さかい》方面の出火に気付いた見張りの者が、伝声管で異状を知らせたのである。

デッキに出て事態に気付いた板倉伊賀守は、怒りに目を吊《つ》り上げて太郎左衛門に詰め寄った。

「これはどうしたわけじゃ。まさか上意に背いたのではあるまいな」

「そうではございません。蒸気機関に少し懸念のところがありましたので、試運転をしていたのでございます」

「上様は一刻も早い江戸帰城をお望み遊ばされておる。早々に出港いたせ」

事ここに至っては、もはや同じ手は通用しない。

太郎左衛門は断腸の思いで出港を命じざるを得なかった。

大坂の海は荒れ狂っている。

開陽丸は打ち寄せる高波と西風にあらがいながら、夜の海を南へと向かっていった。

第二章　上野戦争

一

加太の瀬戸を過ぎて紀伊水道に入ると、北西の風が急にゆるやかになった。淡路島の諭鶴羽《ゆづるは》山地が風よけになっているらしい。波も思ったほど高くはない。

（これなら明日の夕方までには江戸に着けるだろう）

沢太郎左衛門は甲板《デッキ》の艦橋《ブリッジ》に立って漆黒の海をながめていた。

大坂城の友軍一万と艦長の榎本武揚を置き去りにしての出港だけに、心は重く沈んでいたが、徳川慶喜の上意とあらば従わざるを得ない。

この真っ暗な空と海が、太郎左衛門には徳川家の行く末を暗示しているように思えてならなかった。

「副長、伊賀守さまがお呼びです」

当直士官がそう伝えた。

階下の士官室に行くと、老中板倉伊賀守勝静《かつきよ》が外国奉行山口駿河守直毅《なおき》と額を寄せ合って何やら話していた。

頭上に吊るしたランプが、薄明るく部屋を照らしている。

船が揺れるたびにランプも揺れ、二人の青ざめた顔が闇の中に浮き沈みした。

「今はどのあたりじゃ」

伊賀守の細長い顔には猜疑心《さいぎしん》が貼り付いていた。

一度欺《あざむ》かれただけに、こまめに位置を確かめないと安心できないらしい。

「加太の瀬戸を過ぎ、和歌山沖を南下中でございます」

「まことであろうな」

「ブリッジに立って双眼鏡をのぞけば、和歌山城下の明かりが見えます。ご覧になりますか」

「よい。裏切り者の城など見とうはない」

紀州徳川家は鳥羽・伏見の戦いで徳川軍が敗れると、朝廷方となって大坂城に矛先を向けた。

御三家までが徳川宗家を見限ったことが、慶喜に大坂脱出を決意させたといっても過言ではなかった。

「それより、近くに寄港できる所はないか」

「何ゆえでございましょうか」

「荒波にもまれて、上様がひどく疲れておられる。船酔いがひどく、食事も喉《のど》を通らぬご様子なのじゃ」

「申しわけございませぬが、夜間に入港すれば座礁するおそれがあります。またこの波では、沖に停泊して漕艇《カッター》を出すこともできません」

太郎左衛門は残酷なばかりにきっぱりと事実を告げた。

海には海の掟《おきて》がある。主君とはいえ甘えは一切許されないのだ。

「さようか。ならば江戸へ急いでくれ」

紀伊半島南端の潮岬《しおのみさき》を回り、熊野灘《くまのなだ》に入って五里ばかり進んだ頃から、急に北西の風が強くなった。

船乗りたちが鉄砲西《てっぽうにし》とか尾張《おわり》の吹出しと呼んで恐れる、この季節特有の突風である。

この風に吹かれて遭難し、黒潮に乗って太平洋のど真ん中まで流されたという例は枚挙にいとまがないほどだった。

「エンジン全開、北々東に進路を取れ」

太郎左衛門は伝声管に向かって声を張り上げた。

全速力で志摩《しま》半島を回り、伊勢《いせ》湾に難を避けるしか方法はないと判断したのである。

だが、鉄砲西は猛烈だった。四十数メートルもある主檣《メインマスト》が釣《つ》り竿《ざお》のようにたわみ、ギギッ、ギギッと無気味な音をたてる。

四百馬力の蒸気機関の出力を最大にして二枚羽根のスクリューを回しても、強風に押し戻され、急流をさかのぼるようにのろのろとしか進まない。

エンジン音が船中に響き、船体が苦しげに振動するばかりである。

しかも横からの波を船側に受けるので、高波が打ち寄せるたびに船が大きく傾き、何かにつかまらないと立っていられないほどだった。

「沢、何をしておる。上様が船酔いじゃと申したではないか」

伊賀守が血相を変えて飛んできた。あまりの揺れに、慶喜はついに吐き始めたという。

「ならば下士官たちと同じように、ハンモックに横になられるがよい。少しは楽になられましょう」

天井から吊るしたハンモックは、船の揺れの影響をあまり受けない。

当番ではない下士官たちは、砲床《ガンデッキ》に吊るしたハンモックで安らかな寝息をたてていた。

「いや、それはなるまい」

伊賀守は言下に拒んだ。

前将軍ともあろうお方に、水夫のような真似はさせられぬというのである。

「他に何か手立てはないか」

「ひとつだけございます」

「申せ」

「風に任せて船を流すことです。そうすれば揺れも少なくなりましょう」

「それでは、どこに流されるか分からぬではないか」

「船の位置は羅針儀《コンパス》で計ることが出来ます。風がおさまったなら、エンジンを全開にして江戸へ向かいます」

このまま風に逆らって航行していては、燃料が切れるおそれがある。

伊賀守から問われなくとも、そうする以外にないと考えていたところだった。

「総員に告ぐ。これより追風航行《レンセン》に移る。エンジン停止。スクリューをアップせよ」

エンジンが止まると、船に打ち寄せる波の音が急に大きく聞こえ始めた。

波が砕けしぶきがふりそそぐ音に混じって、巻揚機《ウインチ》を巻く金属音が小さく聞こえた。

開陽丸は三本マストの帆船であり、蒸気機関はあくまで補助的な動力である。帆走のみの時には二枚羽根のスクリューはかえって邪魔になるので、主軸《シャフト》からはずして引き上げられるように最新式の設計がしてあった。

レンセンに移った開陽丸は、鉄砲西に吹かれるまま飛ぶような速さで南東へ流されていった。

「上原君、デッキに出て速度を計る。一緒に来てくれ」

「我々がやります。副長はここで指揮を取って下さい」

砲術士官の上原七郎がいさめた。この風と波では、海に投げ出される危険があった。

「久しぶりの難風《ワイルド・ウインド》だ。この目で見ておきたいのだよ」

上原と二人胴綱を取って真っ暗なデッキに出た。途端に目を開けていられないほどの突風が来た。波は船縁《ふなべり》を越えて打ち込み、デッキを川のように流れていく。

二人は氷水のような波をあびてずぶ濡《ぬ》れになり、船縁の手すりを頼りに船尾まで進んだ。

船の速度は筒をつけたロープを投げ込んで計る。筒は海中で静止するので、船が遠ざかった分だけロープが伸びる。一分間でどれだけロープが伸びたかで速度を割り出すのである。

「上原君、時計をみてくれ」

「分かりました。十五秒前、五、四、三……」

上原が投光器で手元を照らして時計の秒読みをした。

一秒前に速度計を海に投げ入れると、ジャスト零《ゼロ》のタイミングでロープが伸び始めた。

十メートルごとに結び目を入れたロープが、もの凄《すご》い速さで繰り出されていく。その結び目の数を、手の感触をもとに数えるのだ。

「四十五、四十六、四十七……」

一秒間に結び目を二つもカウントする。開陽丸が経験したこともない速さだった。

太郎左衛門は声を張り上げて結び目を数え、

「九十九、百、百一……」

「一分」

という上原の声と同時にロープを握りしめた。何とカウントは百六である。

一分間に千六十メートルということは、時速六十キロを優に超える。今日の水中翼船なみのスピードだが、開陽丸は何の支障もなく航海をつづけている。まったく頼り甲斐《がい》のある船《やつ》だった。


鉄砲西は一時間ほどでおさまったが、開陽丸はそのままレンセンをつづけ、一月十日の早朝には八丈島《はちじょうじま》の北二十キロの位置まで流された。

この頃には風も波も鎮まり、青々とした大海原がおだやかに広がっていた。

双眼鏡をのぞくと八丈島の西山《にしやま》がはっきりと見えた。八丈富士《はちじょうふじ》とも呼ばれる円錐《えんすい》状の美しい火山である。

古くから流刑地として知られた島で、関《せき》ヶ原《はら》の合戦に敗れた宇喜多秀家《うきたひでいえ》もここに流されている。

そうした古事が脳裡《のうり》をよぎるからだろう。太郎左衛門には八丈島のたたずまいが、アフリカ西方に浮かぶセントヘレナ島に似ているような気がしてならなかった。フランスの英雄ナポレオンが流されたこの島に、太郎左衛門はオランダ留学におもむく途中に立ち寄ったことがある。

ジャワ島を出港して百二十四日ぶりに踏みしめる大地だけに、ジェイムスタウン港に下り立った時には感慨もひとしおだった。

ナポレオンの墓を訪ねた時、熱血漢の榎本武揚は一編の漢詩を朗した。「去載の深秋　瓊陽《けいよう》を発す」という初句だけは覚えていたが、その後がどうしても思い出せなかった。

レンセンから汽走に移った開陽丸は、その日夕方浦賀港に入港し、翌一月十一日の早朝品川沖に着いた。

徳川慶喜も松平容保も、思いがけぬ荒天航海に青息吐息である。

太郎左衛門は自らカッターに乗り、一行を浜御殿《はまごてん》まで送り届けた。

「沢太郎左衛門、こたびの働き大儀であった」

船酔いが抜けない慶喜は、立っているのもやっとだったが、手ずからずしりと重い恩賞の袋を渡した。

船に戻って開いてみると、二分金ばかり二百両入っていた。

皆で分配するように命じ、太郎左衛門は士官室のベッドに倒れるように横になった。

主君の命と開陽丸を預かる緊張に、大坂出港以来一睡もしていない。

今はただ何もかも忘れて眠りたかった。

三日後の昼過ぎ、見張りの者が富士山丸の入港を伝えた。

太郎左衛門はブリッジまで駆け上がり、

「榎本艦長ハイカニ？」

問い合わせの信号を送った。

「本船ニアリ、安心サレタシ」

望月大象が返信を送って寄こした。

「艦長が戻られたぞ。カッターを下ろせ」

デッキに出ていた百名以上の乗員たちがいっせいに安堵《あんど》の息をつき、万歳を唱えて喜びを爆発させた。榎本に寄せる期待と信頼はそれほどに大きいのである。

「上原君、矢作君、祝砲を撃ちたまえ。左舷《さげん》十三門、連続撃ち方だ」

砲術士官に指示すると、太郎左衛門はカッターに乗って榎本を迎えに行った。

カッターをこぎ寄せて縄梯子《なわばしご》を登ると、榎本武揚が手を差しのべた。

甲の厚い手をしっかりと握ると、体がふっと浮いてデッキまで引き上げられた。

「望月君から子細は聞いた。大坂湾を行ったりきたりしていたそうじゃないか」

「荒天航海の訓練になるんでね。無事で何よりだ。望月君もよくやってくれた」

「なあに。艦長は不死身だからね。こちらはじっと待っていただけさ」

望月が満足そうに丸いあごにたくわえた鬚《ひげ》をなでた。

デッキには陸軍の兵士たちが大勢乗り込んでいる。鳥羽・伏見の戦いに敗れ、大坂城まで退却した者たちで、半数近くが何らかの傷を負っていた。

大坂城に残った榎本は、彼らを可能な限り収容してきたのである。

後続の蟠龍丸、順動丸、翔鶴丸に乗船した兵を合わせれば、その数は千名を超えるという。

「沢君、引き合わせたい御仁がある。こちらに来たまえ」

榎本は兵士たちの間をぬって船尾に進んだ。誠の字を染め抜いた水色の羽織を着込んだ一団がいる。洛中《らくちゅう》でその名を知られた新選組であることは、太郎左衛門にもすぐに分かった。

総勢四十数人だが、ほとんどの者が手傷を負っている。彼らがいかに激戦地をくぐり抜けてきたか、体に巻いた血染めの包帯が雄弁に物語っていた。

「近藤《こんどう》君、土方《ひじかた》君」

榎本が呼ぶと、近藤勇《いさみ》と土方歳三《としぞう》が歩み寄ってきた。

近藤は顎《あご》が張った不敵な面魂をした男で、伏見で鉄砲傷を負っているはずなのに弱味は露ほども見せなかった。

土方は背がすらりと伸びた白面の好男子で、切れ長の目をまぶしげに細めている。

「こちらが沢君だ。剣を取らせたら、君たちといい勝負だと思うよ」

「お噂は榎本艦長からうかがっております」

近藤はさしさわりのない挨拶《あいさつ》をしたが、土方はいきなり現実的なことをたずねてきた。

「失礼ですが、どちらの道場で修行なされましたか」

「神田《かんだ》の撃剣館です」

「そうですか。私は多摩《たま》の田舎剣法です」

土方も太郎左衛門と同じように洋式の軍服のベルトに刀をはいていた。

「いずれ酒でもくみ交わすとして、まずは二人だけで話がしたい」

榎本は太郎左衛門を階下の艦長室に案内した。驚いたことに千両箱がぎっしりと積み上げてあった。

「十八万両ある。こりゃあちょいと使い出があるぜ」

榎本がいたずらっぽい笑みを浮かべ、ようやく生えそろった髭《ひげ》をねじった。

「君、まさか強盗でもしてきたんじゃないだろうな」

「ぼくは薩人《さつじん》のような下司《げす》はやらんよ。これは大坂城の御金蔵から持ち出してきたのだ」

榎本は十数名の配下を連れて一月五日に大坂に上陸し、陸軍総督本陣へ行って今後の戦い方について打ち合わせようとしたが、鳥羽・伏見の敗戦によって陸軍は浮き足立ち、我先にと大坂城に退却していくばかりだった。

やむなく大坂城まで退却して将軍慶喜の指示をあおごうとしたが、慶喜はすでに脱出した後で、大坂城の兵も大半が逃げ去っていた。

せめて御座所に保管されてある重要書類や刀剣類だけでも回収しようと城に入ると、途中で勘定吟味役の小野友五郎《おのともごろう》に会った。

この城の御金蔵には非常の際の軍用金として古金十八万両が貯《たくわ》えてあるので、江戸まで運んでほしいと言う。

榎本は胸を叩《たた》いて引き受け、荷車五台と人足をかき集め、配下に警固させて八軒屋の船着場に向かった。

ところが大坂市中は敗走してきた幕府軍と、官軍が攻めてくるという噂に混乱をきわめ、人足たちは今にも逃げ出そうとする。

榎本は抜刀して人足たちをおどし付け、何とか八軒屋までたどり着き、三十石船に千両箱を積み替えて富士山丸まで運んだという。

「酒手はたっぷりとはずんだがね。あの人足たちには気の毒なことをした」

「この金をどうする。将軍家に返納するかね」

「大樹も老中も、軍用金を見捨てて逃げ出したんだ。今さら届けてやるのも業腹だなあ」

「しかし、今こそ主家のためにこの金を用立てる時じゃないか」

「ともかく、勝先生を訪ねて相談してみるよ。君も一緒に来てくれ」

二人とも勝海舟とは長崎海軍伝習所以来の付き合いである。共に航海したことも一再ならず、気心は充分に通じていた。

「そうかい。そんなこったろうとは察しちゃいたが」

榎本から将軍逃亡の報告を聞いた勝海舟は、腕組みをして大きな溜息《ためいき》をついた。

「まさかそこまでひどいとは思わなかったよ。お前さんたちも苦労したね」

一《ひと》ツ橋《ばし》御門《ごもん》外の陸軍所の一室である。海舟は一月二十三日に陸軍総裁に抜擢《ばってき》され、ここに泊まり込んで時局の収拾に当たっていた。

名は安房守《あわのかみ》義邦《よしくに》。海舟は佐久間象山《さくましょうざん》から贈られた号である。

四十六歳になる小柄な男だが、頭は抜群に切れる。

剣も島田《しまだ》虎之助《とらのすけ》から北辰一刀流《ほくしんいっとうりゅう》の免許皆伝を受けたほどの達人である。

オランダ語にも精通し、長崎海軍伝習所ではオランダ人教官に絶賛されたほどだ。太郎左衛門や榎本武揚らのオランダ留学が実現したのも、海舟の尽力によるところが大きかった。

二人にとっては師であり恩人でもある。

今や幕閣において信頼できるのは海舟のみと言っても過言ではなかった。

「朝廷ではすでに徳川家の追討令を発しております。やがて薩長を主力とする軍勢が、東海道《とうかいどう》、東山道《とうせんどう》を攻め寄せて参りましょう。先生は恭順をとなえておられると伺いましたが、徳川家と天下の行く末についていかようにお考えなのでしょうか」

榎本がいかつい肩をぐっとせり出してたずねた。

「まあ酒でもお飲みよ。君は何でもそうむきになるからいかん。剣だって学問だって、柔らかく構えなければ勝ちは拾えんよ」

海舟はにこやかに笑って徳利を差し出した。

榎本も悪い癖に気付いたらしく、素直に折敷の盃《さかずき》を取った。

つまみは大森の海苔《のり》と房州《ぼうしゅう》産の目ざし、それに漬物ばかりである。

誰が来てもこの三品でもてなすのが、海舟の流儀だった。

「沢君も飲みたまえ。大樹を乗せての航海では、骨の髄までくたびれただろう」

「開陽丸が堅牢《けんろう》で助かりました。紀州沖で突風にあい、レンセンにして船を流したところ、時速六十キロを記録しました」

「本当かね。六十キロといえば、およそ三十二ノットだよ」

「信じられないようなスピードですが、開陽丸には何の支障もありませんでした」

「それは凄《すご》い。あの船にかかっちゃ、太平洋も不忍池《しのばずのいけ》のようなものだ」

海舟の冗談に榎本が声を上げて笑った。

太郎左衛門も急に気分が良くなって、盃の酒をひと息に飲み干した。

海舟は万延《まんえん》元（一八六〇）年に咸臨丸《かんりんまる》の艦長として太平洋を渡っている。その海を不忍池にたとえるほど自在に渡れるようになったのは、海軍伝習所以来海事に奔走してきた幕府海軍の面々の功績なのである。

「それでね。時局の話に戻るが」

海舟は座の空気をつかむのが実にうまい。

「さっき榎本君が言ったように、私は恭順をとなえている。幕臣の中には薩長を討てと息まく連中も大勢いるが、日本が二つに割れて戦争をしたならどうなると思う」

薩長らの官軍はイギリスの、旧幕府である徳川家はフランスの支援を受けている。もし両者の全面戦争になれば、どちらが勝ったとしてもイギリスかフランスに大きな借りを作ることになり、やがては言いなりにならざるを得ない。

　これを避けるには、いかに薩長が理不尽の要求をしてこようとも、徹底して恭順の姿勢を貫く他はないというのである。

「それでは徳川家は潰《つぶ》れませんか」

　榎本の肩に再び力が入り始めていた。

「いいや潰れぬ。潰さぬ働きをするのが、我ら家臣の役目じゃないか」

「どのように残されるつもりですか」

「この江戸か駿府《すんぷ》に、百万石ばかりの所領を持てばよい。そうすれば家臣の暮らしも立ちゆくはずだ」

「しかし、政治の実権は薩長に握られたままとなりましょう」

「百万石の所領を得たなら、野に下って上院下院の開設を要求していく。徳川家にはまだまだ有為の人材がきら星の如くいるではないか。議会を開いて論を戦わせれば、薩長の田舎侍ごときに負けたりはしない。また負けるくらいなら、徳川家の命運も尽きたということだよ」

　恭順の後所領を確保し、公議政体論をとなえて巻き返しをはかる。

　海舟はそこまで先を見通していた。

「しかし、先生」

　太郎左衛門は榎本がぐっと前に身を乗り出したのを見て間に入った。

「薩長は徳川家を潰すつもりで攻めかかって参りましょう。御家の存続を、すんなりと認めるとは思えませんが」

「それは君、剣の勝負と同じだよ。こちらを斬り殺そうとかかってくる相手を、君ならどうさばくかね」

「後の先を取ります」

「そう。それが極意だよ。大坂城の連中が軽挙妄動して、すでに相手に先を取られているからね。相手の弱点を見極めて、そこに打ち込むしか策はない。それには君たちの海軍力が頼りなのだ」

敵の弱点は二つあると海舟は言った。

ひとつは徳川艦隊に比して海軍力が脆弱《ぜいじゃく》なことである。陸軍力の優勢に乗じて東海道を攻め下ってきたとしても、海上からこれを叩けば容易に撃退することが出来る。

だから慶喜の恭順と所領の確保が許されないなら、総力をあげて戦うのみだと主張すれば、薩長の連中も譲歩せざるを得なくなるというのだ。

「もうひとつは国際世論だ」

海舟は目ざしを頭からかみくだき、くいっと一杯酒を流し込んだ。

手つきの鮮やかさといい、飲みっぷりといい、江戸っ子の見本のような男である。

「諸外国の公使たちは、中立協定を結んで我国の成り行きを見守っている。万国公法にも、恭順を表明した相手を攻めてはならないという決まりがあるだろう。薩長の連中がこれを無視して江戸を攻めれば、オランダもフランスもアメリカも我々を支持するはずだ。イギリスのみがそれを無視して薩長を支持することは出来なくなる。急所はイギリス公使パークスにこのことを説いて、我らの身方につけることだよ」

「その役目、榎本君にやらせてはいただけませんか」

太郎左衛門はそう申し出た。

パークスとの交渉は、豊かな国際認識を持ち、英語に堪能《たんのう》な者でなければ務まらない。しかもイギリス人を相手に一歩もひけを取らない胆力が必要である。

今の徳川家にこれをやりおおせる男は、榎本武揚しかいなかった。

「そうかい。君たちは相変わらずだなあ」

海舟が嬉《うれ》しそうに愛弟子を見やった。

長崎海軍伝習所の頃から、二人は一対のお神酒《みき》徳利《どっくり》だと言われるほどに仲が良かった。

しかも互いの美質を充分に分かりあった、和して同ぜぬ間柄である。

「ぼくも榎本君に頼もうと思ってね。こんなものを用意している」

海舟が二人に一通ずつ、徳川慶喜からの辞令を渡した。

榎本には海軍副総裁、太郎左衛門には開陽丸艦長を命じると記されている。

「イギリス公使と交渉するんじゃ、これくらいの肩書きがあった方がいいからね。もちろん沢君にも一緒に行ってもらうよ」

海舟の眼力と手回しの良さは斯《か》くの如しである。

下級幕臣の小倅《こせがれ》だった二人は、ただ呆然《ぼうぜん》と辞令をながめるばかりだった。

二

猪牙舟《ちょき》で神田川をさかのぼり、和泉橋《いずみ》のたもとで下りると、御徒町《おかちまち》の通りはすぐ目の前だった。

久々の休暇をもらった太郎左衛門は、下谷六軒町《したやろつけんちょう》の我家へと向かっていた。

海軍の制服では目立って仕方がないので、小袖《こそで》を着流しにして羽織を重ねている。

腰には大小を落とし差しにして足袋と雪駄《せった》をはいていた。

下谷は上野寛永寺《うえのかんえいじ》の門前町として栄えたところで、下級幕臣の組屋敷が多い。

御徒町という名前も、御徒《おかち》組の組屋敷が多かったことから俗称されたものだ。

その他にも御先手《おさきて》組、御書院番《ごしょいんばん》組などがあり、百石取り以下の武士たちが組屋敷で細々と暮らしている。

貧しいけれども人情に厚く、武家の格式にもあまり縛られない自由の気風に満ちた町だった。

榎本の生家も御徒町の柳川横町《やながわよこちょう》にある。太郎左衛門の生家はそこから東へ二キロほど歩き、三枚《さんまい》橋の次の角を南に折れた所にあった。

父は今も奥火之番を務めている。大奥御広敷《おひろしき》の灯火の番をするだけの閑職だが、定員が三十一人もいて、八十俵の扶持《ふち》をもらっている。

一俵は三斗五升だから、石高にすれば二十八石の収入ということになる。

そうした微禄《びろく》の者たちが住む組屋敷だけに、敷地は狭く家はきわめて粗末だった。

組屋敷の並びには、かつて南雲富子が住んでいた家もあった。

互いの父が親しかったので、子供の頃にはよく遊びに行ったものだが、今では人手に渡って空家のまま放置されている。

板屋根は今にも崩れ落ちそうで、閉めきった雨戸は方々が破れている。

富子が小まめに花を植えていた庭には、雑草が立ち枯れたまま風に揺れていた。

太郎左衛門はふと思い出に誘われて足を止めた。

あれは確か富子の七つの祝いの日のことだ。

神田の道場からの帰りに立ち寄ると、奥の座敷で祝いの酒宴が行なわれていた。

化粧をして髷《まげ》を結った富子が、薄紅色の真新しい着物を着て上座に座っている。

その前にすえられた祝いの膳《ぜん》には、日頃見たこともないようなご馳走《ちそう》が並べてあった。

中でも朱塗りの高坏《たかつき》に盛られた色鮮やかな砂糖菓子に、十二歳だった太郎左衛門は目を奪われた。

貧しい家に育っただけに、こんなに美しい砂糖菓子など見たこともなかった。しかも道場での厳しい稽古《けいこ》の帰りだけに、見ているだけで砂糖の甘味が口の中に広がっていくようである。

太郎左衛門はしばし目を奪われ、顔から火が出そうなほど己れを恥じた。

武士たる者が、野良犬のように他家《よそ》の食べ物をのぞき込むとは何たることか。

恥ずかしさと自己嫌悪にいたたまれなくなり、祝い席だから寄っていけという誘いを断わって表に飛び出した。

すると富子が小走りに後を追ってきた。

初めて着た丈長の着物に足を取られそうになりながら走り寄ると、

「お稽古、お疲れさまでした」

そう言って懐紙に包んだ砂糖菓子を差し出し、紅をひいた唇をほころばして笑いかけた。

そのあどけない笑顔と世話女房のように大人びた言葉が、今も脳裡《のうり》に鮮やかに残っていた。

木戸のような門をくぐると、父太八郎《たはちろう》が玄関口にあぐらをかいて鑿《のみ》をふるっていた。手先の器用な父は、下駄《げた》造りの内職をして生計を立てているのである。

あいつぐ戦争や軍備拡張のために、幕府からの扶持米の支給はないに等しい。旧幕臣の大半が自分で金を工面するしかない状況に追い込まれていた。

「忙しかろうに、よう戻ったな」

屈託のない父の顔を見ると、太郎左衛門の胸にぐっとくるものがあった。

思えばオランダ留学の費用も開陽丸の建造費も、幕臣たちの血を搾り取るようにして捻出《ねんしゅつ》したものである。

その恩恵に浴したからには、一命を賭《と》して幕臣たちのために働かねば武士とは言えぬ。太郎左衛門は改めてそう思った。

「近頃は登城の用もないのでな。下駄屋が本職のような有様じゃ」

父は袴《はかま》についた鑿くずを払って道具を仕舞い、母に酒の用意を申し付けた。

「こんな時期で、何もなくてね」

母が徳利の酒と軽くあぶった味噌《みそ》を出した。

面長でふくよかだった顔が、病み上がりのようにやつれている。

二度の食事も一度に切り詰めているにちがいなかった。

「さあ、飲め。今度戦になったなら、いつ会えるか分からぬからな」

「いえ、父上から」

太郎左衛門は徳利を取って酒を注いだ。

「ああ、うまい。五臓六腑《ごぞうろっぷ》にしみ渡るな」

酒好きの父が、相好を崩して盃《さかずき》を干した。

「このたび、開陽丸艦長を拝命いたしました」

「そうか。じゃあ釜次郎《かまじろう》君はどうなった」

父は息子の出世を喜ぶより先に、榎本のことを心配した。

生真面目で情に厚い、昔気質《むかしかたぎ》の武骨な男なのである。

「海軍副総裁となりました。内実は総裁も同じです」

「えらく出世したものだ。さぞ苦労もあったろうな」

「これは役料の一部です。何かのお役に立てて下さい」

二分金で五十両を入れた袋を差し出した。

軍艦頭の役料は千五百両である。むろん全額支給されるわけではないが、百両ばかりの金はいつでも自由になった。

「そんなものは受け取れねえな」

父が目を据えて伝法な口調になった。

「もうじき薩長の奸物《かんぶつ》どもと戦に及ぶんだろう。この金はそのときのためにとっておけ」

「戦争にはなりません。近々大樹は寛永寺にこもって恭順の意を示されるはずです」

「馬鹿な。それじゃあ一戦も交えずに江戸を明け渡すってのかい」

「詳しいことは申せませんが、勝先生にお考えがあるのです」

「ならば聞かねえが、金だけは持っていきな。暮らしが苦しいのは旗本、御家人皆同じだ。それでもみんな懸命に踏ん張ってるのは、大樹が薩長を討ち滅ぼし、もう一度徳川家の威を高めて下さると信じているからだ。お前もこれからそのためにご奉公するんだろう。家のことなんか心配しねえで、みんなのために何が出来るかを考えてくれ」

母が台所の隅でそっと目頭を押さえている。

太郎左衛門も泣きたいような切なさにとらわれ、腹に力を入れて盃の酒を飲み干した。

ひと通り近況を語り合うと、父と子には案外話柄などないものである。

また言葉は交わさなくとも、酒を注ぎ合っていれば互いの気持はたいがい分かる。

二人は時々相手の顔を見ながら、夕暮れ近くまで黙々と飲みつづけた。

「今日は泊まっていけるのか」

父がことりと盃を置いてたずねた。

「いえ。不慮の事態が起こるおそれがありますから、外泊は禁じております」

「ならば、聞きたいことを聞いていけ。これが永の別れになるかも知れぬのだ」

太郎左衛門は富子のことをたずねようと思いながら、口にするのをためらっていた。

父はそれを察していたのである。

「南雲どのの消息《こと》です。教えていただけますか」

「今さらどうして、そのようなことを知りたがるのだ」

「兵庫港にいた時、薩摩の賊船翔鳳丸と出会いました」

「三田藩邸の泥棒どもを乗せた船だな」

「その船に富子さんが可愛がっていた力丸が乗っていたのです」

その後阿波国まで翔鳳丸を追跡し、富子が乗船していた事実をつきとめたいきさつを、太郎左衛門は手短に語った。

なぜ富子は薩摩の賊船に乗っていたのか、その理由を知りたかった。

「ならば、親子だけの話じゃ。決して他言はするな」

父は徳利を傾けて最後の一滴まで酒を注ぐと、富子の家族のことについて語り始めた。

富子の父源左衛門《げんざえもん》は、奥火之番として出仕していたが、妻が病をわずらったために、薬礼の支払いに事欠くようになった。

初めのうちは同僚たちから金を借りて何とかしのいでいたが、それではとても追いつかず、高利貸から借金するようになった。そうして利息の返済にまで追われるようになり、ついに奥火之番詰所に保管してあった十両の金に手をつけた。

太郎左衛門がオランダに留学した翌年のことだ。

このことを知った太八郎が、方々から金をかき集めて弁償したので事は表沙汰《おもてざた》にならなかったが、その二ヵ月後に妻を亡くすと、源左衛門は富子と長男の菊太郎《きくたろう》を連れて失踪《しっそう》した。

借金は百両ちかくになり、とても返す当てはなかったからだ。

返せないなら富子を吉原《よしわら》に出せと迫られていたともいう。

その後数年もの間何の便りもなかったが、一年ほど前に相役《あいやく》の者が小田原《おだわら》まで使いに出た時、偶然旅籠《はたご》の下働きをしている菊太郎に会った。

源左衛門は失踪後酒と博打《ばくち》に溺《おぼ》れて身をもちくずし、富子は借金を返すために品川宿の茶屋で働いている。菊太郎は問われるままにそう語ると、逃げるように立ち去ったという。

「富子のために出来ることがあればと思うてな。わしは品川中の茶屋を捜し回った」

「それで、富子さんは」

「いたよ。黒金屋《くろがね》という茶屋にな。志士を気取った連中が出入りする薄汚い店だ。わしに酒などをねだり、酔った挙句に幕府の非をあげつらいおった。翔鳳丸に乗っていたのなら、奴らの一味になったのかも知れぬ」

「それは違います。富子さんは船が座礁した隙に逃げ出したそうです。きっと無理に連れ去られたのでしょう」

「いずれにしろあのような生業《なりわい》に身を落としたからには、お前の許婚《いいなずけ》としておくわけにはゆかぬ。向後一切関わらぬことだ」

(ちがう)

たとえどのような境涯にあろうとも、富子の心は昔と変わっていないはずである。不遇な暮らしをしているのなら、救いの手を差し伸べるのは許婚者として当然のことではないか。

太郎左衛門はそう思ったが、父の前で口にするのははばかられた。

沢太郎左衛門と榎本武揚が開陽丸で横浜を訪ねたのは、慶応四(一八六八)年三月九日のことだった。

明治と改元される半年前のことで、政情はめまぐるしく動いている。

二月十二日に徳川慶喜は上野寛永寺の大慈院《だいじいん》に蟄居《ちっきょ》して恭順の意を明らかにしたが、

新政府側はその前日に有栖川宮《ありすがわのみや》を大総督とする東征軍を進発させていた。

東海道、東山道、北陸道《ほくりくどう》に分かれた東征軍の兵力は、およそ五万である。

薩摩の西郷吉之助が参謀をつとめる東海道の軍勢は二月二十八日に駿府に到着し、三月中旬には江戸に攻め込む構えを見せていた。

これに対して主君を守らんとする徳川家の家臣たちは、彰義隊《しょうぎたい》を結成して上野寛永寺に結集しつつあった。

こうした形勢を見た勝海舟は、和戦両用の構えで新政府軍との交渉に臨むことにした。

交渉ならずば戦も辞さずという強い態度を取ることによって、相手に譲歩を迫ろうとしたのである。

交渉事は将棋に似ている。相手の出方を読み、弱点を素早く見抜いて、持ち駒を有効に使い切った者が勝ちを拾う。

海舟は西郷との本格交渉に先立って、持ち駒二枚を素早く切った。

一枚目は三月九日に山岡鉄太郎《やまおかてつたろう》を駿府の西郷のもとにつかわし、相手の出方をさぐったことだ。二枚目は榎本らを秘密裡《ひみつり》にイギリス公使パークスと会見させ、イギリスに戦争の不可を説いたことである。

両者は奇《く》しくも同じ日に、与えられた任務を果たすことになったのだった。

横浜港の沖に停泊した開陽丸からカッターを下ろすと、太郎左衛門と榎本は警固の者もつけずに外国人居留地に上陸した。

横浜は二年前の大火で町の大半を焼失したが、そのためにかえって計画的な都市建設がなされ、以前よりはるかに洒脱《しゃだつ》な町に生まれ変わっていた。

特に外国人居留地には赤レンガや白漆喰《しろしっくい》の家が建ち並び、道路にも美しくレンガが敷きつめられて、ヨーロッパの町にいるような錯覚さえ覚えるほどだった。

イギリス公使館前の四つ角にさしかかった時のことだ。

向かいの建物の陰から十人ばかりの武士が飛び出し、左手で刀の鍔元《つばもと》を押さえた抜刀の姿勢のまま素早く二人を取り囲んだ。

いずれも月代《さかやき》を極端なほど広く剃《そ》り上げ、浅黒い驍悍《きょうかん》な面付きをしている。

「お前《はん》ら、徳川海軍の者《もん》じゃな」

頭目らしい巨漢が正面に立ちはだかった。

言葉に薩摩の訛《なま》りがある。薩摩藩の手の者が、イギリス公使館に近付く者を見張っていたのだろう。

「この制服を見て分からんかね」

榎本が海軍帽の葵《あおい》の記章を指し示した。

剣の腕はからっきしだが、度胸だけは満点の男である。

太郎左衛門は万一にそなえて榎本に寄り添った。

腰にはいつもの如く備前兼光をはいている。

「徳川慶喜は謹慎しておるはずじゃ。その家臣が何の用あってこんな所をうろついとるんじゃ」

「そんなことをいちいちあんた方に説明する必要はあるまい。そこをどいてくれたまえ」

「何寝《なよ》ぼけたこつ言うか。お前らはすでに賊軍じゃ。天朝さまから追討令も出とる。命が惜しかなら、さっさと江戸へ帰れ」

「あいにくだが、外国人居留地では治外法権が認められている。天朝やにわか官軍の威光など通じねえんだ。事を起こせば万国公法で裁かれるばかりさ。嘘だと思うならやってみるかね」

「おお、やってやるとも」

巨漢が刀の柄に手をかけた瞬間、太郎左衛門はすっと間合いを詰めて相手の右手首をつかんだ。

「こん青若衆《あおにせ》が、無礼なこつすんな」

巨漢は左手で太郎左衛門の肩を押さえ、体を寄せて肘打《ひじう》ちに来た。

刀を合わせてのせめぎ合いになった時、この技は意外な効果を発揮する。

長身の者は相手の顔面をねらえるだけにひときわ有利だが、太郎左衛門は一瞬早く体を沈め、手首をねじり上げながら背後に回り込んだ。

と同時に相手の足を払っているからたまらない。

巨漢はうつ伏せにばったりと倒れ、腕を決められて身動きも出来なくなった。

神道無念流秘伝の体術である。

その技の鮮やかさに武士たちは呆気《あっけ》にとられ、はっと我に返って刀を抜き放った。

「じたばたするんじゃねえ」

榎本が江戸仕込みの啖呵《たんか》を切った。

「あんたら薩摩の者だろう。何を命じられたか知らんが、ここで屍《かばね》をさらしちゃあ西郷さんに迷惑がかかるぜ」

相手の気後れをついた鋭い一喝に、武士たちは金縛りにあったように身動きひとつ出来なかった。

パークス公使との面会はすんなりと実現した。

勝海舟が事前に連絡していた上に、榎本も太郎左衛門もパークスとは面識があったからである。

昨年三月、海舟は薩長との接近を強めるイギリスを幕府の側に引き寄せるために、軍艦操練所の教官としてイギリス人士官を招くことにした。

パークスは喜んでこれに応じたが、従来教官を派遣していたオランダから強硬な抗議があり、やむなく両国から教官を雇うことにした。

ところがこれにはパークスが難色を示し、交渉は暗礁に乗り上げた形となった。ちょうどその頃開陽丸が横浜に到着し、五月二十日にオランダから日本への引き渡し式があった。

その席で海舟は榎本にオランダ側と交渉させ、教官の件については譲歩するという回答をポルスブルック代理公使から得たのである。

その知らせをたずさえてイギリス公使館を訪ねる時も、海舟は榎本と沢を連れて行き、パークスの前で二人を大げさに誉め上げた。

二人とも六年に及ぶ留学から帰ったばかりで、ヨーロッパの最新情報に通じている。しかも英語にも堪能《たんのう》なので、パークスはまるで故国から来た同胞を迎えるように二人を遇したのだった。

海舟の布石は見事に生き、二人はすぐにパークスの執務室に通された。

「オー、エノモトさん、サワさん。お元気でしたか」

日本滞在四年目になるパークスは、かなり日本語を話せるようになっていた。

額が広々と禿《は》げ上がり、頬のもみ上げを長く伸ばしている。十三歳でマカオに渡って以来、四十歳になる今日まで外交官として清《しん》国や日本との交渉に当たってきた剛胆な男で、九日前に参内の途中に攘夷《じょうい》派の浪士に襲われたが顔色ひとつ変えなかったという。

榎本は遭難についての見舞いを言ってから、さっそく本題に入った。

「パークス閣下もご存知の通り、我が主君はカノッサの屈辱に耐えなければならない立場に置かれております」

榎本は流暢《りゅうちょう》な英語を話すばかりか、ヨーロッパの歴史にも通じていた。

神聖ローマ帝国の皇帝ハインリッヒ四世が、教皇グレゴリウス七世の住むカノッサ城を訪ね、教会からの破門を解いてもらうために三日三晩雪の中にたたずんで許しを乞《こ》うた事件は、カノッサの屈辱と呼ばれている。

地上の王が天上の王に敗れた、ヨーロッパ中世史を象徴するような事件だった。

「なるほど。確かに大君《タイクン》はあの時のハインリッヒ四世のようだ」

「カノッサではグレゴリウス七世の英断によって地上の王は救われました。しかし日本の天皇はまだ幼く、ご自分の意志では何も決められません。薩摩や長州の者たちは天皇の命令だと称し、恭順の意を示している我が主君を私利私欲のために討とうとしているのです」

「そうだろうか。私にはそうとは思えない」

給仕がコーヒーポットを持ってくると、パークスはコーヒーを注いで二人に勧めた。

「君たちも長年ヨーロッパにいたから分かるだろうが、幕府がとってきたシステムを根本から変えなければ、日本を近代国家にすることは出来ないのではないかね」

「今では徳川家の誰もが、幕府のシステムを変えることに同意しています。政治の主権も朝廷に返し、四百万石の所領の半分以上を手離すことにも同意しているのです。そうしてすみやかに上院と下院を開設し、議会の場で国の方針を決めるべきだと主張しています」

「君の言う通りなら問題はないだろう。だがサイゴウやオオクボは、日本には長年培われた主従の習慣があるから、議会を開いても徳川家の家臣だった大名たちは大君の言いなりになると言っている。それでは現状は何も変わらないのではないかね」

「私はオランダ留学中にロンドンやリバプールを訪れました。イギリス国民は古き良き伝統と文化を受け継ぎ、秩序と礼節を重んじる国民だと感服いたしました」

「その通りだ。我々は紳士的態度《ジェントルマン・シップ》を何より重要だと考えている」

「イギリスで議会が始まった頃にも、貴族たちの間に主従の関係はあったはずです。それでも議会政治は順調に発展しています。主従の関係があるから議会を開いても駄目だという主張は、一般民衆には正しい判断力がないから選挙権など与えても無駄だと言うに等しいと思います」

「確かに、君の論理は真実の一面をついている」

「薩摩や長州の者たちは、自分たちだけの独裁政権を打ち立てるために、我が主君を生贄《スケープ・ゴート》にしようとしています。このようなことは、道義的にも国際法においても許されるはずがありません。ですから徳川家に対する軍事行動を即刻中止するよう、パークス閣下から彼らに忠告していただきたいのです」

榎本が椅子から身を乗り出して迫った。激した時の悪い癖である。

「エノモト君、我々は紳士的態度を何よりも重んじると言ったはずだ」

パークスがソファーに深々と体を沈め、不快そうにコーヒーをすった。

「君の押しつけがましい態度は、とても紳士的とは言えない。この間会った時とは別人のようだ」

「不適切な言動についてはおわび申し上げます。ですがこのまま薩摩や長州が江戸を攻めるというのなら、我々は江戸も横浜も焼き払い、奥州《おうしゅう》に拠点を移して最後の一兵まで戦います。そのような事態だけは、何としてでも避けたいのです」

そうなったら、困るのはあなたたちも同じだ。榎本は言外にそう言っている。

パークスの目がいっそう鋭くなり、頬にうっすらと赤みがさした。

「パークス閣下」

太郎左衛門がおだやかに間に入った。

英語の語彙《ごい》では榎本に敵わないが、発音はすばらしい。

パークスが思わず耳を傾けたほどだった。

「我々が徳川家を守ろうとしているのは、主君のためだけではありません。三十万人にも及ぶ家臣の生活を守らなければならないからです」

「変革に痛みはつきものだ。この国の支配者として君臨してきた君たちが、公平な国を作るにあたって既得権を奪われるのは当然のことではないのかね」

「支配者としての既得権を握っているのは、徳川家でも一部の者たちに過ぎません。大半の家臣たちは、主家からの扶持《サラリー》だけでは生活できないために、町人と同じように働いています」

「この大君の都でかね？」

「そうです《イエス・》、閣下《サー》。だからこそ我々も変革が必要だと考えていますが、それは平和《アミカブル・》裡《ウェイ》になされるべきです。道義と法を無視した戦争は、この国に破壊と混乱と貧困をもたらすばかりです」

「平和裡にか。いい言葉だ」

パークスの表情がおだやかになり、姿勢を正して二人に向き直った。

「私はセントヘレナ島のジェイムスタウンで、焼き捨てられた五艘《そう》の船を見たことがあります」

これはアメリカの奴隷船で、アフリカから買い集めた奴隷をインドに運ぼうとしている途中に、イギリスの軍艦に拿捕《だほ》されたのである。

すでにアメリカでも奴隷の売買は禁止され、国際法においても禁じられていたために、イギリス人は奴隷を解放してアフリカに戻し、奴隷船を焼き捨てて犯人をアメリカに送還したのである。

「そうした事情を知り、私は貴国の道義にもとづく厳正なご処置に強い感銘を受けました。なぜなら国際法を遵守する姿勢なくしては、これからの外交は成立しないと信じるからです。パークス閣下、我国の問題についても、どうかセントヘレナ島でのような公正な立場に立ってご判断下さい」

「分かったよ。徳川家が武力行使をしない限り、イギリスは江戸城攻撃には同意しない。サイゴウにそう伝えよう」

パークスは勤勉無類と評されたほどの勉強家である。

過ちを改めるのにはばかりなどしなかった。

「それにしても、君たちのコンビネーションは素晴らしい。私も仲間に加えてもらいたいものだ」

パークスは片隅の棚からワインと三つのグラスを取り出した。

何と榎本が台無しにした「グルオ・ラ・ローズ」の一八四八年ものである。

太郎左衛門と榎本は顔を見合わせ、同時に怪しげな笑みをもらした。

石段を下り地下の部屋に入ると、二本の百目蠟燭《ひゃくめろうそく》が立てられていた。暗さに目がなれると、褌《ふんどし》を締めただけの筋骨たくましい男が三人、黒い影となって立ち尽くしているのが見えた。

「女、ここは地獄のとば口だ。口を割らねえ限り生きちゃ出られねえぜ」

影が言葉を吐いたとみるや、いきなり両側から腕を押さえられ、衣服をはぎ取られて後ろ手に縛り上げられた。

両足を大きく開き、股《また》の間を百目蠟燭で照らすと、影たちは舌なめずりをしながら女の芯《しん》にながめいった。

鋭い羞恥《しゅうち》と恐怖を覚えて足を閉じようとするが、男たちの力は強い。

蠟燭の炎で腹の奥まで熱くなった頃、急に両足を縛られ、天井から逆《さか》さ吊《づ》りにされた。

下腹に集まっていた血が急に頭に下がり、くらくらと目まいがする。

「密書はどこに隠した。素直に言えばこのまま解き放ってやる。強情を張れば辛《つら》い目をみるだけだぜ」

先端を細く裂いた竹の笞《むち》を手に、影がくぐもった声を上げた。

だが、富子は歯をくいしばって口を閉ざした。

あの密書さえ持っていれば、沢さまの、沢太郎左衛門さまのお役に立つことが出来る。

多くの幕臣たちを救うことが出来る。

たとえ殺されても、口を割ってなるものか。

そんな富子の執念を打ち砕こうと、影は容赦なく笞をふるった。

数本に裂かれた笞が体を打つたびに、細刃で切り刻まれるような痛みが走る。

白い肌にみみず腫《ば》れが走り、うっすらと血がにじんでいく。

富子は太郎左衛門の姿を思いながら、ひたすら耐えた。うめき声さえ洩《も》らさぬほどの気丈さで耐え抜いたが、骨まで裂かれるような痛みと頭に下りた血のせいで、時々ふっと意識が遠ざかった。

朦朧《もうろう》として我に返ると、生温かいものが下腹部をはい、胸の間から首筋へと伝い落ちた。

血ではない。体が痛みを恐れて萎縮《いしゅく》するあまり失禁したのである。生温かい流れは嫌な臭いを放ちながら、なめくじでも這《は》うように首筋を伝い落ちていった……。

首筋にひんやりとした冷たさを覚えて、南雲富子は目を覚ました。

船小屋の板ぶきの屋根からもれる雨水が、はだけた胸元に落ち、首筋を伝って流れている。いまわしい夢にうなされたのはそのせいだった。

あたりは闇に閉ざされていたが、富子はいつの間にか夜目が利くようになっている。

小屋の中に並べてある二艘の舟と、舟の間に横たわる女の姿がぼんやりと見えた。

昨日金谷《かなや》の宿までたどりついたものの、大井川《おおい》が増水して川止めになったために、夜になるのを待って川ぞいの船小屋にもぐり込んだのだ。

小屋には先客があった。

大井川の川越人足《かわごえにんそく》を相手にしている夜鷹《よたか》が、雨にふりこめられて泊まっていた。

追い出されるかと思ったが、女は富子を商売仲間だと見たのだろう。

何も言わずに横になれるほどの場所を空けてくれた。

現に富子は夜鷹のような真似をして路銀をかせいでいる。

無一文の身で江戸までたどりつくには、それ以外に方法がないからである。

雨は昨夜《い》より激しくなったらしい。

豆を煎るような音が頭上でこやみなく続き、滴が容赦なくもれ落ちてくる。

悪夢のような記憶をまざまざと思い出した富子は、肩がぬれるのも構わずにぼんやりと座っていたが、やがて戸板の隙間をちらりと動く赤い物に気付いた。

追手である。

側にうずくまっていた力丸も異変に気付いたらしく、素早く立ち上がって身構えた。

隙間からのぞいてみると、一人が強盗提灯《がんどうちょうちん》をかかげ、他の二人が脇を固めて、真っ直ぐに船小屋に向かってくる。すでに戸を開けて逃げることも出来ないほどに間近である。

富子は力丸を連れて舟の陰に身をひそめた。

三人は音もなく戸を開けると、提灯を差し入れて中の様子をうかがった。

阿波の由岐の浦から逃れて以来、影のようにつきまとってくる者たちである。

三人は先客の夜鷹を富子だと思ったらしい。一人が抜刀し、提灯を掲げた男とともに奥へ進んだ。別の一人が戸口に立って、飛び出してきたなら斬り捨てようと身構えている。

(ちがう)

これまで追ってきた伊牟田尚平や相楽総三の手下とは、明らかにちがう種類の男たちである。あの者たちとは較《くら》べものにならない残忍な殺気を全身から発している。

富子は背筋にぞくりと寒気を覚え、舟の陰にうずくまって様子をうかがった。

男たちの殺気を、眠っていた女も感じたのだろう。はっと体を起こすと、

「何やあんたら。奉行所のお改めか」

額に手をかざして叫んだ。

その答えは、無残な一撃だった。抜刀した男が双手《もろて》突きに喉元《のどもと》をえぐったのだ。

剣尖《けんせん》は板壁に突き刺さり、女の体を釘付《くぎづ》けにした。

せ、同日太郎左衛門と榎本にパークス公使との秘密交渉をさせたことが、三月十四日の海舟と西郷との会談で見事に生きたのである。

この日の会談で江戸城の無血開城と官軍の総攻撃中止が決まったのは、山岡や海舟の男気に西郷が心を動かされたからだと評されることが多い。

それゆえ山岡と西郷の駿府での会談や、海舟と西郷の江戸での会談は、史談や講談の格好の材料とされてきたが、これは史実の半面を物語っているに過ぎない。

西郷が三月十五日と決していた江戸城総攻撃を中止した主たる理由は、パークスからの圧力にあったのである。

この切り札の使い方が、海舟は実に巧妙だった。

三月十三日に西郷を訪ねた海舟は、簡単な挨拶《あいさつ》をかわし明日の会談を約しただけで、江戸高輪《たかなわ》の薩摩藩邸を辞した。

その帰り際に、

「どうやらパークス公使も、戦争には反対しておられるようだね」

さらりとそう洩らしたのである。

西郷はあわてて官軍参謀木梨精一郎《きなしせいいちろう》を横浜に走らせ、パークスと会談させた。

開戦についての了解を求めるためだが、これまで一貫して薩摩、長州を支持してきたパークスが、てのひらを返したように開戦反対をとなえた。

恭順を表明している徳川慶喜を武力で攻め滅ぼすことは、万国公法に違反している。また戦争になれば横浜に居留している外国人も危険にさらされるので、是非とも戦争は避けてもらいたい。そう主張したのである。

これを聞いた西郷は、大きな顔の隅々まで真っ青になった。万一江戸城攻撃を強行してイギリスを敵に回したなら、生まれたばかりの新政府など手もなくひっくり返されることは目に見えているからだ。

翌日の会談では海舟も西郷もパークスのパの字も口にしなかったが、西郷としては王手飛車取りの術中にはまったも同然だけに、総攻撃を中止して新政府を守らざるを得なかったのである。

この形勢を利して、海舟は一気に攻勢に転じた。

三月九日に西郷が山岡に提示した徳川家処分案を、大幅に改訂するよう迫ったのだ。以下、両案を併記してみよう。

三月九日の西郷案七ヵ条は、

一、慶喜儀、謹慎恭順の廉《かど》を以《もっ》て、備前藩え御預け仰付けらるべき事。

一、城明渡し申すべき事。

一、軍艦残らず相渡すべき事。

一、軍器一宰（ママ）相渡すべき事。

一、城内住居の家臣、向島《むこうじま》へ移り、慎み罷居《まかりお》るべき事。

一、慶喜妄挙を助け候面々厳重取調べ、謝罪の道屹度《きっと》相立つべき事。

一、玉石共に砕くの御趣意更にこれなきに付き、鎮撫《ちんぶ》の道相立ち、若《も》し暴挙致し候者これあり、手に余り候はば、官軍を以て相鎮むべき事。

三月十四日に海舟が「嘆願書」と称して提示した修正案は、

一、（慶喜儀）隠居の上、水戸《みと》表へ慎み罷在り候様仕《つかまつ》り度《た》き事。

一、城明渡の儀、手続取計候上、即日、田安《たやす》へ御預け相成候様仕り度く候事。

一、軍艦、軍器の儀は、残らず取収め置き、追て寛典の御所置仰付られ候節、相当の員数相残し、其余は御引渡し申候様仕り度き事。

一、城内住居の家臣共城外へ引移り、慎み罷在り候様仕り度き事。

一、〇〇（慶喜）妄挙を助け候者の儀は、格別の御憐憫《ごれんびん》を以て、御寛典に成し下され、一命に拘《こだわ》り候様の儀これなき様仕り度き事。

但、万石以上の儀は、本文寛典の廉にて、朝裁を以て仰付けられ候様仕り度く候事。

一、士民鎮定の儀は、精々行届き候様仕るべく、万一暴挙いたし候者これあり、手に余り候はば、其節改て相願候様仕り度き事。

この両案を見れば、両者の間で何が問題とされ、海舟がどれほど強硬に西郷への譲歩を迫ったかは明白である。

しかも海舟は、この修正案が認められない場合には、武力による抵抗も辞さないとさえ主張した。

これを受けて西郷は急遽《きゅうきょ》京都に戻り、朝廷に奏上して処分案の変更を求めた。その結果、海舟の主張を大幅に取り入れた徳川処分案が決定されたのである。

こうして四月四日、朝廷からの勅使が江戸城に入り、慶喜の水戸への退去や江戸城明け渡しを骨子とした処分条項を徳川家に伝えた。

これによって徳川家が大名として存続することが保証されたが、徳川家の家臣たちには大きな不満が起こった。

江戸城が御三卿《ごさんきょう》の田安家にではなく、いち早く薩長に与《くみ》した尾張藩に預けられることになり、軍器、軍艦もすべて新政府軍が没収した後、相当数を徳川家に返すことになったからである。

これではなし崩しに徳川家は潰《つぶ》されるという危機感を抱いた陸海軍の上官たちは、海舟の修正案通りに処置するように求める嘆願書を新政府軍の参謀に提出した。

この扱いをめぐって、四月九日十日と交渉が続けられ、十一日の江戸城明け渡しの朝を迎えたのだった。

前夜から一睡もできなかった沢太郎左衛門は、艦長室のベッドに腰を下ろして紅茶を飲んでいた。

榎本武揚は数日前に上陸し、陸軍総裁らとともに陸海軍の先頭に立って処分条項の変更を求めている。

この嘆願が容《い》れられなければ武力による抵抗も辞さないという強い姿勢だが、榎本の真意は武力行使をちらつかせて交渉を有利に運び、新政府に修正案を呑《の》ませようという勝海舟の策を実現することにあった。

だがこれは危険極まりない、薄氷を渡るような芸当だった。

確かに新政府側に譲歩を迫るには、こうした方法しかないかも知れない。

だが人は将棋の駒のように都合よく動くものではないのである。

陸海軍の将兵に真意を告げないまま対決姿勢だけをあおっては、新政府が嘆願を拒否した場合には、激した者たちが暴発するおそれがある。

そうなったなら真っ正直で生一本の榎本は、一命を捨ててでも将兵たちの側に立つだろう。

太郎左衛門にはそれが分かり過ぎるほど分かっているだけに、榎本が戻ってくるまでは横になる気になれなかった。

気晴らしにシェイクスピアでも読もうかと机の引き出しを開けてみると、奥でことりと音をたてるものがあった。

真鍮《しんちゅう》の根付けである。親指の先ほどの大きさで、表には「ふぐ売りと吉原ハ　江戸の北ニ向く」、裏には「此魚多喰時毒有　此里多通毒有」と刻んであった。

オランダに留学する前に、富子と連れ立って浅草寺《せんそうじ》にお参りに行った。ちょうど何かの縁日で、参道にはたくさんの店が並んでいた。

二人して見世棚をのぞきながら歩いていると、夫婦《めおと》根付けというものがあった。真鍮製で形はまったく同じだが、男物がひと回り大きく、それぞれちがった警句が刻まれている。

富子は迷わずこれを買い、夫婦の約束の標《しるし》にオランダでも身につけていてほしいと言った。

「だって真鍮なら、いつまでたっても朽ち果てたりいたしませんもの」

冗談めかして言ったが、真っ直ぐ向けた目に必死の思いがにじんでいる。

そのはしたなさを恥じるように、ふっと頬を赤らめてうつむいた。

オランダに留学していた六年の間、太郎左衛門はこの根付けを肌身離さず持ち歩き、あの時の富子の姿と浅草寺の参道の情景に思いを馳《は》せたものだ。

江戸は太郎左衛門が生まれ育ち、こよなく愛する町である。

路地の裏々や小さな橋のひとつにも、幼い頃からの思い出がぎっしりと詰まっている。

その江戸に薩摩の西郷吉之助は強盗団を送り込み、火付け、強盗、辻斬《つじぎ》りと無法の限りを尽くさせた。そうして徳川家を挑発し、鳥羽・伏見の戦いへと引きずり込んだのである。

そんな非道無残な男が大総督府参謀として官軍を率い、徳川家を意のままにしようとしているのだ。

このような理不尽を受け入れることは、絶対に出来なかった。

「艦長、副総裁がお戻りになられました」

ドアの外から声をかけられ、太郎左衛門ははっと物想いから覚めた。

航海術士官の石神鉄之助《いしがみてつのすけ》が、戸口に直立の姿勢で立っている。築地軍艦操練所時代の教え子で、上原七郎と同様に太郎左衛門を慕って開陽丸乗船を志願した青年だった。

「陸軍の将兵らしい方々を乗せた船を従えておられます」

「分かった。すぐ行く」

根付けを机の奥深く仕舞い込んで、石神とともにデッキに走り出た。

あたりはまだ薄暗く、海は夜の闇を吸ったような暗い色に閉ざされていた。波はそれほど高くはないが、満潮が近づくにつれてうねりが強くなっている。

榎本らが乗ったカッターは、うねりに棹《さお》さすようにオールをこぎながら開陽丸に向かってくる。その後ろから、二隻の猪牙舟《ちょき》が危なげに舵《かじ》を取りながらつづいていた。二隻ともフランス式軍服を着た陸軍の将兵が十五、六人ずつ乗り込んでいる。軍帽に鮮やかな赤筋を入れた遊撃隊の者たちである。

太郎左衛門は榎本の無事な姿を確認してから、双眼鏡を猪牙舟に向けた。

前の船には伊庭八郎《いばはちろう》が、後ろには人見勝太郎《ひとみかつたろう》が乗り込んでいた。

遊撃隊とは徳川慶喜を守護するために結成された親衛隊で、講武所《こうぶしょ》上がりの強兵《つわもの》ぞろいである。薩長の理不尽を怒り、徹底抗戦して義に殉ずべきだと主張する者が多い。そうした者たちを榎本が連れ帰った事情が、太郎左衛門には手に取るように分かった。

側に控えた石神は、三隻の船をながめながら晴れ晴れとした顔をしている。

「何か嬉《うれ》しいことでもあるのかね」

「遊撃隊を連れて戻られたのは、開戦を決意されたからでございましょう」

「君は戦がしたいのか」

「薩長の不義に屈したくはありません。副総裁なら決断されると信じていました」

石神はまだ十七歳である。

だが眉《まゆ》の秀でた丸い顔には、ゆるぎのない覚悟がただよっていた。

榎本らのカッターは、波にゆられながらも刻々と近付いてくる。

「副総裁が戻られた。総員起こし。デッキに整列せよ」

伝声管を通じて命じ、乗船用の網《トロス》を下ろさせた。

榎本たちは縄梯子《なわばしご》で、遊撃隊士はトロスを伝って続々と開陽丸に乗り込んできた。

「沢君、待たせたな」

「無事で何よりだ」

榎本が品川に上陸したのは四月四日だから、まだ七日しかたっていない。

だが緊迫した状勢がつづいているだけに、何倍にも長く感じられた。

「皆に話したいことがある」

「そうだろうと思って、この通り全員を集めておいた。事情は後で聞くことにするよ」

「すまん」

榎本はさっと海軍式の敬礼をしてブリッジに登った。

デッキには二百五十名近い乗組員が、持ち場ごとに整然と並んでいる。

榎本は皆の顔をつぶさに見渡してから口を開いた。

「諸君、悲しい知らせがある。本日四月十一日をもって御城が官軍へ引き渡される。

また二月十二日以来上野寛永寺に蟄居《ちっきょ》しておられた大樹も、水戸へお移りになることになった。神君家康《いえやす》公以来二百七十有余年、この地にあって天下の権を司《つかさど》ってきた我が徳川家は、本日をもって官軍と称する輩《やから》の軍門に下るのやむなきに至った」

無念が胸に突き上げてきたのだろう。榎本は天をにらんだまましばらく黙り込んだ。

「我々はかくなる事態を避けんがため、勝安房守どの、大久保一翁どのと共に、かの者たちとの交渉を続けてきた。その結果、大樹の汚名は雪《そそ》がれ徳川家の存続は認められたが、どなたをもって跡目とするかも領地領国についても未解決のままである。にもかかわらずあの者たちは、御城とともに軍器、軍艦までもことごとく引き渡すように迫っている。我らが開陽丸も、本日をもって官軍に引き渡せとの通達がなされている」

乗組員の間からどよめきが起こったが、榎本が右手を軽く上げただけですぐに静けさを取り戻した。

「これに対し我々は、軍器、軍艦の引き渡しは、徳川家の跡目と領地領国が定まってからにしてもらいたいと嘆願したが、官軍の者たちは一顧だにせぬ。かくなる上は、我らに残された道は二つしかない」

官軍の要求通りに軍器、軍艦を引き渡し、意地も誇りも投げ捨てて薩長の軍門に下るか。それとも大樹の恭順命令に背くことになろうとも引き渡し要求を拒否し、戦争も辞さずという強い態度で官軍側に譲歩を迫るか。

陸海軍の士官たちは両案をめぐって激論を交わし、それぞれの部隊長の判断に任せることにしたが、後者を選ぶものが圧倒的に多かった。

江戸城に配されていた四千数百名の陸軍部隊の大半が、昨夜のうちに銃器をもって脱走し、ある者は北関東に走り、ある者は上野の彰義隊に合流しつつあるという。

「諸君、私は徳川家に御恩を受けた者として、また家臣と家族を守るべき職責にある者として、このまま薩長の横暴に屈することは断じて出来ぬと判断した。また義のために起《た》った友軍を見捨てることも出来ぬ。万一戦争になったなら、海上より敵を砲撃して友軍の援護をする。だがこれは勝ち目の薄い戦いとなろう。恭順の命に従いたい者は、遠慮は無用である。品川上陸を許可するゆえ、隊列より右へ一歩移動してくれたまえ」

一つ、二つ、三つと数えるほどの間があり、三十五、六人が一歩横に動いた。ほとんどが船の修理や雑用のために乗り込んでいる職人や給仕たちである。

榎本は全員に三両ずつの手当を与え、カッターで品川まで送るように命じた。

「このことは、勝先生もご承知かね」

艦長室で二人きりになると、太郎左衛門は榎本に紅茶を勧めた。

「話してはいない。だが先生も、内心ではこうなることを望んでおられるはずだ」

「戦争にするつもりはないんだね」

「さっきも言った通り、戦う構えを見せて要求を呑《の》ませるだけだ。今のまま軍艦、軍器を引き渡したなら、薩長の奸物《かんぶつ》どもの言いなりになるしかないからね」

「ならば今夜のうちにも抜錨《ばつびょう》して、彼らの手の届かぬ港へ移らねばならんな」

「全艦隊を率いて館山《たてやま》へいくつもりだ。君の了解を得ぬまま決めて申しわけなかったが」

榎本ががっしりとした肩をすぼめて紅茶をすすった。

「いや。思いはぼくも同じだよ。ただし勝先生にだけは連絡を取らなければ駄目だ」

「分かった。そうするよ」

「ひとつ教えてほしいことがあるんだが」

「何かね」

「セントヘレナ島で詠《よ》んだ漢詩があったろう」

太郎左衛門はふとそのことを思い出した。

「ああ。ナポレオン翁の墓参に行った時のことだ」

「あれにはひどく心を打たれたが、どうしても思い出せないんだ。覚えていたら教えてくれないかね」

「いいとも。お易いご用だ」

漢詩にいささかの自負を持つ榎本は、よく通る芯《しん》の太い声で自作を朗し始めた。
「去載の深秋　瓊陽《けいよう》を発す
路程　十有五旬強
春風喚《よ》び醒《さま》す　往時の夢
吹き向かう　烈翁幽死の場」
去年の秋に故国を離れ、一年半ちかく旅をつづけてきた。春風に故国を偲《しの》びながら、今こうしてナポレオン幽死の場に立っている。
およそそんな意味である。一編の詩があの頃の苦難を思い出させ、二人の胸に新たな気力を呼び覚ました。

開陽丸を旗艦とする徳川艦隊は、四月十一日の夜品川沖を出港し、翌十二日早朝、波風激しい安房の館山沖に投錨《とうびょう》した。

これを知った勝海舟は、四月十六日に十八挺櫓《ちょうろ》のカッターを飛ばして館山までやって来た。

風邪気味の海舟は、波しぶきをさけるために大きな日傘をさし、赤い毛布を頭からかぶっている。そのために開陽丸の間近に着くまで、誰が乗っているのか分からなかった。

「榎本君、沢君、いるか」

そう叫ぶなり、海舟は毛布をかぶったまますするすると縄梯子を登ってきた。

「先生、わざわざご足労いただき恐縮です」

榎本が先に立って艦長室に案内した。

太郎左衛門は海舟の後ろに立って不慮の事態にそなえた。

デッキには伊庭や人見ら遊撃隊の猛者《もさ》たちが、主家を裏切るような言動があれば斬り捨てようと身構えている。

「何だ君たちは。こんな所で何をしておるか」

海舟が怒鳴りつけると、伊庭八郎が刀の鯉口を切ってすっと腰を落とした。二十六歳になる血気盛んな剣客で、講武所でも一、二を争う腕前だけに、その動きは自然で素早い。

だが太郎左衛門は、伊庭が刀の柄に手をかけるより早く海舟の横に立った。

何気ないような動きだが、腰の備前兼光を抜く構えはしっかりととっている。

伊庭も名うての腕前だけに、このまま抜き合ったなら勝ち目がないことが分かったのだろう。無言で目礼して刀を収めた。

「榎本君、約束がちがうじゃないか」

艦長室に入ると、海舟はゆったりと椅子に腰を下ろした。

者たちを前にした時とはうって変わったおだやかさである。

しわけございません。しかしあのまま品川沖にいては、艦隊を引き渡さざるを得なくなります。徳川家の跡目も封地も決まらないまま丸裸にされては、先生の見込みにも狂いが生じて参りましょう。それゆえ、非常の策を講じざるを得なかったのでございます」

「江戸を見捨てるつもりはないんだろう」

「見捨てると申されますと」

「君が抗戦派の側に立てば、御城を脱走して上野の山にこもった者たちが勢いづく。江戸を火の海にしてでも薩長と戦うと言い出すよ」

「沢君にも申しましたが、戦争すべきだとは思いません。主家の保全を願っているばかりです」

「ならば黙って、品川沖に戻っておくれよ」

海舟は西洋燐寸《マッチ》でキセルに火をつけ、目を細めて煙草を吸った。

「お前さんが脱走したんで、総督府の連中もあわてたらしくてね。軍艦の半分は徳川家に残してもよいと言い出したんだ」

「どの艦を引き渡すか、どのようにして決めるのでしょうか」

「それはこれからの交渉次第だが、開陽丸だけは渡さずに済むようにしたいと思っている。この船は君たちの努力の結晶だからね」

「お言葉ですが、我々は私情に流されて引き渡しを拒否しているわけではありません」

「そんなことは私にだって分かっているさ。君たちのお陰でパークス公使も我らの力になってくれた。ところが艦隊がこれ以上ここに留《とど》まれば、パークスだって非は徳川家にあると思うだろう。そうなったなら万事休すだ」

海舟の計略はイギリスの支持がなければ成り立たない。

そのことはパークスとの交渉に当たった二人には、充分すぎるほど分かっていた。

「分かりました。明日《あした》までには戻ります」

榎本がきっぱりと請け合った。

明日までと言ったのは、乗組員や遊撃隊士を説得しなければならないからだ。

「ありがとう。洟水《はなみず》たらして来た甲斐《かい》があったよ。これから白刃を渡るような日が続くだろうが、みんなで力を合わせて渡り切ろうじゃないか」

キセルの火をぽんと灰皿に落とすと、海舟はあわただしく船を下りていった。

四

翌日、徳川艦隊は品川沖に戻った。

海舟が言った通り、二日後の十九日には八隻の軍艦のうち四隻だけを引き渡せばよいとの通達が総督府からあった。

しかも軍艦の選定は徳川方に任せるという破格の条件である。

榎本はさっそく全艦長を開陽丸に集めて協議し、富士山丸と観光丸《かんこうまる》、朝陽丸《ちょうようまる》、翔鶴丸を引き渡すことにした。

富士山丸は開陽丸が徳川慶喜らを乗せて大坂湾を離れた時には旗艦をつとめたほどの船だが、観光丸と朝陽丸はすでに老朽化し、翔鶴丸は一門の大砲も積んでいない輸送船である。

海舟は粘り強い交渉と方々への周到な根回しによって、軍艦、軍器をすべて引き渡すようにという官軍側の要求をここまで後退させたのである。

その結果、残りの徳川艦隊は合法的に品川沖に停泊することが出来るようになり、上野のお山にこもった彰義隊四千名とともに、官軍に対してにらみを利かすことになった。

この軍事力とパークス公使らの支持を背景として、海舟は第二、第三の要求を西郷吉之助らに突き付けていく。

ひとつは江戸城を徳川家に残し、田安亀之助《かめのすけ》（後の徳川家達《いえさと》）を跡目として百万石以上の所領を与えること。もうひとつは江戸市中の混乱を鎮めるために、徳川慶喜を江戸に呼び戻すことである。

西郷はこの攻勢にたじたじとなった。軍略や戦争においては異彩を放つこの男も、政治的駆け引きにおいては海舟の足元にも及ばない。

しかも生来情に厚く義理堅い性格だけに、主家と主君のために奔走する海舟に同情さえして、海舟の要求を伝えるために四月二十八日に再び京都に向かった。

ところが京都には海舟の計略を読み切った冷徹な政治家がいた。

西郷の相棒である大久保一蔵《いちぞう》（利通《としみち》）である。

このまま海舟の要求を容《い》れては公議政体論による政権構想が復活し、薩長主導による強力な中央集権国家は作れない。

それを防ぐためには、たとえ戦争になろうとも断固たる処分が必要である。

そう決意した大久保は、徳川家の所領は七十万石とし封地は駿府と決した。

しかも西郷ではこの交渉は埒《らち》があかぬと考え、三条実美《さんじょうさねとみ》を関東監察使として江戸へ派遣し、戦争になった場合にそなえて全軍の指揮を長州の大村益次郎《おおむらますじろう》にとらせることにした。

大村は初めから上野の彰義隊を掃討するつもりだけに、江戸に赴任するなり着々と進備を進めていった。

これに対して勝海舟は、イギリス公使に新政府へ圧力をかけるように依頼する一方、再三彰義隊に自重を求めた。

だが、大久保の巧みな外交と大村の彰義隊への挑発によって、次第に窮地に追い詰められていったのである。

上野で戦争が始まれば、周辺の町は焼け野原になる。特に下谷は主戦場になるのは目に見えているだけに、戦争は五月中頃だという噂が広がると、住民たちは荷物をまとめて続々と避難を始めていた。

砲術士官の上原七郎が、思い詰めた固い表情で艦長室を訪ねて来たのは、五月十四日のことだった。

「どうした。朝から顔色が悪いじゃないか」

太郎左衛門は椅子に腰を下ろすように勧めたが、上原は青ざめたまま入口に突っ立っている。

「申しわけありませんが、しばらく休暇をいただけないでしょうか」

「ご家族に、何かあったか」

すぐにそのことを考えた。

上原は下谷黒門町《くろもんちょう》の生まれである。家族の安否が気になるのは当然だった。

上原ばかりではない。開陽丸の乗組員の中には下谷出身の下級武士が多いだけに、戦争が近づくにつれて不穏な空気が艦内に流れていた。

「実は……」

上原はしばらく辛《つら》そうに口ごもり、意を決して口を開いた。

「上野の寛永寺へ行きたいのでございます」

「彰義隊に加わってはならぬと、昨日も訓示したではないか」

「加わるのではありません。昨夜、石神ほか五名が脱走しました。それを連れ戻したいのでございます」

石神鉄之助は以前から恭順をつづける海軍の方針に不満をもらしていたが、同志五人と昨夜のうちにカッターで脱走した。

上原も誘われたが、艦長の命に背くことは出来ぬと断わったという。

「脱走は軍規違反だ。君はそれを承知で彼らを行かせたのか」

「命令に従うように説得いたしましたが、力及ばず翻意させることが出来ませんでした」

「ならば、何ゆえ上司に報告しなかった。不正を知りながら黙するとは、不正に与《くみ》するも同じではないか」

「軍規違反ではありますが、石神の胸中は察するに余りあります。それゆえ後日いかなる処罰を受けようと、友を裏切ることは出来ないと判断いたしました」

上原は二十三歳、石神はまだ十七歳の青年である。徳川家をないがしろにする官軍のやり方に憤りを覚え、一死をもって主家に殉じたいと願っているだけに、彰義隊が危ういと聞いてじっとしてはいられなかったのである。

「ですが一晩熟慮し、やはり行かせたのは間違いだったと考え直しました。それゆえ事が起こる前に、彼らを連れ戻したいのでございます」

「脱走したのは、何時頃だ」

「午後十一時です」

「分かった。しばらくここで待っていたまえ」

太郎左衛門は榎本のいる副総裁室へ行った。上官なのだから今まで通り艦長室を使うようにと言ったのだが、榎本は「君こそ艦長なのだからここを使うべきだ」と言って士官室を副総裁室にしたのである。

榎本は狭い机に蝦夷《えぞ》の地図を広げ、何やら書き物をしていた。

箱館奉行所に勤務していた頃には、樺太《からふと》探検にも従事しているだけに、蝦夷地の事情には精通している。館山から品川沖に戻って以来、榎本は禄《ろく》を失った旧幕臣による蝦夷地開拓を本気で考え始めていた。

「榎本君、頼みがある」

「何かね」

「二、三日、休暇をもらいたい」

「理由を聞かせてくれるだろうね」

「昨日配下の者に私用を命じた。六軒町の父母を避難させようと、金子を持たせて手伝いにやらせたのだ」

太郎左衛門は断腸の思いで嘘をついた。

脱走と知れれば、石神らが無事に戻ったとしても処罰はまぬかれないからである。

「ところが今朝になっても六人は帰艦しない。何か不慮のもめ事に巻き込まれたおそれもあるので、迎えに行きたいのだ」

「しかし、官軍は今日明日にも上野を攻めるという噂ではないか」

榎本が椅子を回して向き直った。

五月の初めから、江戸市中では上野を攻めるための官軍の動きがあわただしくなり、勝海舟をはじめ徳川家の要人たちは何とかこれを中止させようと奔走していたが、海軍には一切内情が伝えられなかった。

大村益次郎らの強硬策を知ったなら、榎本が独断で彰義隊に身方するのではないかと恐れていたからである。

海軍ではやむなく偵察隊を出して、江戸市中の様子を探っている最中だった。

「戦が近いからこそ心配なのだ。何しろ血気盛んな若者ばかりだから、官軍といさかいでも起こしたのではないかと思ってね」

「外は雨が降っているようだね」

榎本がガラスをはめ込んだ丸窓から、霧に煙った海をながめた。

「小雨だが、やがてひどくなるだろう」

「二、三日は降りつづくかね」

「雲が厚いからね。ぼくはそう思う」

「ならば戦にはなるまいが、ひとつだけ約束してくれないか」

「何かね」

「たとえ六人が見つからなくとも、雨が上がるまでに必ず帰艦してくれ。開陽丸にもこのぼくにも、君は絶対に必要なのだからね」

何かを察したのだろう。榎本は立ち上がって手を差し伸べた。

「分かった。約束するよ」

太郎左衛門は盟友の配慮に感謝しつつ、しっかりと手を握った。

神田川は官軍御用の船が占拠しているというので、大川《おおかわ》をそのままさかのぼり、駒《こま》形《がた》橋のたもとで猪牙《ちょき》舟を下りた。

いつもは浅草寺への参拝客でにぎわう通りも、雨に煙ったままひっそり閑と静まっている。掠奪《りゃくだつ》を怖れるのか、店屋も固く雨戸を閉ざしていた。

太郎左衛門と上原七郎は夜の町を行くような寂寥《せきりょう》を覚えながら歩を進めたが、新寺《しんてら》町《まち》のあたりまで進むと通りは家財を積んだ荷車でごったがえしていた。

このあたりには広徳寺《こうとくじ》や幡随院《ばんずいいん》など、大きな寺が軒を並べている。

戦火を怖れた町民たちは、寺の境内に家財を預かってもらおうとしているのだ。

父母の住む六軒町は、新寺町のすぐ側である。

今頃どうしているかと気にはなったが、太郎左衛門は家に立ち寄ろうとはしなかった。

開陽丸の乗組員の多くが、家族の安否を気遣いながら軍務についている。

自分だけが禁を破るわけにはいかなかった。

人の流れに逆らいながら下谷稲荷《いなり》の前まで来た時、一町ほど先を歩く鳥追《とりお》い笠《がさ》の女に気付いた。通りの反対側を小走りに車坂《くるまざか》の方へ向かって行く。

どしゃぶりの雨と群衆にさえぎられてはっきりとは見えなかったが、腰の細い後ろ姿に見覚えがあった。

（まさか……）

南雲富子ではないか。いや、あれは富子にちがいない。

そう思ったが、上原に告げるほどの確信はなかった。

「上原君、先を急ぐぞ」

追いついて確かめようとしたが、人混みにさえぎられて思うように進めない。気ばかり焦っているうちに、富子の姿は消え失せていた。

山下《やました》まで出ると、広々とした通りの向こうに車坂門がそびえていた。大名屋敷の表門にも劣らぬ堂々たる構えである。門の両側にはずらりと寛永寺の子院が建ち並び、築地塀《ついじへい》を高くめぐらしていた。

上野寛永寺は、正式には東叡山《とうえいざん》寛永寺と言う。京都の鬼門（東北）を守る比叡山延《ひえいざんえん》暦寺《りゃくじ》になぞらえて、三代将軍家光《いえみつ》が創建したものである。

その後京都から法親王《ほっしんのう》を門主に迎えて天台宗《てんだいしゅう》の総本山となり、四代将軍家綱《いえつな》が葬られた後は将軍家の菩提寺《ぼだいじ》ともなったが、寛永寺はただそれだけの寺ではなかった。

徳川家康は江戸の町を築く時に、四方に城郭型の寺を配して江戸城防衛の最前線とした。が、寛永寺も奥州《おうしゅう》の伊達《だて》家や上杉《うえすぎ》家が攻め上ってきた場合に備えて作られたものだった。

寺は上野台地の上に築かれ、山下の入口は大手門にあたる黒門をはじめとして、車坂門、谷中《やなか》門など八つの門で閉ざされている。

南にある不忍池が天然の堀となり、東と西には子院を隙間なく巡らして防塁としている。

彰義隊がこの寺にたてこもったのも、こうした要害を頼んでのことだった。

太郎左衛門と上原七郎は、近くの民家の軒先を借りて鎧《よろい》の小手と臑当《すねあ》てをつけた。最後に額金《ひたいがね》を巻き、彰義隊の応援に駆けつけたと偽って山内に入るつもりだった。

「私は御先手組加藤大膳《かとうたいぜん》と名乗る。君も何か偽名を考えておきたまえ」

「加藤家用人小泉太郎《こいずみたろう》とします」

「よし。話はすべて私がつける。石神君たちと会うまでは、君は口をきいてはならぬ」

雨は上野の山を灰色に閉ざして降りつづいている。

笠をぬいだ二人は、全身ずぶ濡《ぬ》れになって黒門口へと向かった。

黒門は寛永寺の大手門に当たる。

広小路《ひろこうじ》を真っ直ぐ北に進み、三橋《みはし》を渡ると正面に冠木門《かぶきもん》が二つ並んでいる。ひとつが黒門で、もうひとつは将軍家や法親王が使用する御成門《おなりもん》である。

門の西側は不忍池、東側は山王台《さんのうだい》と呼ばれる高台になっているので、敵は黒門を突破する以外に大軍を寛永寺内に進めることは出来なかった。

官軍との戦争でも黒門を死守出来るかどうかが勝敗を分けることになるだけに、門の内側に土嚢《どのう》や畳を積み上げて升形の虎口を築き、敵の来襲に備えていた。

「御先手組加藤大膳という者だ。所用あって遊撃隊隊長玉置寿三郎《たまおきとしさぶろう》君に面会したい」

警固の兵に告げると、門扉が内側から開けられた。

玉置が百余人の隊士をひきいてお山に来ていることは伊庭八郎から聞いている。

遊撃隊には御先手組の者が多いだけに、警固の兵も何の疑いも持たなかった。

「玉置君はどこにいる。寒松院《かんしょういん》か」

「我々には分かりません。本堂に行っておたずね下さい」

「分かった。そうしよう」

「ご無礼ですが、共に戦うために参られたのでございましょうか」

一人がたずねると、十五、六人いた兵たちがいっせいに太郎左衛門に目を向けた。

いずれもまだ十代である。

幼さの残る顔に陣笠《じんがさ》をかぶり、全身ずぶ濡れになって警固に当たっている。

一命を賭《と》して侍の義を貫こうという覚悟が闘気となって現われるせいか、誰もが武士らしい見事な面魂をしていた。

「いや、これから玉置君と論じて決めようと思っている」

「ならば是非我々の戦列に加わって下さい。僭越《せんえつ》ですが、尋常ならざる腕前と拝察いたしました」

「ありがとう。君たちのような家臣を得たことは、我が徳川家の誇りだ」

それは偽らざる心情だけに、彼らを欺《あざむ》いていることに鋭い良心の呵責《かしゃく》を覚えた。

広い参道の左手には松並木が連なり、右手の山王台からつづくゆるやかな斜面には桜の木が緑の葉をしたたらせていた。

桜の時期には町人の参拝も許可されるので、大勢の花見客でにぎわう所である。

参道の正面には二層造りの巨大な吉祥閣《きっしょうかく》がそびえていた。二階の屋根に唐破風《からはふ》をほどこし、将軍家の菩提寺としての威厳と、門跡寺院としての優雅な美しさを兼ね備えている。

その奥には釈迦堂《しゃかどう》と阿弥陀堂《あみだどう》を朱塗りの渡殿《わたどの》でつないだ文殊楼《もんじゅろう》。

さらに奥には徳川綱吉《つなよし》が築いた根本中堂《こんぽんちゅうどう》があった。

門主として入山なされている輪王寺宮能久親王《りんのうじのみやよしひさしんのう》の御座所は、さらに奥にある御本坊である。

彰義隊を中心とする三千数百の軍勢は、徳川慶喜が水戸に退居した後には、輪王寺宮と徳川家の霊廟《れいびょう》を守護することを大義名分として山上に留《とど》まっていた。

文殊楼の東側にある寒松院が彰義隊の本営になっていた。

太郎左衛門は本営で玉置との面会を求めたが、あいにく御本坊で評定が開かれている最中で、主立った者たちは留守だという。

「人を捜している。力を貸してもらえないか」

「どなたでしょうか」

応対に出たのは、澄みきった目をした十七、八歳の青年である。

「海軍士官石神鉄之助ほか五人だ。彰義隊に加わるために入山したと聞いたが」

「分かりました。しばらくお待ち下さい」

青年は奥の納所にとって返し、帳簿を持った四十がらみの武士を連れて戻ってきた。

「おたずねの石神他五名は、昨日第十六番隊に編入されております」

「十六番隊の持ち場はどちらでしょうか」

「黒門脇の山王台です。今井《いまい》八郎《はちろう》どのが隊長をつとめておられます」

兵糧や武器弾薬の補給を担当する者なのだろう。

帳簿に指を当てながらよどみなく答えた。

葉桜の森を抜けて山王台に着いた時には、すでに午後四時を過ぎていた。

雨は降りつづき、あたりは夕暮れ時のように薄暗い。

比叡山の守護神を祀《まつ》った山王社の大きな屋根が、鉛色の空に影絵のようにそびえていた。

十六番隊は御供所《ごくしょ》に集まっていた。

将軍が山王社に参詣《さんけい》する時に、供の者たちの控え所となる建物である。

戦にそなえて雨戸もふすまも畳も取りはずしたがらんどうの部屋に、二百名ばかりの武士たちが三々五々座り込んでいた。

玄関先で面会を申し込むと、すぐに石神鉄之助が現われた。

中は相当に蒸し暑いらしく、麻の肌着に袴《はかま》という出立《いでた》ちである。

「艦長、どうして……」

加藤大膳と聞いて出て来た石神は、一瞬絶句して棒立ちになった。

「上原君、君が頼んだのか」

「ちがう。ぼくは一人で来るつもりだった。だが、艦長に無断で艦を離れるわけにはいかなかったのだ」

上原は友情と軍務の板ばさみになっているだけに、抗弁にも力がなかった。

「石神君、話がしたい。少し時間をもらえないか」

「艦に戻れとのご命令であれば、もはや無用です」

「私は君たちの上官として来たのではない。同じ徳川家の禄《ろく》を食《は》む者として話がしたいのだ」

「分かりました。こちらへ」

石神が御供所の回り縁に案内した。広い縁側の一角に、石神とともに脱走した橋爪《はしづめ》忠兵衛《ちゅうべえ》、井田与五郎《いだよごろう》、相馬左近《そうまさこん》、中村十四郎《なかむらじゅうしろう》、安藤高志《あんどうたかし》が車座になっていた。

いずれも二十歳前後の士官や下士官で、将来を嘱望されている者たちばかりである。

眼下には不忍池が降りしきる雨に水面《みなも》を波立たせて横たわり、南に目を転じると下谷の町が屋根を連ねて広がっている。

晴れた日には江戸城がくっきりと見渡せる場所だった。

「君たちの志は上原君から聞いた」

車座に加わると、太郎左衛門はそう切り出した。

「やむにやまれぬ気持は、私にもよく分かる。だがすでに大樹は水戸に退去され、重職の方々も新しい時代に徳川家を生かす道を懸命にさぐっておられる。戦になれば家臣の多くが犠牲になり、江戸の町人たちも路頭に迷うことになるからだ。この機に乗じて我国を意のままにしようと狙う欧米諸国に、付け入る隙を与えることにもなりかねまい」

「ならば何ゆえ、薩長は我々に戦争を仕掛けたのですか」

橋爪忠兵衛がたまりかねたように口を開いた。

西郷吉之助が盗賊団を送り込んで江戸を荒らし回ったのは、徳川家を戦に誘い込むためである。皆がそれを知っているだけに、薩長に対する激しい怒りを持っていた。

「戦によって徳川家を潰《つぶ》さなければ、薩長の者たちが望んでいる国造りが出来ないからだ」

「それに対して、なぜ我々だけが戦ってはならないのですか」

「戦っても勝てないからだ」

「なぜ勝てないのですか。戦う前から主家を裏切るような君側《くんそく》の奸《かん》がいるからではありませんか」

「そうではない。大樹はすでに大政を奉還され、以後は朝廷の命に従うと明言なされておる。その朝廷を相手に戦っては、徳川家は逆賊の汚名をこうむるばかりだ。もはや御三家の尾張や紀州でさえ官軍についているではないか」

「………」

「それゆえ徳川家には、戦争を避ける以外に生きる道はないのだ。たとえ薩長と同列の大名になったとしても、人材の豊かさにおいては一歩もひけを取るものではない。上院下院の開設後に天下の公論に訴えれば、挽回《ばんかい》の機会は充分にあるのだ。そうなった時に主家を支えるためにも、欧米諸国に劣らぬ国を築くためにも、君たちのような有能な人材が必要なのだよ。一時の義憤にかられて命を散らすことが、真の忠義ではあるまい。忠義とは百年の大計をもってなすものではないのか」

「艦長、お言葉はよく分かります」

石神鉄之助がおだやかにさえぎった。

「ここまでご足労いただいたことにも深く感謝しておりますが、我々の決意は開陽丸を離れた時から定まっております。たとえ敗れようと逆賊と呼ばれようと、我々は薩長の理不尽なやり方が許せないのです。不義に屈して生きるよりは、死して義を貫きたいのです。己れの信念に殉じることは、決して犬死ではないと思います」

石神も他の五人も、澄み切った目に涙を浮かべている。

悲しみでも悔しさでもない。主家に対するあふれる真情が、涙となって現われているのだ。

太郎左衛門は感動に心を揺り動かされ、説得を諦《あきら》めた。

これはまさに殉教者の姿である。神仏に殉じようとする者にこの世の理《ことわり》を説くことが無意味であるように、彼らに恭順を説いても無駄なことは明白だった。

それにしても、何と素晴らしい若者たちだろう。これほど勤勉で礼節正しく、確固たる信念と誇りを持った若者たちは、世界中を捜しても容易には見つかるまい。

もし許されるなら、彼ら全部を開陽丸に乗せてヨーロッパやアメリカに連れて行き、新しい世界の姿を見せてやりたかった。

「先生、沢先生ではありませんか」

遠慮のない大声で呼びかける者がいた。ふり返ると三人の若者が板の間に立っていた。

「お忘れですか。神田の撃剣館でご教授いただいた古河《ふるかわ》です」

「おお、君か」

もう十年近くも前に、神道無念流の撃剣館で師範代を務めたことがある。

古河はその頃の門弟の一人だった。

打たれても打たれてもべそをかきながら向かってきた少年が、彰義隊の制服である水色のぶっ裂き羽織を着た偉丈夫に変わっている。

「先生に来ていただければ千人力です。私もいささか腕を上げましたので、ご披露申し上げましょう」

「いや、古河君、ちがうんだ」

石神が立ち上がって小声で事情を説明した。

古河はさすがに落胆した顔をしたが、非難がましいことはおくびにも出さず、

「そうですか。ならば今夜は我々に付き合って下さい」

配下らしい二人に酒樽《さかだる》を運んで来るように命じた。

夕食に配られたにぎり飯をつまみながらの酒宴は、二時間ほどつづいた。

古河は撃剣館時代の太郎左衛門との思い出を語り、石神と上原は築地軍艦操練所の頃を語り、橋爪たちは開陽丸でともに過ごした日々について語った。

まるで太郎左衛門に辛《つら》い思いをさせまいと気遣うように、失敗談や冒険譚《ぼうけんたん》を次々と披露しては晴れやかな笑い声を上げる。

それに応《こた》えて笑顔を作りながら、太郎左衛門は注がれるままに酒を飲んだ。こんなことしか出来ない自分が悔しく情けなく腹立たしい。

上原も酔うにつれて沈みがちになっていった。

「艦長、そろそろお送りいたします」

所用で席を立っていた石神が、提灯《ちょうちん》を持って戻ってきた。

「何だ石神君、もう少しいいだろう」

古河は不満そうである。

「いや。乗員の外泊は禁じられている。今夜のうちに戻っていただかないと、後日我々が艦長に禁を破らせたと言われるからね」

石神に案内されて山王台の間道を下り、車坂門まで行った。

門番所には敵の奇襲にそなえて警備の兵がいたが、出て行く者を咎《とが》めようともしない。

籠城戦《ろうじょうせん》では脱走兵を厳しく監視するのが鉄則だが、義のために死のうとしている彼らには、そうした用心は必要ないらしい。

「沢艦長、上原君、ありがとうございました」

石神が肘《ひじ》を真っ直ぐに立てる海軍式の敬礼をした。

「これで明日は心置きなく戦うことが出来ます」

「明日？　官軍の攻撃は明日と決まったのか」

「総督府より田安さまに通告があったそうでございます。さきほど今井隊長に告げられました」

だから石神は早めに二人を連れ出したのである。

「しかし、この雨では攻められまい」

「一日二日延びたとしても同じことです。艦長、さきほどあのようなことを申しておきながら恐縮ですが、ひとつだけ願いを聞き届けてはいただけないでしょうか」

「何だね」

「我々の戦ぶりを見届けていただきたいのでございます。そうと知れば、皆が千万の身方を得たように勇気づくでしょうから」

「分かった。約束するよ」

石神の手をきつく握りしめて車坂門を出た後で、彼らが一言も海軍の動向について訊《たず》ねなかったことに思い当たった。

もし海軍が彰義隊と呼応して官軍を攻めたなら、勝敗はどう転ぶか分からない。世界最新鋭のクルップ砲十八門と三十ポンドカノン砲八門を搭載する開陽丸の火力は、官軍にとって万余の軍勢に匹敵するほどの脅威なのだ。

石神たちも祈るような思いで海軍の参戦を待ち望んでいただろうが、太郎左衛門の立場を考えて口をつぐんでいたのだ。

その健気《けなげ》さを思うと、太郎左衛門の胸に熱いものがこみ上げ、涙が堰《せき》を切ったようにあふれ出した。

翌五月十五日、官軍の総攻撃が始まった。

午前三時に江戸城二重橋《にじゅうばし》の外に総勢一万二千余を集結させた官軍は、要所に兵を配して上野の山を包囲し、神田川と大川ぞいの道をすべて閉ざして通行を遮断した。上野へ援兵が駆け付けることを防ぐためと、戦火が江戸市中にまで及ぶことを避けるためである。

官軍の総司令官は長州の大村益次郎。総督府参謀である西郷吉之助は、洋服の上に蓑笠《みのかさ》をつけて黒門口を攻める薩摩、因幡《いなば》、肥後《ひご》の藩兵の指揮に当たった。

これは大村の力量を見抜いた西郷が司令官の座を譲り、自ら激戦地の指揮を買って出たと評されることが多いが、現実はそんな美談で済まされるほど甘くはない。

勝海舟の術中にはまって徳川家との協調路線を取りはじめた西郷は、強硬策をとる朝廷の信任を失い、司令官たる立場を追われたのだ。

かくて西郷は黒門口を死にもの狂いで攻め破り、己れの失策の尻《しり》ぬぐいをせざるを得ない立場に立たされたのである。

失策は海舟にもあった。

海軍と彰義隊の軍事的圧力によって官軍を譲歩させ、徳川家の保全を勝ち取ろうという戦略は、大久保らの強硬策と彰義隊の暴走によって破綻《はたん》したのである。

海舟は十四日に輪王寺宮能久親王に書状を送り、何とか戦争を止めてくれるように求めたが、その願いはついに届かなかった。

なまじ才知に長《た》けているだけに、理非を越えて義に殉じようとする彰義隊士の熱い心情を汲《く》み取りきれなかったと言うべきだろう。

黒門口で戦が始まったのは、午前七時のことだった。

西郷は野戦砲四門を広小路に押し出して黒門口の陣地を砲撃させ、徳川方の反撃の芽をつんでから小銃隊を突撃させようとした。

だが徳川方は山王台に配した四斤野戦砲三門で応戦し、三橋のたもとに築いた土塁と黒門内側の虎口を楯《たて》として一歩もひるまず反撃した。

大砲も小銃も、高所から撃ち下ろした方が絶対に有利である。また突撃戦法を取る官軍に対して土塁を楯として迎え撃つだけに、黒門口では徳川方が互角以上の戦いをくり広げた。

搦手口《からめてぐち》の谷中門でも徳川方は地の理と強固な防塁を利して防戦し、時には官軍小銃隊の隙をついて斬り込みをかけ、さんざんに敵を追い払った。

激しい雨が官軍の鉄砲操作を困難にしたことが、火力に劣る徳川方に有利をもたらしたのである。

午後になると官軍は数千の軍勢を黒門口に集中し、正面突破を強行した。

徳川方もこれを支えるために黒門口に兵を集めざるを得ない。

そこを狙って、民家の二階に運び上げた大砲で散弾を撃ちかけた。

大砲の弾の中に数百発の小弾を詰めたもので、殺傷力は弱いが大勢に手傷を負わせて戦闘能力を奪うには最適である。

また本郷台《ほんごうだい》の加賀《かが》藩邸（現在の東京大学）からも、二門のアームストロング砲を撃ちかけた。

肥前鍋島《ひぜんなべしま》藩が所蔵する秘密兵器だが、照準の設定が甘く、弾は不忍池に派手な水しぶきを上げたり、上野を飛び越えて新寺町の町中で爆発したりした。

勝敗を決したのは、大村益次郎の知謀だった。

大村は五百名ほどの長州勢に会津藩の旗を与え、援軍といつわって北側の新門《しんもん》から入り、途中で長州の旗に替えて黒門口の徳川方に襲いかかるように命じていた。

官軍の主力を黒門口に集めて攻め立てたのも、徳川方を一点に引きつけ、奇襲作戦をより効果的にするためだった。

このために徳川方は総崩れとなり、午後三時過ぎには北に向かって敗走するのやむなきに至ったのである。

沢太郎左衛門と上原七郎は、柳川《やながわ》藩上屋敷の火《ひ》の見櫓《みやぐら》を拝借して、戦の様子をつぶさに見ていた。

砲弾の炸裂音《さくれつおん》や銃声が耳をつんざき、流れ弾が時折櫓をかすめていったが、二人ともその場を動こうとはしなかった。

やがて長州勢の計略によって黒門口が破られ、官軍が続々と山内に傾《なだ》れ込んだ。山王台から残敵を掃討する官軍の銃声が上がり、山王社からも御供所からも火の手が上がった。

「艦長……」

上原が拳《こぶし》を固めて板壁を叩《たた》き、肩を震わせて忍び泣いた。

太郎左衛門も思いは同じである。

だが今は、涙を呑《の》んでこの運命を受《う》け容《い》れる以外になす術《すべ》はなかった。

第三章　艦隊遭難

一

黒門口が破られ、彰義隊を掃討する銃声がしばらくつづいた後には、上野のお山は重苦しい沈黙に包まれた。

降りしきる雨の中で、寛永寺の伽藍《がらん》が燃えつづけている。文殊楼も根本中堂も、輪王寺宮の御座所であった御本坊も、官軍に砲撃されて火を発し、黒い煙を上げて音もなく燃えつづけていた。

柳川藩上屋敷の火の見櫓から戦の一部始終を見ていた沢太郎左衛門は、雨のすだれの向こうに上がる煙を見ると、名状し難い虚脱感に襲われた。

寛永寺は徳川将軍家の御霊廟《ごれいびょう》である。旗本や御家人たちが聖地とあがめてきたこのお山が、官軍に踏みにじられ、目の前で灰燼《かいじん》に帰そうとしているのだ。

その現実を冷静に受け止められるほど、太郎左衛門の血は冷めてはいない。激しい目まいと虚脱感に襲われたまま、茫然《ぼうぜん》と立ち尽くしていた。人は親しい者の死に接した時に、よくこうした状態におちいるものだ。

降りしきる雨の中で、太郎左衛門はまさしく徳川将軍家の死を見ていたのである。不思議と涙は出なかった。ただ主家と命運を共にした彰義隊の若者たちのことばかりが、胸が裂けそうなほど痛切に思われた。

「上原君、行こう」

我知らずそうつぶやいていた。

「艦にお戻りになりますか」

年若い上原七郎は目を赤く泣《な》き腫《は》らしている。

「いや、根岸《ねぎし》へ行く」

「………」

「この様子では、石神君たちはお山の北側に逃れるしかあるまい。根岸あたりに落ちていくはずだ」

「では、救助に向かうのですね」

上原の顔が急に明るくなった。

「私は石神君たちの戦ぶりを見届けると約束した。その約束を果たしたい」

戦に巻き込まれるようなことはしないと、榎本武揚と約束している。だが、六人の部下のうち一人でも無事な者がいれば、どんなことをしてでも開陽丸に連れ帰りたかった。

二人は柳川藩邸を出て奥州街道へとつづく道をひた走った。横なぐりの雨が降りつづき、道は泥田のようにぬかるんでいたが、操練で足腰を鍛え抜いている二人は、二キロあまりの道を駆け通した。

寛永寺の新門から千住《せんじゅ》へ抜ける道の両側は一面の田んぼで、田植えが終わったばかりの水田が、畔《あぜ》も分からないほどに水びたしになっている。

その中を敗走する者たちが続々と北へと向かっていた。ある者は負傷した仲間をかつぎ、ある者は戸板に乗せられて、雨にぬれそぼちながら落ちていく。

官軍の追撃を怖れて、旗さしものや陣羽織など身許《みもと》の分かるものは一切身につけていないが、銃だけはしっかりと肩にかついでいる。

中には台車にすえた四斤野戦砲を引きずって行く者たちもいたが、ぬかるんだ道に車輪が埋まるので、たびたび立往生をくり返していた。

籠城《ろうじょう》した敵を攻める時には、一方の退路を開けておくのが兵法の鉄則である。退路をすべて断てば、敵は死にもの狂いとなって抵抗し、身方の損害も大きくなるからである。

名参謀と謳《うた》われただけあって、長州の大村益次郎はこの鉄則を忠実に守っていた。北側の新門方面には一兵も配さず、逃げる敵を追撃しようともしなかった。そのためにお山に立《た》て籠《こも》った将兵の多くが、根岸から千住や日暮里《にっぽり》へと逃れていったのである。

太郎左衛門と上原は、敗走する者たちを呼び止めて石神たちの消息をたずねたが、確かなことは何も分からなかった。

寛永寺には彰義隊のほかに遊撃隊や純忠隊《じゅんちゅうたい》、神木隊《しんぼくたい》、萬字隊《まんじたい》などいくつもの部隊が立て籠り、相互の連絡もとどこおりがちだったので、開陽丸から脱走したばかりの石神たちを知る者は少なかった。

ただひとつ分かったことは、彰義隊の敗走者は音羽《おとわ》の護国寺《ごこくじ》に集まるらしいということである。その噂を頼りに音羽へと向かっていると、路傍の農家の軒下に五人がたむろしていた。

いずれも小手臑当《すねあ》てをつけた小具足姿で、赤い錦《にしき》の陣羽織を着ている。その中に見覚えのある顔があった。神田の撃剣館で何度か手合わせをした直心影流《じきしんかげりゅう》の榊原鍵吉《さかきばらけんきち》である。

榊原もすぐに太郎左衛門に気付いたらしく、ひょいと手を上げるなり懐かしげに歩み寄ってきた。

「まさかとは思ったが、やはり沢君か」

榊原は太郎左衛門より四歳年上で、講武所師範をつとめたほどの剣客である。上背はそれほどなかったが、肩幅が広く胸の厚いがっしりとした体付きをしていた。

「開陽丸の艦長を拝命したと聞いたが、君も彰義隊に加わっていたのかね」

「いえ、艦から脱走した部下を捜しに来ました」

太郎左衛門は石神らのことを手短に話した。

「その六人は、どこの守備についていたのかね」

「黒門脇の山王台です」

「すると今井八郎の第十六番隊だね」

「そうです。何か知っているなら教えてくれませんか」

「十六番隊は全滅したと聞いた。黒門口を襲った長州勢に斬り込みをかけ、見事に討死したそうだ」

会津藩の旗をかかげた五百名ほどの長州勢は、援軍といつわって新門から山内に入り、途中で長州の旗に替えて黒門口の守備隊に襲いかかった。

山王台からこの様子を見ていた第十六番隊は、身方の窮地を救うために斬り込みをかけ、全員玉砕したという。

「失礼ですが、あなたはそれをご覧になったのですか」

上原がたまりかねて口をはさんだ。

「いいや、そうした報告を受けただけだ」

「それでは、本当に全滅したかどうか分からないではありませんか」

「上原君、やめたまえ」

太郎左衛門が厳しく制した。

戦場には必ず伝令がいる。その報告を受けたからには、己れの目で見たも同じなのだ。

「この青年は、君の部下かね」

榊原が大きな目で上原をじろりと見やった。

「開陽丸の砲術士官です。非礼をおわびいたします」

「そんなことは構わぬが、しばらくはずしてくれんか。沢君に内々で頼みたいことがある」

そう言うなり、太郎左衛門の肩を抱くようにして農家の軒下へと連れていった。

「この四人は遊撃隊の仲間だ。東叡山では御本坊の警固に当たっていた」

「では、輪王寺宮さまの」

「ご守護の役だ。宮さまをお守りしてここまで落ちてきた」

遊撃隊とは将軍警固のための親衛隊として創立されたもので、講武所出身の腕利き

た。

鳥羽・伏見の戦いの後には寛永寺に蟄居《ちっきょ》した徳川慶喜の身辺警固に当たっていたが、慶喜が水戸に去ってからは寛永寺のご門主であられる輪王寺宮能久親王の警固役に任じられていた。

「すると、宮さまは」

「あの欅《けやき》の木の側の家に足を休めておられる。近侍の僧たち四人とな」

榊原が道から二百メートルほどはずれた家を指した。

周囲に土塀をめぐらした立派な門構えの家である。庄屋でも務めている者なのか、まわりの家とは明らかに格式が異なっていた。

「ところが我らはここで警固の任を解かれた。遊撃隊がいつまでもお側にいては、かえって人目に立つと僧侶《そうりょ》どもがご進言申し上げたのだ」

「宮さまはこの先どうなされるのでしょうか」

「しばらくどこかに身を寄せて、世が鎮まるのを待ちたいと仰せられた。だがこの混乱のさ中に、供する者が僧侶と数人の公家侍《くげざむらい》だけではいかにも心許《こころもと》ない」

そこで宮を託せるような人物が通らぬものかと、落ち行く者たちをながめていたのだという。

「むろん我らも姿を変えて、遠くからご守護申し上げるが、誰かがお側にいなければ危急の際の役には立たぬ。沢君、ここで会ったのも何かの縁だ。宮さまのためにひと肌脱いでくれないか」

「しかし、私は宮さまとは一面識もありません。とてもお側には近寄れますまい」

「私がこれから引き合わせよう。君なら必ずお気に召されるはずだ」

榊原は強引である。輪王寺宮は徳川家にとっても大恩あるお方だけに、太郎左衛門も無下に断わることは出来なかった。

上原にこの場で待つように命じ、榊原とともに輪王寺宮の御座所を訪ねた。

雨と泥水で全身ずぶ濡《ぬ》れになっているので、玄関口の土間に座ってお出ましを待った。

朝廷への尊崇の念は、徳川武士とて持っている。

幕府安泰の頃なら、奥火之番役の子供が宮さまにお目にかかることなど絶対に出来ないことだけに、太郎左衛門もさすがに緊張していた。

オランダ留学中に数ヵ国の要人と会った時にも、大坂から徳川慶喜を護送した時にも、これほど張り詰めた気持になったことはなかった。

しばらくして輪王寺宮が、近侍《きんじ》の僧侶二人を従えて座敷に着座なされた。こうした際の作法を知らない太郎左衛門は、横にいる榊原鍵吉を真似て平伏の姿勢を取った。

榊原が太郎左衛門の素姓とここにともなった理由を言上すると、驚いたことに宮はすっくとお立ちになり、足早に式台まで下りて来られた。

「改まった作法は無用です。面を上げなさい」

宮は伏見宮邦家親王《ふしみのみやくにいえ》の第九子で、御年二十二歳になられる。ねずみ色の木綿の単衣《ひとえ》に黒の麻衣を着て、白地錦の環袈裟《わげさ》という法衣姿で、頭を美しく剃《そ》り上げておられた。

「開陽丸の艦長ならば、教えてもらいたいことがあります」

「いかようなることでございましょうか」

「榎本はどうして起《た》たなかったのです。品川沖にありながら、何ゆえ手をこまねいているのですか」

「海軍が起ったなら、江戸の街は焼け野原となったことでございましょう。我国の将来のためにも、そのような災禍はさけるべきだと考えたのでございます」

「それでは、この先も戦うつもりはないのですね」

宮はきわめて聡明《そうめい》で、話し方も要領を得ておられる。しかも新政府の非を正すために彰義隊と行動を共にしようと決断なされたほどご気性の激しい方だけに、その場逃れの安易な返答を許さない厳しさがあった。

「榎本副総裁も私も、徳川家と家臣たちの身が立ち行くようにと願っているばかりです。新政府に弓を引くつもりはありません」

「分かりました。それなら供をするには及びません。その代わり、頼みたいことがあります」

「何なりと、お申し付け下されませ」

「東叡山を逃れて江戸市中に潜んでいる者たちを、開陽丸で安全な場所に運んで下さい。義のために起った者を、官軍の残党狩りの犠牲にするのはあまりにも無念ですから」

ご自身の行く末さえ危うい時に、敗走した身方を案じておられるのだ。その真心に打たれて、太郎左衛門は胸が熱くなったが、自分の一存で返答できることではなかった。

敗兵を収容することは、新政府に敵対するも同じである。

それに残党狩りの目をさけて艦に運ぶのは容易なことではなかった。

「新政府には誰が東叡山に立《た》て籠《こも》ったか、正確なことは分からないはずです。身なりさえ変えていれば、開陽丸に乗せる口実は何とでもつくのではないですか」

「しかし、軍艦には新政府の監視船がついています。品川まで迎えの艀《はしけ》を出すことは出来ません」

「鉄砲洲《てっぽうず》の船松町《ふなまっちょう》に松坂屋という回船問屋があります。紀州家の用を弁じている店で、私とも少々縁《ゆかり》がありますので、そこの主人に開陽丸までの橋渡しを頼みましょう。それなら引き受けてくれますか」

「この場でお答えすることは出来ません。榎本と相談の上で、松坂屋に返答を伝えることといたします」

「そうして下さい。松坂屋に文を書きますので、話はすぐに通じるはずです」

輪王寺宮は座敷に取って返し、近侍の僧侶に矢立てと料紙の仕度をお命じになった。万一このような文が新政府に渡ったなら、宮も無事では済まなくなる。だがそうした懸念など一切持たれないらしい。弱年ながら勇気と責任感にあふれた、端倪《たんげい》すべからざるご器量だった。

法衣の上に蓑《みの》と笠《かさ》をつけて北へ落ちていかれる宮の一行を見送った時には、あたりはすでに薄暗くなっていた。

供をするのは四人の近侍僧と、東叡山に入られた時に京都から従って来た四人の公家侍だけである。

伏見宮家のお生まれでありながら、白地紋綸子《りんず》の脚絆《きやはん》を巻き草鞋《わらじ》をはいて雨の道を歩いて行かれるお姿はまことに哀れで、太郎左衛門も榊原鍵吉もせき上げる涙を禁じることが出来なかった。

「かくなる上は、我らが陰に日向《ひなた》に宮さまをお守りし、必ず安全な場所にお匿《かくま》い申し上げる。それゆえ君は、一人でも多くの同志を救ってくれ」

榊原が雨とともに流れ落ちる涙をこぶしでぬぐった。

「出来るだけのことはします。これからさっそく松坂屋に会ってみるつもりです」

「頼むぞ。これから薩長の不義を正せるのは、義のために命を捨てる覚悟を定めた真の武士ばかりだ。朝敵の汚名を着せられたまま、虫けらのように殺されてたまるか」

榊原は太郎左衛門の手をきつく握りしめ、他の同志とともに宮の後を追って行った。

その夜は上原七郎とともに路傍の農家に泊まり、翌朝未明に品川へ向かった。

雨はからりと上がっていたが、道は相変わらずぬかるんで歩きにくい。四キロの道を引き返して神田に着いた時には、二人とも疲れと空腹に足が上がらないほどだった。

その頃江戸市中では、官軍が彰義隊の残党狩りに血眼になっていた。各所に部隊を配して市中を封鎖し、残党を見つけ次第討伐せよと命じたのである。

この日の様子を、明治の文豪森鷗外《もりおうがい》は次のように記している。

〈是日《この》大総督府は、敗兵を物色せん為、部署を定めつ。広小路三枚橋辺は薩州《さつしゅう》、因州《いんしゅう》、肥後、本郷、駒込《こまごめ》、根岸辺は長州、肥前、佐土原《さどわら》、大村《おおむら》、備前《びぜん》、道灌山《どうかんやま》、谷中、王子《おうじ》辺は芸州《げいしゅう》、甲州、筑後《ちくご》、浅草蔵前《くらまえ》辺は筑前《ちくぜん》、尾州《びしゅう》担当す。肥前、肥後、筑前、筑後、伊州《いしゅう》、稲田《いなだ》の兵より成れる予備隊は、筋違《すじかい》門外に屯す。街頭所々には掲示の札を立て、担当諸藩をして彰義隊の余類を捜索せしむることを徇《ふ》れたり。大総督府は又輪王寺宮の行方を知る者は、速かに申《もう》し出《い》でよと令しつ〉(『能久親王事蹟《じせき》』)

神田の田安御門の側には、太郎左衛門が撃剣館に通っていた頃から知っているそば屋がある。そこに立ち寄ってひと休みすることにした。

店の戸は閉まっていたが、初老の主人は太郎左衛門と知ると快く中に入れてくれた。

「店をやれないわけじゃねえが、錦裂《きんぎれ》どもに喰《く》わせるのは業腹なんで閉めちまったんすよ」

脇助《わきすけ》という六十ちかい男で、新門辰五郎《しんもんたつごろう》の子分だっただけに、ひときわ旧幕臣たちに肩入れしている。錦《にしき》の袖印《そでじるし》をつけたにわか官軍など、屁《へ》とも思ってはいなかった。

「それにしても、開陽丸の艦長ともあろうお方が、そんな身なりでいったいどうなすったんですか」

「子細があって、これから品川に向かう所だ。その前にそばを一杯食べさせてくれんか」

太郎左衛門も上原も、小袖《こそで》に袴《はかま》という浪人のような出立《いでた》ちである。

しかも草鞋や袴は泥水に汚れ、座敷に上がるのは気がひけるほどだった。

「よござんす。大急ぎで仕度いたしますんで、ちくとこいつをやっていておくんなさい」

冷酒を銅製のちろりで出すと、脇助は女将《おかみ》を呼びつけて大急ぎで仕度にかかった。

渇ききった喉《のど》に大坂下りの銘酒を流し込み、温かいそばを食べると、体の芯《しん》から新たな力がわき上がってきた。

　この上は一刻も早く松坂屋を訪ねようと話していると、脇助が横から口をはさんだ。

「失礼ですが、そのお身なりでは錦裂どもに何をされるか分かりませんぜ」

「心配は無用だ。海軍の身分証を持参している」

　開陽丸を出る時、榎本武揚が万一に備えて持たせたものだ。旧幕府海軍は新政府に恭順すると表明しているだけに、これさえあれば自由に通行できるはずだった。

「とんでもねえ。残党は斬り捨て御免と触れが出ているんだ。怪しいと見たなら、錦裂どもは有無を言わさず鉄砲を撃ちかけてきますぜ」

　官軍は残党の居場所を密告した者には賞金を出すと布告したばかりか、怪しいと見たなら残党であるかどうかを確かめもせずに射殺している。

　旧幕臣の屋敷には土足で踏み込んで探索に当たり、抵抗する者は婦女子であろうと銃殺し、見せしめのために遺体を路上に投げ捨てているという。

「そんな奴らが天朝さまを上に担いで好き放題やらかしているんだから、世も末というもんだ。ちょっと待っておくんなせえよ」

　脇助は奥から二着の軍服を持ち出してきた。

　肩に菊花の袖印がついた官軍の制服で、金筋の入った軍帽までそろっている。

「うちの客にゃあ、彰義隊に加わった方々も多くいなさるんでね。こんなこともあろうかと、さる筋に手を回して十着ばかり用意していたんす。これなら奉行並ですからねえ。錦裂の歩兵なんざ、指一本出せやしませんぜ」

差し出された軍服を着て、両国橋《りょうごくばし》で猪牙舟《ちょき》に乗り、隅田《すみだ》川を下って河口まで出た。

六キロほど沖には、開陽丸が船側の砲門を閉じたまま停泊している。

後ろのマストにかかげた三角の赤い旗が、風に吹かれてはためいていた。

乗員に非常を知らせる緊急旗《エマージェンシーフラッグ》である。この旗を見たなら、どんな用事で上陸している者も、大至急艦に戻らなければならない。

おそらく榎本が、帰りが遅いことを案じてかかげさせたのだ。それが分かっているだけに申しわけなさに胸が痛んだが、輪王寺宮との約束を破るわけにはいかなかった。

鉄砲洲船松町の松坂屋の主人は星野長兵衛《ほしのちょうべえ》といった。元は武士の出だが、縁あって回船問屋の婿となり、今や紀州藩の御用を一手に引き受けるまでになっていた。

恰幅《かっぷく》のいい四十代半ばの男で、あごの張った不敵な面魂をしている。海の荒くれどもを使いこなしてきた経験と自信が、物静かな威厳となって現われていた。

「委細承知いたしました」

長兵衛は宮の文を読み終えると、うやうやしく押しいただいて文机《ふづくえ》に仕舞った。

「榎本さまのお許しがあり次第、潜伏しておられる方々と連絡をとってご軍艦までお運びいたしましょう」

「どのようにして連絡をとるのですか」

「私の店には、配下が百人ばかりおります。方々に走らせれば、何とかなるでしょう」

「新政府は賞金を出して密告を奨励しているようですが」

「承知していますが、うちの者はいくら金を積まれても宮さまを裏切ったりはいたしません。ご安心下さい」

輪王寺宮の妹が紀州藩主徳川茂承《もちつぐ》に嫁しているだけに、宮と松坂屋の関係も特別に深い。

長兵衛がひと肌脱ごうと即座に決意したのはそのためだった。

「分かりました。明日《あした》までには、必ず返答を伝えます」

「品川沖まで、うちの船を使って下さい。手代に案内させましょう」

北前船の水夫《かこ》上がりだという屈強の手代に案内されて船着場へ向かっていると、間近でつるべ撃ちの銃声が聞こえた。

官軍の残党狩りにちがいない。太郎左衛門はそう察するなり駆け出していた。

海ぞいの道を左に曲がると、長屋門《ながやもん》を構えた二千石ほどの格式の武家屋敷があり、門前に三十人ばかりの官軍が陣取っていた。

さっきの銃声は、ぴたりと閉ざされた表門の門扉を銃撃したものだった。

「あれは本多修理《ほんだしゅり》さまの屋敷です」

手代がそう教えた。本多修理は千五百石の旗本で、嫡男が彰義隊に加わっていたという。

「裏門の様子を見てきてくれ」

手代を走らせると、太郎左衛門は防火用の天水桶《てんすいおけ》の陰に身をひそめた。

「上原君、銃弾は？」

「十二発あります」

上原は太郎左衛門を警固するためにS＆W《スミスアンドウエッソン》の六連発ピストルを持参していた。

「よし、全部出したまえ」

上原が差し出したピストルから弾を抜き出し、十一発をなめし皮の袋に入れた。残りの一発の薬莢《やっきょう》をこじ開け、火薬を中に注ぎ込んだ。

「どうなさるおつもりですか？」

「爆竹を作るのさ。まあ見ていたまえ」

手代が戻って、裏門にも十二人が張っていると告げた。

正確に人数を見届けてくるとは、なかなか腹の据わった男である。

表門では官軍の隊長らしい男が声高に開門を迫っているが、門扉はぴたりと閉ざされたまま何の応答もなかった。

中に彰義隊の残党をかくまっているのだろう。

このままでは通用口のくぐり戸を破られ、乱入されるのは目に見えていた。

「煙草を吸うようだが、火種はあるか」

「持っておりやす」

手代が胴乱から懐炉を取り出した。灰の中に熾《おき》がうまっている。

「我らはこれから裏門へ行く。裏門で銃声がしたなら、火種をこの袋の中に落としてくれ。火薬に火がついて弾が爆発するが、二、三間ほど離れていれば決して危険はない」

「修理さまをお助けになるんでございますか」

「幸いこんな制服を着ている。何とかなるだろう」

「分かりやした。この甚五郎《じんごろう》、ひと肌脱がせていただきやす」

腕まくりをして請け合う手代を残して、太郎左衛門と上原は裏門へ行った。

十人の歩兵が、残党が飛び出して来たなら射殺しようと、片膝立《かたひざだ》ちになってスナイドル銃を構えている。その後方には二人の武士が抜刀したまま仁王立ちになっていた。

「ご苦労。賊は何人かね」

太郎左衛門は武士に歩み寄って話しかけた。

「分かりません。残党がひそんでいるとの通報があり、たった今駆けつけたところであります」

九曜紋《くようもん》の陣羽織を着た八《はち》の字髭《じひげ》の武士が、直立の姿勢をとって答えた。

どうやら肥後細川《ほそかわ》藩の者らしい。官軍は寄り合い所帯だけに、軍帽の階級章を見て上官だと判断すると、身許《みもと》を確認することもなく従うのである。

「先ほど表門でも威嚇射撃《いかくしゃげき》をしたようだ。こちらからも撃ちかけてみたまえ」

「承知いたしました。撃ち方用意」

八の字髭が刀をふり上げ、撃ての号令とともにふり下ろした。

十挺《ちょう》のスナイドル銃が火を噴いたが、黒ぬりのぶ厚い門扉はびくともしなかった。

「これでよい。前後から撃ちかければ、敗兵というものは観念して飛び出してくるものだ」

太郎左衛門の言葉が終わらないうちに、表門の方から銃声が上がった。

手代の甚五郎が、手はず通り火薬に火をつけたのである。

「どうやら表門から出たようだ。君は七名を連れて応援に行きたまえ」

八の字髭が歩兵を連れて築地塀《ついじべい》の向こうに走り去るのを見届けると、太郎左衛門はもう一人の武士に当て身を入れ、刀を奪って三人の歩兵を打ち倒した。

峰打ちだが、三人とも後頭部を一撃されて声を上げる間もなく倒れ伏した。

「身方です。今のうちに逃げて下さい」

上原が通用口を叩《たた》いて声をかけた。

中にひそんでいた者たちも、門扉の陰で脱出する機会をうかがっていたらしい。すぐに戸が開いて、二十歳ばかりの武士が抜刀したまま飛び出してきた。罠《わな》かも知れぬと疑っているのか、今にも斬りかかろうとするように身構えている。

「この軍服は敵をあざむくためのものです。早く逃げて下さい」

「かたじけない。大丈夫だ。みんな出ろ」

安全を確かめると、屋敷の内に向かって声をかけた。

通用口から四人の武士と、丸髷《まるまげ》を結って薄墨の僧衣を着た女が、腰をかがめてくぐり出てきた。

女が顔を上げた瞬間、太郎左衛門は思わず息を呑《の》んだ。

「あ、あなたは……」

やつれ果てて青ざめてはいるが、捜し求めていた南雲富子にちがいなかった。

「沢さま、どうしてこんな……」

富子も言葉を失って、官軍の制服を着た太郎左衛門を見つめるばかりである。

「話は後です。すぐに船松町の松坂屋までお逃げなさい。私の名を出せばかくまってくれるはずです」

「私は御先手組の本多《ほんだ》誠一郎《せいいちろう》と申します。ご恩は忘れません」

最初に飛び出して来た青年が名乗った。

「開陽丸の沢です。松坂屋にそう告げなさい」

明日の夕方までには自分も必ず行くからと約束して六人を落とすと、太郎左衛門と上原は大きく迂回《うかい》して船着場へと急いだ。

「旦那《だんな》、お帰りはこちらですぜ」

桟橋につないだ押送《おしおく》り船《ぶね》の上で、甚五郎が悠然とキセルをふかしていた。

二

昇降用の縄梯子《なわばしご》を登る途中、太郎左衛門はふと足を止めて開陽丸の船体をながめた。

船側に開けた十三の砲門はぴたりと閉ざされ、黒く塗った船体が船首から船尾まで美しい曲線を描いている。

開陽という名は、北斗七星の第六星からとったものだ。

古代中国の占星学では、宇宙の回転をつかさどり暗黒の世界に光をもたらす星とされる。

オランダのドルトレヒトの造船所で三年の歳月をかけて建造し、幕府復興の命運をになって日本に廻航《かいこう》してきた船である。

だが太郎左衛門らが昨年の三月に日本に戻った時には、すでに幕府は取り返しがつかない窮地に追い込まれ、滅亡へとまっしぐらに突き進んでいた。

そうして今では賊軍の汚名を着せられ、旧幕臣たちとその家族は、江戸市中にさえ身を寄せる場所もない有様である。

もはや心安まる場所は、この船の中にしかなかった。

甲板《デッキ》に上がると、榎本武揚が険しい表情で迎えた。

眉《まゆ》も目も髭までも怒りに吊《つ》り上がりそうだが、他の士官の手前懸命に感情を抑えていた。

「報告は後で聞く。来たまえ」

口を開こうとした太郎左衛門を制して、足早に艦橋《ブリッジ》に登って行った。

高さ三メートルほどのブリッジに立つと、江戸湾が一望に見渡せる。

薄日に照らされた海には、数十隻の蒸気船が所狭しと錨《いかり》を下ろしていた。

間近には徳川海軍の回天丸や蟠龍丸、長鯨丸《ちょうげいまる》など七隻が、開陽丸に寄り添うように停泊しているが、その周囲には薩摩、長州、肥前、土佐など官軍方の艦船が、砲門を開いて臨戦態勢をとったまま、徳川艦隊の監視に当たっていた。

万一不穏な動きがあったなら、四方八方から砲撃するつもりである。しかもはるか沖には三隻のイギリス艦がいて、いつでも応援に駆け付ける構えをとっていた。

「どうだい。なかなか豪勢なながめだろう」

真っ白な夏の制服を着た榎本が、首にかけた双眼鏡を手渡した。

肉眼では見えないが、イギリス艦も砲門を開けてこちらに狙いをつけている。

「パークス閣下は戦争には反対すると約束なされたはずだ。外国公使も局外中立を守ると申し合わせているではないか」

「それも昨日までだ。お山が落ちて新政府の勝利と見るや、すぐさま艦船を派遣してきた。江戸城攻撃に待ったをかけただけに、ここで薩長に恩を売っときたいんだろうよ」

「そのような人には見えなかったが」

「彼らの任務は、日本において自国の権益を確保することだ。そのためにはどんな手でも使うのが、パークス閣下の言う紳士的《ジェントルマン・シップ》態度という奴の正体さ」

榎本は義の男である。江戸っ子らしいからりとした気性で、不義に対しては体を張って立ち向かっていく。それだけにてのひらを返したようなパークスの態度が許せないのだ。

「すまない。私が軽率だった」

太郎左衛門はブリッジの手すりを握りしめて後悔のほぞをかんだ。

いかなる事情も、艦長たる者が自艦を離れていい理由にはならない。艦長の不在は指揮命令系統の混乱をまねき、二百五十名ちかい乗員の死につながるおそれがあるからだ。

「私も君にはずいぶん心配をかけた。これでおあいこだ」

榎本はデッキの士官にエマージェンシーフラッグを降ろすように命じた。

「何しろ恭順中の身だからね。艦内で非常事態が起こっていると知らせるのは穏当ではあるまい」

階下の艦長室に入ると、太郎左衛門は石神ら六人の死と、輪王寺宮からの依頼を詳しく伝えた。

旧暦五月十七日は、西暦では七月上旬に当たる。

風通しの悪い艦内は蒸し暑く、じっとしているだけで汗ばむほどだった。

「およそそんなことだろうとは思っちゃいたが」

榎本は白い軍服を脱いでシャツ一枚になった。

「宮さまのお供まで申し出るとはなあ。君がそこまで無鉄砲な熱血漢だとは思ってもいなかったよ」

「すまない。自分でもどうかしていたと思うんだが、宮さまのご窮地を知るとじっとしてはいられなかったんだ」

「それはなぜかね」

「分からない。理屈ではどうにも説明できないんだが、この胸の奥底を揺り動かされる感じなのだ」

御前に伺候しているだけで体が震えるような感動を覚えたのはなぜだろう。

恋に似た感情のようでもあり、信仰心に近いような気もする。

自分の心の奥底にこんな感情がひそんでいようとは、オランダにいた頃には想像も出来ないことだった。

「それは君、楠木正成《くすのきまさしげ》だよ」

榎本の思考はあくまで明晰《めいせき》である。

「太平記《たいへいき》を読んでみたまえ。恋に盲目になったラ・マンチャの騎士のように、数多《あまた》の男たちが帝《みかど》のために命を投げ出しているから」

「それは五百年以上も昔の話だろう」

「ところが、この国には五百年たとうが千年たとうが変わらない感情が流れつづけているんだ。それは神に対する憧憬《しょうけい》だよ。田夫野人にいたるまで、誰に強《し》いられずとも初詣《はつもうで》に行って神前に頭《こうべ》をたれるだろう。その感情は、天照大神《あまてらすおおみかみ》のご子孫であられる朝廷に対しても同じように向けられているんだ」

それは国民共有の感情であるだけに、薩長の輩《やから》のように政治的に利用してはならない。なぜなら信仰心に基礎を置いた政治は、大義の名のもとに一切の反対意見を抹殺するからだ。後醍醐《ごだいご》天皇の建武《けんむ》の親政がわずか三年で失敗したことや、教会に支配されたヨーロッパ中世の暗黒を見ても、そのことは明らかではないか。

榎本武揚は額に汗を浮かべ、あわただしく手をふり動かして力説した。

「ヨーロッパの近代は、中世の暗黒を打ち破って誕生したのだ。その近代文明を受《う》け容《い》れなければならない時に、日本だけは朝廷の権威を利用した中世国家に逆もどりしようとしている。こんな愚かしいことがあるかね」

「なるほど。君がライデン大学の図書館で、万巻の書物を読みあさっていた理由がたった今分かったよ」

「からかうのはよしてくれ。ヒップス造船所に日参していた君の熱意にはとても敵《かな》わんよ」

「からかってなどいないさ。自国の歴史と文化に対する正しい認識がない限り、新しい国造りなど出来ないということが分かって感服しているのだ」

「ならばひとつ頼みがある。その野暮ったい軍服を脱いでくれないか。それを見ているだけで、薩長の策士面を思い出してむかむかする」

「しかし、下は裸だよ」

「この暑さだ。構うもんか」

榎本は戸棚からビールを取り出した。

オランダ留学中に創設され、抜群の人気を博したハイネケン社のものである。

「さっきの輪王寺宮さまのご依頼の件だが」

榎本が真鍮《しんちゅう》のコップにビールをついだ。冷えていないので、半分ちかくは泡になった。

「我々は今きわめて困難な立場に立たされている。こんな時こそ、しっかりとした行動原則を確立しておくべきだと思うんだ」

「私もそう思う。右顧左眄《うこさべん》するわけにはいかないからね」

太郎左衛門は官軍の制服をぬぎ捨てた。

肩を締めつける圧迫から解放されて、実に清々《すがすが》しい気分である。

「私が考えているのは次の二点だ。この国のために何をするべきかがひとつ。旧幕臣としてどう身を処すべきかがいまひとつ――」

「異存はないが、問題はそれをどう具体化していくかだね」

「具体策は蝦夷地の開拓だ。禄《ろく》を奪われて行き場をなくした旧幕臣を集めて、開拓事業に当たる。我々がオランダで学んできたことを生かし、日本の近代化の手本となるような土地にするのだ。そうすれば一挙両得ではないか」

「確かにそうだが、新政府が開拓を許すだろうか」

「奥羽《おうう》列藩も同盟を結んで抵抗の姿勢を示している。新政府も我々を敵に回すより、蝦夷地を開拓させた方が得策だと思うはずだ。何とか道は開けるさ」

結局輪王寺宮の依頼は、新政府の徳川家処分が決まってから果たすことになった。旧幕府のために起《た》たれた宮のご依頼を拒むことは出来ないが、処分前に動いては主家にどんな迷惑がかかるか分からないからである。

翌朝、太郎左衛門は松坂屋にそうした決定を伝える手紙を書き、使いの者に届けさせた。

南雲富子にも一書をしたため、艦隊に収容できるようになるまで松坂屋に身をひそめておくように伝えた。

約束通り夕方までには松坂屋に行きたかったが、四方を官軍の艦船に包囲され、どんな突発事態が起こるか分からないだけに、開陽丸を離れることが出来なかったのである。

昼過ぎに使いの士官が戻ると、太郎左衛門はすぐに艦長室に呼んで事情を聞いた。

「これが松坂屋からの返書でございます」

太郎左衛門は素早く目を通した。委細承知した。徳川家の処分が決まるまでは潜伏しているように、方々の身方に伝えておく。星野長兵衛はそう記していた。

「それで、南雲どのは？」

「はい。これを預かって参りました」

袱紗《ふくさ》にぶ厚い封書が包まれていた。

「ご苦労。下がって休みたまえ」

士官が立ち去るなり、太郎左衛門はあわただしく封を開いた。

油紙に包まれた封書と、半紙に走り書きした富子の手紙が入っていた。

「昨日は危うきところをお助けいただき、ありがとう存じました。長い間お目にかかりたいと念じておりましたが、あのような時にあのような場所でお会いすることが出来たのも、神仏のご加護のゆえと感謝いたしております。

お言葉の通り松坂屋さまにおかくまいいただき、虎口を逃れた思いをいたしております が、今夕には江戸を脱し、彰義隊の方々とともに奥州へ向かうこととといたしました。

微禄《びろく》とはいえ御家人の娘として生まれ、幼い頃より武芸はいささかたしなんで参りましたので、少しは皆様方のお役に立てるのではないかと思っております。

同封の書状は、相楽総三宛ての文でございます。品川の黒金屋という茶屋で働いていた頃にあの男に見初《みそ》められ、何度か部屋に呼ばれるうちにこの文のことを知り、沢さまのお役に立てるのではないかと思って盗み出しました。

しかしなかなかお目にかかる機会もありませんでしたので、輪王寺宮さまにお渡ししょうと思って上野のお山に入りましたが、ふいに始まった戦に巻き込まれて進退窮まった時に、本多さまたちに助けていただきました。

こうして沢さまにいま一度お目にかかり、この書状をお渡しするという念願がかなったからには、この身をあの方々の戦のためにささげたいと存じます。

身勝手をお許し下さいませ」

見覚えのある几帳面《きちょうめん》な手で記された手紙を読み終えると、太郎左衛門は椅子にもたれて天を仰いだ。富子に会えるという期待に、昨日から気持が高ぶっていただけに、失望のあまり暗い穴にでも突き落とされたような気がした。

(こんな物を渡すために、富子さんは私に会いたがっていたのか)

そんな腹立ちさえ覚えて、ぞんざいに油紙を引きはがした。

立て文の表には力のこもった丸みのある筆跡で相楽総三殿と記されている。

裏書きはなかったが、勝海舟の家で何度か書状を見たことがあるだけに、薩摩の西郷吉之助の字であることはすぐに分かった。

相楽といえば、薩摩の伊牟田尚平らと強盗団を組織して江戸市中を荒らし回った男である。

太郎左衛門はきな臭い予感を覚え、あわただしく文を開いた。

一読して我が目を疑い、再読して強い怒りがこみ上げてきた。これが官軍を名乗る輩の正体ならば、榎本が言うようにこの国の将来は危ういと断ぜざるを得なかった。

新政府による徳川家の処分が発表されたのは、慶応四（一八六八）年五月二十四日のことだった。

田安亀之助（後の徳川家達）を駿府城主とし、七十万石を与えるというものである。表高四百万石のせめて半分は安堵《あんど》されるだろうという旧幕臣たちの期待も、江戸城を居城に百万石相当をという勝海舟らの要求も無視した過酷な処分である。

これでは三十万人といわれる旧幕臣と家族たちの大半は、生計の道を断たれることになる。しかもこれまで住んでいた家は没収され、否応なく立ちのきを迫られるのだ。

誰がどう見ても血も涙もない理不尽の沙汰《さた》だが、もはや徳川家にはこの決定をくつがえす何の手段もない。ただ粛々と駿府移封の仕度をする他はなかった。

上野戦争に加わらなかった旧幕臣たちは、保身のために先を争って駿府への随行を願い出た。

つい半年前まで居丈高に振舞っていた武士たちのそんな姿は、江戸っ子には余程ふがいなく見えたのだろう。

〈どこまでもなどと府中の穀潰《ごくつぶ》し〉

駿府の府中と不忠をかけた、そんな落首がもてはやされたほどだった。

ともあれ徳川家の処分が決まっただけに、敗走の兵を収容するという輪王寺宮との約束を果たさなければならない。

そう考えていた矢先に、松坂屋の星野長兵衛が訪ねて来た。

「宮さまからのお言葉を申し伝えます。明日《あした》ご軍艦に乗船し、奥州に向かいたいので、尽力してほしい。そのように仰せでございます」

「宮さまは奥州で戦われるおつもりですか」

恐縮して突っ立っている長兵衛に、太郎左衛門は椅子をすすめた。

「奥州に留《とど》まって、天下の静謐《せいひつ》を待たれるご意向でございます」

「徳川家の封地も決まりました。宮さまも大総督府に出頭して恭順なさるべきと存じますが」

「ところが大総督府に不穏の動きがあり、このままでは宮さまのお立場も危ういのでございます」

去る二十一日、官軍は輪王寺宮能久親王を捕えるために紀州家の別邸を取り囲み、銃を乱射して威嚇《いかく》し、邸内に乱入して捜索した。

宮の妹が紀州藩主に嫁しているので、別邸にひそんでおられるのではないかと疑ってのことだ。

〈是日《この》官軍の一隊ありて紀州家の別邸を取り囲み、銃を発《はな》ちて脅威し、邸内に闖入《ちんにゅう》し

て捜索す〉

森鷗外は『能久親王事蹟』の中で静かな怒りを込めてそう記している。

宮はこの狼藉《ろうぜき》をお聞きになり、奥州行きを決意なされたという。

「今日のうちに宮さまにご返答をお伝えしたいので、よろしくお取り計らい下さい」

「分かりました。今すぐ副総裁と話し合ってきますから、三十分だけ待っていて下さい」

太郎左衛門は懐中時計を残して、士官室を改造して作った榎本の部屋に行った。

「それは難問だな。宮さまが奥州に行かれて列藩同盟の旗頭となられたなら、南北朝時代のように日本を二分した戦争になりかねないよ」

榎本は机の上に広げた蝦夷地の地図に見入ったままだった。

「江戸にいては、お命さえ危ういのだ。奥州で天下の静謐を待ちたいと希望しておられる」

「いくら薩長の輩《やから》でも、これから朝廷中心の国を作ろうという時にそんな無茶はするまい」

「ところがそうではないんだ。これは今まで伏せておいたんだが」

太郎左衛門は相楽総三にあてた西郷の密書を渡した。

御用盗を組織して江戸市中を攪乱《かくらん》するように命じると同時に、寛永寺の輪王寺宮を盗み出すように指示したものだ。宮が幕府擁護に動かれることを懸念してのことで、「万一手に余り候わば、応変のご処置を願い上げ候」と明記されている。

応変の処置とは、殺害しても構わないという意味だった。

「これが奴らの正体というわけか。相楽や伊牟田が殺されたのは、このことが公けになることを怖れてのことだったんだな」

相楽総三は偽官軍の汚名を着せられて下諏訪《しもすわ》で斬首され、伊牟田尚平も部下が辻斬《つじぎ》りをしたという冤罪《えんざい》を負わされて京都で自刃させられている。

御用盗の首謀者二人が相次いで殺されたのは、口を封じるためとしか思えなかった。

「それにしても、こんなものをどこで」

「富子さんが届けてくれた。この間鉄砲洲で偶然会ったのだ」

太郎左衛門は少し後ろめたい思いをしながら、薩摩の翔鳳丸に富子が乗っていたことや、上野の新寺町で見かけたこと、上野戦争の翌日、鉄砲洲で救った敗兵の中に彼女がいたことを語った。

「驚いたな。この動乱の中で、君にそんなロマンスがあったとは思ってもいなかったよ」

「すまない。隠しておくつもりはなかったんだが」

「彼女は許婚者《フィアンセ》だろう。すまないことがあるものか」

榎本も富子には何度か会ったことがある。太郎左衛門の胸中もよく分かっていた。

「それで、富子さんは？」

「敗兵とともに会津へ向かったらしい。輪王寺宮にこの密書を届けようとして上野の戦争に巻き込まれ、彰義隊士に命を助けられたそうだ」

「さすがに君が見込んだ女性だよ。これがあと半年早く我々の手に入っていたなら、奴らに鉄槌《てっつい》を下すことも出来たはずだ」

「宮さまのご依頼はどうする。受けてくれるか」

「よう候《そう》。ただし、奥州までお送りするだけだ。今うかつに動いては、何もかも台無しになりかねないからね」

翌二十五日、輪王寺宮は長鯨丸に乗船され、夜半に常陸《ひたち》の平潟《ひらかた》（現在の北茨城市）に向かわれた。

開陽丸も館山まで伴走したが、翌朝すぐに品川沖に引き返した。江戸湾は官軍の艦船によって封鎖されているだけに、不穏の動きをして再入港を阻止されることを恐れたのである。

この日から八月十九日まで、開陽丸を旗艦とする徳川艦隊は品川沖で政局の動きを静観することになる。

その三ヵ月の間に、新政府に対抗して結成された奥羽越《おううえつ》列藩同盟の諸藩が相ついで官軍に敗れ、降伏や恭順を余儀なくされたために、榎本の優柔不断に対する風当たりは強い。

中でも『会津戊辰《ぼしん》戦史』は、

〈榎本氏は海軍の技術にこそ長じたるならんも、天下の大勢を見るに迂愚《うぐ》も亦《また》甚し、東軍の越後《えちご》方面に於《おい》て最も苦みしは、西軍（新政府軍）に海軍の助《たすけ》ありし一事なり、もし榎本氏にして大勢を見るの明ありしならんには、我が公（松平容保）の請《こい》をいれ、率ゐる所の軍艦二三を割き、越後に遣《のこ》し、西軍の海軍を破砕したらんには、新潟陥らざるべく、新発田《しばた》の反覆も亦なかりしならん、此《こ》の大切なる時機に於て、戦の勝敗に関係なき主家の成行を見届くるを名として、悠々として品川に碇泊《ていはく》せしその心理情態実に知る可《べ》からず、奥羽聯合《れんごう》存在してこそ榎本艦隊も重きを為《な》すなれ、越後の戦敗れ会津も陥り聯合も瓦解《がかい》せんには、其《そ》の艦隊何をか為し得べき、然《しか》るに時機に臨んで聯合軍を援助せず、奥羽鎮定の後に至り始めて蝦夷地を経略せしは愚の至りと云《い》ふべし〉

と怒髪天をつくような勢いで批判している。

そうだろう。京都守護職にあったことを理由として恭順を許されず、新政府成立のための犠牲《いけにえ》とされた会津藩としては、榎本艦隊がいち早く列藩同盟軍に加わっていたなら、あれほどみじめな敗北を喫することはなかったという無念があるにちがいない。

世の榎本批判もこれに類するものが多いが、少なくとも二つの点でこの見方は間違っている。

ひとつは榎本や沢太郎左衛門には、（八月初旬までは）新政府軍と戦争をする意志はなかったということである。

日本のために何をするべきか、旧幕臣としてどう身を処すべきかが二人の行動原理であり、日本を東西に分かった全面戦争をすることは決して本意ではなかった。

そのことは新政府に対して蝦夷地開拓の陳情書を再三出していることからも明らかである。

もうひとつは、たとえ列藩同盟軍の救援に行きたくとも、簡単には動けなかったことだ。

理由は山ほどある。

艦隊は軍艦四隻、輸送船四隻を保有していたが、江戸湾は官軍の艦船によって封鎖されていた。

維新当時、日本には百三十八隻の艦船があったと推定されている。そのうち各藩が所有していたのは九十四隻で、官軍はその多くを江戸湾に回航して封鎖作戦を展開した。

輪王寺宮が二十五日に急遽《きゅうきょ》奥州行きを決行なされたのは、

〈こは十四日以来船舶の江戸湾に出入することを禁ぜられたりしを、是日《このひ》解かれぬれば、再び障碍《しょうがい》の生ぜんことを慮《おもんぱか》りてなりき〉（『能久親王事蹟』）と森鷗外も明記しているように、制海権は官軍に握られていた。いかに開陽丸が世界最新鋭の軍艦とはいえ、この封鎖網を突破していくことは至難の業である。『会津戊辰戦史』が言うように、軍艦二、三隻を越後の救援に向かわせられるような生やさしい状況ではなかったのだ。

それに徳川亀之助主従の駿府移封が完了しなければ、新政府に対して敵対行動をとれなかった。

新政府では大久保一蔵（利通）と岩倉具視という怪物的な政治家が指揮を取っているだけに、駆け引きにおいては残酷なほどに巧妙だった。

彰義隊を叩《たた》き潰《つぶ》した後に駿府七十万石を与えると発表したこともそうだが、封を与えてからも亀之助を徹底的に利用した。

駿府への移住を八月九日まで引き延ばし、万一徳川家臣団に不穏の動きがあったなら、封地と決した七十万石も取り上げるとおどしつづけたのだ。

これでは主君を人質に取られているも同然である。それに艦隊乗員の家族も江戸市中に住んでいるだけに、榎本としてはうかつには動けなかった。

そうした困難に加えて、上野戦争の敗兵を収容するという任務もある。

幕府がアメリカに発注していた鉄製艦ストーンウォール号の引き渡し要求や、列藩同盟軍のためのフランス軍事顧問団のやとい入れ、蝦夷地開拓計画の伝達など、諸外国公使との交渉もつづけなければならなかった。

七月十七日、天皇の東幸が発表され、江戸は東京と改められた。

その五日後、榎本は会津藩主松平容保の救援要請に対して、徳川亀之助の駿府への移住を見届けた後に、遅くとも八月二十日頃までには仙台に行くと返答している。

八月初旬になると、彰義隊や遊撃隊などの敗兵が次々と榎本艦隊に乗り込み、脱走するとの噂がしきりにささやかれるようになった。

心配した勝海舟がひそかに開陽丸を訪ねてきたのは、亀之助が駿府に向けて江戸を発《た》った八月九日の夜半のことだ。

「君たち、脱走はいかんよ。脱走は」

艦長室に入るなり、海舟は大声を張り上げた。

相手の機先を制する海舟一流のやり方である。

「先日の手紙にも記した通り、そのような意図はございません」

榎本はそう答えたが、すでに奥州へ行く腹は固めていた。

戦争をするためではなく、列藩同盟軍に加わることで官軍との軍事力の均衡を生み出し、新政府に蝦夷地開拓や奥州諸藩の保全を認めさせようと考えていたのだ。

海舟が江戸で取った戦術を奥州でやろうとするもので、これには沢太郎左衛門も激論の末に同意していた。

「君、そんな嘘を見抜けぬほど私は耄碌《もうろく》しちゃいないよ。脱走するつもりがないのなら、どうして敗兵を収容したりするんだね」

「義のためです」

「気持は分かるが、俺たちゃ師弟じゃないか。そんな切り口上はやめたまえ」

「先生、上野の戦争が起こったのは我々の責任です。官軍に追われて江戸市中に潜伏する者たちを救うのは、将として当然のことだと思います」

「その通りだ。だが君が敗兵を連れて奥州に行けば、さらにみじめな敗北を味わうばかりだよ」

「では彼らをこのまま放置しろと言われるのですか」

「そうではない。私も新政府と掛け合って、赦免を求めているところだ。その決定が下るまでは、自重してくれたまえ」

「私も蝦夷地開拓の嘆願書を何度も大総督府に出しました。しかしいまだに何の返答もありません」

「新政府の連中は、君たちが列藩同盟軍に加わるのを恐れているのだ。奥州での戦争が終わったなら、許可が下りる見込みもある」

「それでは先生は、奥羽諸藩を見殺しにしても構わないとお考えですか」

「冷たいようだが、その通りだ」

海舟は腰の胴乱から煙草を取り出し、ゆっくりとキセルに詰めはじめた。

「奥羽諸藩が同盟を結んで新政府に対抗すると決したのは、閏《うるう》四月二十日のことだ。その一月も前に徳川家は恭順と決して江戸城を明け渡し、慶喜公も水戸に蟄居《ちっきょ》しておられる。我々が奥州の戦争に責任を負う必要は一切ないのだ」

「道理の道筋としてはそうかも知れません。しかし道義的には、責任がないとは言えないはずです」

　奥羽二十五藩が列藩同盟を結んだのは、朝敵とされた会津、庄内両藩を救おうとしてのことだ。ところが新政府は京都守護職にあった松平容保と、江戸において薩摩藩邸焼き打ちを実行した酒井《さかい》忠篤《ただずみ》の罪は許し難いとして両藩の討伐を決した。

　しかし両藩は幕府から命じられた職務を遂行しただけなのだから、徳川家の恭順は認めておきながら両藩だけは許さないというのは明らかに理不尽である。

　奥羽列藩がその非を鳴らして戦争に及ぼうとしている時に、徳川家が座して静観するのは道義にもとる。榎本はそう主張した。

「榎本君、君の言うことは一見正しいようだが、今この国にとって必要なのは、挙国一致して困難に当たることだ。主君への忠義より、天朝への忠義を先に考えるべき時なのだよ」

海舟が細面の端正な顔をしかめて、ぷかりと煙を吐き出した。

「奥州を討つことが、天朝への忠義ですか」

「奥州諸藩は奥羽総督府参謀の世良修蔵《せらしゆうぞう》を斬り、官軍に宣戦布告したのだ。官軍に叛《はん》するということは、天朝にそむくということだよ。どうして我々が、そうした行動にまで責任を持たねばならんのだね」

「世良を斬ったのは、官軍が理不尽の要求を突きつけたからです。このようなことが許されるのなら、薩長の輩《やから》は天朝を名分として、この国をほしいままにすることは目に見えています。それを阻止することこそ、天朝や国への真の忠義ではありませんか」

「阻止することは、野にあっても出来る。戦争だけは何としてでも避けねばならんのだ」

「失礼ですが、先生は将としての責任を投げ出し、日和見を決め込んでおられるとしか思えません」

「そうかね」

海舟が再び煙を吐いた。

「沢君、君もこの無謀な決定に同意したのか」

「いたしました」

太郎左衛門は窓際に立ち、二人とは距離をおいていた。激論になった時に、冷静さを保つためである。

「我々が蝦夷地開拓を望んでいるのは、旧幕臣の生計の道を立てると同時に、この国の近代化の範を示したいと願ってのことです。新政府がこの嘆願を認めないのなら、あらゆる手段を用いて実現を目ざすしかありません」

「君たちは日本に戻って来たばかりだから、奥州諸藩がいかに弱体化しているか知らんのだ。不幸なことに彼ら自身がそれを知らん。いくら束になってかかろうと、三月も持ちこたえられまい」

「我々は戦をしに行くのではありません。列藩同盟軍に加わって防備を固めることで、新政府に譲歩を迫ろうとしているのです」

「だから、それさえ出来ないほどに同盟軍は弱いと言っているのだ」

「たとえ弱くとも、正しい主張さえしていれば新政府の中にも賛同される方々がおられるはずです。義を見てなさざるは勇なきなりと申します。いかに困難であろうとも、このまま不義に屈しては、上野のお山で死んでいった者たちに合わす顔がありません」

「そうかい。ならば好きなようにするがいいさ。おいらは何も出来ねえが、君たちの骨だけは拾わせてもらうつもりだ」

海舟はキセルをくわえたまま、淋《さび》しげに肩を落として出て行った。

三

慶応四（一八六八）年八月十九日は快晴だった。

三日間降りつづいた雨がからりとあがり、頭上には秋の高い青空が広がっていた。西暦では十月四日に当たる。快晴とはいえ、海面にはすでに秋のさざ波が立ちはじめ、吹き寄せる風もひんやりとしていた。

ブリッジに立った沢太郎左衛門は、手すりによりかかってあたりの景色をながめていた。

開陽丸は品川から六キロほど離れた所に錨《いかり》を下ろしている。江戸の海は遠浅になっていて、これほど離れていなければ、喫水が四尋《ひろ》（約七メートル）もある開陽丸は座礁する危険があった。

三キロほど先には御台場《おだいば》があった。外国艦隊の来襲にそなえて徳川幕府が作った砲台で、真っ白な花崗岩《かこうがん》できずかれた石垣が築地塀《ついじべい》のように海に浮かんでいる。

工事の指揮に当たったのは、太郎左衛門の砲術の師である江川《えがわ》太郎左衛門《たろうざえもん》英龍《ひでたつ》だが、今では官軍に接収され、砲の照準を開陽丸に向けていた。

砲台のまわりには官軍の軍艦が十数隻も停泊し、榎本艦隊の監視に当たっている。

林立するマストの向こうには、東京と名を改めた江戸の街が平べったく広がっていた。

庶民が住む家の大半は平屋である。立地のいい高台にある寺社や武家屋敷は、紅葉しはじめた樹木におおわれていた。

かつてイギリス公使オールコックは、江戸を楽園のように美しい街だと評したことがある。

太郎左衛門はここで生まれ、ここで育ち、学問や剣の修行に打ち込んで人となった。父母や友人たちとの忘れ難い思い出に満ちた懐かしい街である。

だが、ここはすでに江戸ではない。幕府は亡び、主家は転封され、新政府の輩が我物顔で居座っている。武士としての義を貫こうとすれば、二度と足を踏み入れることの出来ない無縁の街と化していた。

「沢君、仕度は整ったかね」

榎本が腰にサーベルを下げたままブリッジに上がってきた。

「いつでも出港できる。幸い天気の心配もなさそうだ」

「それにしては浮かぬ様子ではないか」

「敵の艦船の動きを見ていた。どうやら追ってくるつもりはなさそうだ」

御台場のまわりの軍艦は、砲門こそ開いているものの蒸気機関に火を入れてはいない。

そのことを確かめようとして、つい江戸の景色に心を奪われたのだった。

「我々はまだ徳川海軍だ。脱走が明らかになるまでは、追跡したりはしないさ」

二人は今夜江戸湾を出て奥州に向かうことにしていた。

徳川亀之助が八月十五日に駿府に移封し、家臣や家族の移動もほぼ終わったからだ。

「出港時には、葵《あおい》の御旗《みはた》を立てるかね」

太郎左衛門はメインマストを見上げた。

「日章旗にしようではないか。主家に災いが及んでは申し訳がない。それに我々はこの国のために起《た》つのだからね」

「勝先生には？」

「むろん伝えておいた。不本意ながら袂《たもと》をわかつことになったが、先生なら我々の志を分かって下さるはずだ」

秋の陽はつるべ落としという。午後六時頃には暗くなり、七時頃には晴天の空に月がかかってあたりを煌々《こうこう》と照らしていた。

その白い光の中で出港作業を終えた徳川艦隊八隻は、午後八時に錨を上げて脱走を敢行した。

旗艦開陽丸、回天丸、蟠龍丸、咸臨丸、長鯨丸、千代田形《ちよだがた》、神速丸《しんそくまる》、三嘉保丸《みかほまる》で、

それぞれの船には武器弾薬や軍需品、食糧などを満載し、総勢三千余名の将兵が乗り込んでいた。

　そのうち二千名ちかくは、上野の敗兵や新政府に叛心《はんしん》を持つ旧幕臣である。脱走に当たって榎本は勝海舟に書を送り、蝦夷地開拓の陳情書を新政府にとどけるように依頼している。

　その中で彼は、このたびの挙は乱を好むものではなく、皇国一和の基を築くためだとしながらも、新政府が今のような暴政をつづけるなら、旧幕臣としてはとうてい服し難いと訴えている。

　それゆえ家禄《かろく》を失い生計の道を断たれた徳川遺臣を集めて、蝦夷地開拓に当たりたいというのだ。

　翌二十日に榎本からの書状を受け取った海舟は、日記に次のように記している。

〈開陽より一封到来。昨夜御船ことごとく大去。そのゆく所を知らず。御意書、即刻中老《ちゅうろう》衆へ持たせ差出す。ああ士官輩、わが令を用いず〉

　艦隊八隻のうち、咸臨丸、千代田形、三嘉保丸は船足が遅かった。

　咸臨丸は勝海舟が艦長として太平洋を横断したことで一躍その名を知られた蒸気船だが、すでに老朽化し、二年前から蒸気機関を取りはずされて帆走のみとなっていた。

　千代田形は二年前に江戸の石川島造船所《いしかわじまぞうせんじょ》で作られた国産初の蒸気船だが、蒸気機関が六十馬力しかなく、五ノットの速度しか出ない。

三嘉保丸は排水量八百トンの帆船で、伊庭八郎ら遊撃隊の将兵六百名ちかくを乗せていた。

船足がそろわなければ、遅れた船を官軍に拿捕《だほ》されるおそれがある。そこで咸臨丸を四百馬力の回天丸が、千代田形を三百馬力の長鯨丸が、そして三嘉保丸を開陽丸がロープで曳航《えいこう》していくことにした。

艦隊は江戸湾を五・五ノット（時速約十キロ）の速さでゆっくりと南下し、房総《ぼうそう》半島の南端をめざした。

官軍の追跡がないことを確認すると、榎本武揚は開陽丸のデッキに乗組員を召集した。

船には乗員二百数十名のほかに、彰義隊の将兵や会津藩や仙台藩からの救援を求める使者、それに列藩同盟軍の軍事顧問となるために同行したフランス人砲兵大尉ブリュネと下士官一人が乗り込んでいる。

総勢七百余名になるだけに、巨艦開陽丸のデッキもさすがに窮屈なほどだった。

榎本は金モールのついた軍服を着てブリッジに立った。手には真っ白な手袋をし、腰にはサーベルを下げている。白い月明かりに、その姿が鮮やかに浮き上がった。

「諸君、我々はここに新たなる一歩を踏み出した」

榎本が口を開くと、ざわめいていたデッキがぴたりと静まった。

「本日より我が艦隊は主家を離れ、列藩同盟軍の救援のために奥州へ向かう。目的は西賊の横暴を排して奥州諸藩を守ること、武威をもって蝦夷地開拓を新政府に認めさせることにある」

官軍を西賊と呼んだところに、榎本の決意の固さが現われていた。

「しかし、単にそれだけのために我々は起ったのではない。このまま薩長の跳梁《ちょうりょう》を許せば、この国はやがて取り返しのつかない悲劇を迎えることは目に見えている。なぜなら今般の王政復古は、薩長の輩が政権を盗むための手段として唱えたもので、真に尊皇の赤心から出たものではないからだ。そのことは諸君、彼らがしきりに攘夷《じょうい》を唱えて開国策を取る幕府を責め、自らが政権を握るとただちに開国して外国人の歓心を求めていることを見ても明らかではないか」

突き上げてくる思いに、喉《のど》がふさがったのだろう。

榎本はしばらく黙り込んだまま中天の月を見上げた。

「このような不正義の輩が尊皇を名分として海内を籠絡《ろうらく》したなら、正しき意見は抹殺され、へつらう者のみが重用されて、政府ぐるみで祖国を破滅に導くことは目に見《み》えている。諸君、我々は薩長の輩が招こうとしているかかる闇を、この開陽の光で切り拓《ひら》くために戦うのだ」

榎本がサーベルを抜き放って天上の星を指すと、デッキからいっせいに拍手が起こった。

やがて誰からともなく開陽丸進水祝歌を歌い出し、互いに肩を組んでの大合唱になった。

〽来れ友だち　はれやかに
今しも宴《えん》は開かれぬ
ヒップスの友が日本の
ためにつくりし美《うま》し船
〽来れ友だち　いざ歌へ
若き日本のそが為に
やよとこしへに記憶せん
かくも楽しき今日の日を

開陽丸がドルトレヒトのヒップス造船所で進水式を行なった時、オランダ人の関係者が作ってくれた歌である。

声を合わせて歌いながら、乗員の誰もが若き日本のために一命を賭《と》して戦おうと心に決めていた。

異変は翌日の未明に起こった。

メインマストの見張り台《トップ》にいた当番水兵が、後方の回天丸から緊急信号が発せられていると告げたのだ。

太郎左衛門は飛び起きてブリッジに登った。

時刻は午前四時十五分。浦賀水道の観音崎《かんのんざき》の沖にさしかかったところで、信号は咸臨丸の座礁を知らせるものだった。

太郎左衛門はすぐに開陽丸の停船を命じ、状況を問い合わせる信号を送った。

「暗礁ニ乗リ上ゲシモノナリ」

回天丸艦長の甲賀《こうが》源吾《げんご》から返信があった。

あたりは闇と深い霧におおわれ、信号の明かりもかすかに見えるばかりである。

「離礁ハイカニ？」

「引キ潮ニテ、困難ガ予想サル」

太郎左衛門は榎本に異変を知らせ、協議の上で救助に引き返すことにした。

同時に伝令船の蟠龍丸に信号を送り、他の船に停船を伝えるように命じた。

間近まで引き返し、投光器で照らしてみると、悲惨な状況が浮かび上がった。

咸臨丸は海中の岩に乗り上げ、船体が三十度ばかりも傾いていたのである。

船を曳航する時には、前と後ろではかなり航路がずれる。特に観音崎沖を大回りするような時には、前の回天丸は大きくカーブを取っても、後ろの咸臨丸はどうしても内側を進みがちになり、陸地に接近してしまう。

それを避けるためには、前方の船は通常よりもはるかに大回りしなければならないが、暗夜でもあり霧も深いので、回天丸の航海士が判断を誤ったのだ。

「後ろから引いてみたらどうかね」

榎本は憮然《ぶぜん》としていた。

先を急ぐ航海なのに、このような初歩的なミスを犯したことが腹立たしいのだ。

「ここまで座礁がひどいと、それは無理だろう。強引に離礁させようとすると、船底が破損しかねない」

ヒップス造船所に日参していただけに、太郎左衛門は船の弱点についても知悉《ちしつ》していた。

「ではどうする」

「満潮を待とう」

「時間は？」

「午後四時頃だ」

問題はその間他の船をどうするかということだった。この場に十二時間も停船しては、行動予定が丸一日遅れることになる。

その間に官軍の追跡を受ける恐れもあり、天候の変化も気にかかる。

「残念だが、咸臨丸を残していくしかあるまい」

太郎左衛門はそう進言した。

剣士の勘が告げるのか、ここで時を失うことに不吉な予感を覚えた。

「しかし、兵員や物資はどうする」

「漕艇《カッター》を下ろして、兵員だけ各艦に分乗させればよい。二百名くらいなら、すべて収容できるはずだ」

「船ごと捨てるというのか」

榎本は難色を示した。咸臨丸は三十二ポンド砲六門、十八ポンド砲四門を搭載している。また大量の武器弾薬を積んでいるだけに、戦争を目前にして捨てていくのはあまりにも惜しかったのだ。

「ならば乗員だけを残し、離礁した後に奥州まで航行するように命じればよい。副艦長の春山《はるやま》君は浦賀奉行所勤務の経験もある。近くの漁民に助けを求めて、離礁する方法を講じるだろう」

「それは駄目だ。戦も始まらないうちから、友軍を置き去りにすることはできぬ」

榎本の決断で、全艦近くの港に入って咸臨丸の離礁を待つことにした。船も大砲も惜しい。だがそれ以上に、日本で初めて太平洋を横断した咸臨丸を置き去りにしては、徳川海軍の名誉にかかわるという思いが強かった。

満潮は二十日の午後四時にやって来た。咸臨丸が離礁したのは午後五時。その後すぐに船足の遅い千代田形とそれを曳航する長鯨丸を奥州に向かわせ、残りの六隻はその夜館山湾に停泊し、二十一日未明に仙台湾を目ざして出航した。

このことが致命的な失策になろうとは、誰一人予測できなかったのである。


遠くで銃声が聞こえた。

一発、また一発。

乾いた爆発音があたりの山にこだまし、静まった朝の空気をふるわせて消えていく。

戦が始まったらしい。

そう思いながらも、南雲富子はなかなか起き上がることが出来なかった。

連日の戦に体は疲れ果てている。

意識は目覚めているのに、金縛りにあったように体の自由がきかなかった。

「南雲君、南雲君」

隣に寝ていた本多《ほんだ》誠一郎《せいいちろう》が揺り起こした。

上野のお山から逃れてきた彰義隊士五人のうち、生き残っているのは彼だけだった。

「私が様子を見てくる。君は皆を起こしておきたまえ」

弱年ながら歩兵頭に任じられた本多は、そう命じて陣小屋を出て行った。

村の百姓家を借り受けた陣小屋には、伝習隊第二大隊の歩兵二十人ばかりが軍服のままごろ寝している。富子も髪を短く切ってたぶさを結い、軍服を着ているので、本多のほかには女と知る者はいなかった。

本多から伝令役に任じられた富子は、任務遂行のために懐中時計を支給されている。腰の胴乱から取り出してみると、針は午前六時をさしていた。

ちょうど開陽丸が嵐の海に向かって館山港を出た時刻である。

「全員起床、西賊来襲のおそれがあります」

富子は鐘を打ち鳴らしながら声を張り上げた。

戦なれした歩兵たちは、すぐに飛び起きて身仕度を始めた。名は伝習隊だが、五ヵ月ちかく戦いつづけるうちに本隊の半数近くが戦死したり負傷しているので、各隊の生き残りを加えて再編制したものだ。それだけに百戦錬磨の強兵《つわもの》がそろっていた。

「郡山《こおりやま》方面より賊軍が迫っている。わが第二大隊は勝岩《かついわ》の陣地まで下がって敵を迎え撃つとのおおせじゃ」

本多が伝習隊隊長の大鳥圭介《おおとりけいすけ》の命令を伝え、すぐに移動が始まった。

伝習隊四百余名に与えられた任務は、他の藩兵と協力して、会津領の東の入口である母成峠《ぼなり》を死守することだ。

だが八百たらずの兵力では、薩摩の伊地知正治や土佐の谷干城《たにたてき》、板垣退助《いたがきたいすけ》らがひきいる二千六百の精兵には太刀打ちできない。そこで大鳥圭介は、母成峠を本営とし、勝岩、中軍山《ちゅうぐんさん》に陣を構え、敵をさそい込んで撃退する策をとった。

勝岩の陣地は、石筵川《いしむしろ》ぞいにあった。銚子《ちょうし》ヶ滝《たき》から上流にむかってつづく断崖《だんがい》の上に三重に塹壕《ざんごう》を掘り、下から攻め上がって来る敵を狙い撃ちする構えである。

第二大隊の持ち場は、峠の本営に近い三段目の塹壕だった。

前線となる一段目には、第一大隊と土方歳三が指揮する新選組が守備についている。勝岩の南方にある中軍山は、会津藩兵と仙台藩兵、すでに降伏した二本松《にほんまつ》藩の脱走兵が固めていた。

富子は本多らとともに三段目の塹壕にいた。

標高千メートル近い山の中腹からは、眼下の景色をはるか遠くまで見渡せる。

石筵川ぞいの木々は紅葉の盛りで、朝もやの中に真っ赤な葉が息をひそめて浮かんでいた。これほど鮮やかな紅葉を見たのは初めてだった。

「川ぞいは冷え込みが厳しいから、木々が美しく染まるんだ」

本多が七連発のスペンサー銃の手入れをしながらつぶやいた。

まだ十八歳の青年だが、旧幕府が設立した開成所《かいせいじょ》（後の東京大学）では首席だったという秀才である。将来を嘱望されながら、千五百石の旗本の後継ぎという地位をなげうって彰義隊に加わったのだ。

「人間も同じかも知れないな」

「どうしてですか？」

「苦難の中にあってこそ、気付くことも多い。山はこれほど美しい。人の情はこれほどに有難い。そんな簡単なことに、江戸にいた頃には気付かなかった。苦難が人の心を鍛え、美しく輝かせるんだろうな」

「そうだといいのですが」

「富子さん」

本多が声をひそめて名を呼んだ。

「君はどうして松坂屋に残らなかったんだ」

「…………」

「沢艦長とは親しい間柄なんだろう。何も我々と行動を共にすることはなかったんだ」

「ご迷惑でしたか」

「とんでもない。君が側にいてくれたお陰で、我々は心やすらかに戦いつづけることができた。死んだ四人も、きっと君に感謝しているだろう。だが君にとっては、不幸なことではなかったのか」

本多が切なげな目を向け、はにかんで視線をそらした。

「わたくしは御家人の娘です。幕府に殉じようとなされる方々と共に戦えるのなら、この命などいつ奪われても本望でございます」

それは偽らざる気持だった。品川宿の茶屋に身を落とし、鬼畜にひとしい輩《やから》に辱めを受けたこの身である。太郎左衛門に敵の密書を渡すという念願がかなったからには、思い残すことは何ひとつなかった。

戦は午前九時半に始まった。

新政府軍は二千六百の軍勢を三つに分け、伊地知正治がひきいる本隊は中央の水上《みずかみ》川ぞいを、谷干城の右翼隊は石筵川ぞいを進み、三百の陽動部隊は左翼の間道を抜けて母成峠の背後に回り込む作戦をとった。

勝岩の陣地に攻撃を仕掛けたのは、谷干城の部隊である。

一千の大半が最新式の銃で武装し、絶壁の下から休みなく弾を撃ちかけてきた。だが、銃撃戦は上から下に撃ち下ろす方が圧倒的に有利である。しかも列藩同盟軍は肩まですっぽりと入る塹壕に守られているだけに、一人の死傷者を出すこともなく敵を狙い撃ちにしていった。

大手に当たる中軍山では、会津、仙台両藩の兵が奮戦していた。母成峠を破られたなら会津藩の滅亡はさけられないだけに、わずか四百ばかりで三倍もの敵と互角にわたり合っている。

このままでは身方の犠牲が増えるばかりだと見た伊地知正治は、四斤野戦砲十数門で中軍山を集中的に砲撃した。

山上の陣地に爆裂弾の雨をふらせ、同盟軍の抵抗力を奪ってから突撃しようという作戦だが、下から上に撃ち込むだけに命中精度が低く、いたずらに弾薬を消費するばかりだった。

このまま夜まで持ちこたえたなら、夜陰に乗じて敵に斬り込みをかけることが出来る。同盟軍の将兵は逆転の望みをその策ひとつにかけて耐えつづけたが、正午過ぎになって思わぬ災いにみまわれた。

間近にそびえる安達太良山《あだたらやま》にかかっていた霧が、驚くべき速さで尾根伝いに下り、母成峠をすっぽりと包んだのである。

このため中軍山も勝岩の陣地も乳白色の霧におおわれ、一メートル先も見えなくなった。

この機に乗じたのは新政府軍だった。

霧にかくれて同盟軍の塹壕の側面に回り込み、狙い撃ちできる場所に陣取って霧が晴れるのを待った。

富子もその気配をひしひしと感じていた。だが、敵が見えないだけにどうすることも出来ない。塹壕に伏せる歩兵たちも、浮き足立って乳色の闇を見回すばかりだった。

「落ち着け。銃に弾を込めて、山側の斜面に体を寄せるのだ」

本多が声を低くして命じた。

両側に斥候を出して敵の動きをつかもうとしたが、三十分たっても誰一人戻って来なかった。

「南雲君、このままでは敵に背後をつかれる。本営に行って、峠まで後退すべきだと進言してくれ」

「分かりました。返答をもってすぐに戻ります」

富子は銃も持たずに、手さぐりで山の斜面を登っていった。

一刻も早くと気ばかりあせるが、岩場や灌木《かんぼく》に行手をさえぎられて思うように進めない。五百メートルほど登った時、霧は無情にもまばらになり、空に吸い寄せられるように晴れていった。

途端に新政府軍のいっせい射撃が始まった。

第一段目の塹壕の東側にまわりこんだ二百人ばかりが、岩場の陰から銃を撃ちかけてきた。

第一大隊や新選組も必死で反撃する。三段目にいる第二大隊も援護のために二段目まで下りようとしたが、いつの間にか西側にまわっていた伏兵に狙い撃たれ、十人ばかりがはじかれるように倒れた。

富子は一瞬どうしていいか分からなくなった。

もはや伝令の意味はない。だが銃もなく引き返しては、敵に狙い撃たれるばかりである。

萩《はぎ》の茂みに身を伏せて思案していると、本営の陣屋から火の手が上がった。

それを合図にしたように、本営の塹壕から身方が次々と退却していった。

(そんな、馬鹿な……)

今本営の部隊が退却したなら、勝岩の陣地で戦っている者たちは退路を断たれて全滅する。伝習隊の大鳥隊長や会津藩の参謀には、そんなことも分からないのか。

それとも分かっていながら身方を見殺しにするつもりなのか。

富子は怒りに体がかっと熱くなり、来た道を全力で引き返した。

本営軍の逃亡を本多に知らせなければならない。

その一念から銃弾飛び交う斜面を転がるように下り、三段目の塹壕に飛び込んだ。

本多は額を撃ち抜かれてあお向けに倒れていた。

天をにらむように目を見開いたまま、スペンサー銃をしっかりと握りしめている。

生き残った歩兵たちは、塹壕の仕切りを盾にして敵と撃ち合っていた。

「本営の身方は退却しました。退路を断たれないうちに逃れて下さい」

声を張り上げて知らせると、富子は本多の銃を取って身を伏せた。

ここで死ぬつもりである。

だがその前に一人でも多くの敵を撃ち殺し、死んでいった者たちの仇《かたき》を討ちたかった。

四

北東からの風が強くなり始めたのは、房総半島先端の野島崎《のじまざき》沖を回り、九十九里浜《くじゅうくりはま》ぞいを北上しはじめた頃からだった。

もともとこのあたりの海は風が強く波が荒い。

さしたることはあるまいと帆をたたんだまま汽走をつづけていたが、二十一日の午後四時頃になって風はマストをたわませるほどに強くなった。

空は古綿をしきつめたように暗くなり、大粒の雨が降り始めた。

太平洋を北上中の台風に巻き込まれたのだ。

ちょうど奥州の母成峠が陥落した頃のことである。

「沢君、どうやらこの風は強くなりそうだな」

榎本が肩口を雨にぬらして艦長室に入ってきた。

デッキに出て空模様を確かめていたらしい。

「平潟まではあと百二十キロだ。台風に追いつかれる前に、何とか港に逃げ込めるといいが」

太郎左衛門は六角机の上に広げた海図をのぞき込んだ。

一時間前から蒸気機関の出力を最大にしている。

だが逆風の上に三嘉保丸を曳航《えいこう》しているので、船は遅々として進まなかった。

「帆を張って間切りを併用してみたらどうだ」

榎本が提案した。

「しかし、危険すぎる」

この強風で帆を張れるほど、水兵たちは熟練していない。

開帆に失敗すれば、向かい風に吹き戻されるおそれがあった。

「操練を何度もくり返してきたではないか。部下を信頼しろよ」

「分かった。やってみよう」

太郎左衛門は総員に持ち場につくように命じ、ブリッジに立って開帆の指揮をとった。

風は軍帽を吹き飛ばすほどに強く、北から降る雨は冷たい。

波は小山のようにもり上がり、船縁《ふなべり》に当たって白いしぶきを上げていた。

「船首斜檣《ボウスプリット》に縦帆を張れ」

「縦帆、よう候《そろ》」

前檣《フォアマスト》から船首に突き出したスプリットに三角形の帆を張る危険な作業だが、水兵たちは荒天をものともせずにやり終えた。

「前帆、後帆とも下帆《コース》を開け」

「コース、よう候」

船は横波を受けて左右に揺れている。それでも水兵たちはマストに張った綱《トロス》を登り、第一帆桁《ほげた》に結びつけたロープをといてコースを開いた。

「下手回し、風下ロープを引け」

「よう候」

「上手回し、風上ロープ引け」

「よう候」

太郎左衛門の号令に従って、水兵たちがロープを引いて帆桁の角度を変えた。帆の向きを変えることによって、洋式帆船は逆風航行が可能である。風に対して垂直には進めないが、七十度程度ならさかのぼることが出来る。

その性能を生かし、右に左に蛇行をくり返して進むことを間切りと呼ぶ。

この航法とスクリューの推進力を合わせることで、開陽丸のスピードはぐっと上がった。しかも二百メートルほど後ろを曳航されている三嘉保丸も、ぴたりと息をそろえて間切りをしている。

「徳川海軍ここにありだ。そうだろう」

榎本が太郎左衛門の肩を叩《たた》き、得意気な笑みを浮かべた。

「そうだな。この調子なら、夜が明けるまでには平潟に着けそうだ」

だが、秋の台風は太郎左衛門らの予想をはるかに超えた速さで襲いかかってきた。

二十二日の午前二時頃には、操帆の自由さえきかないほどに風が激しくなり、波は船縁を越えてデッキに打ち寄せてきた。

「総員起こし、船を荒天にそなえよ」

非常の鐘が打ち鳴らされ、乗員たちがあわただしく持ち場についた。

風に吹き飛ばされたり、船の揺れにふり落とされる恐怖に耐えながら、水兵たちがマストに登って帆をたたんだ。

砲兵たちは二十六門の大砲を、ロープで二重三重に縛って固定した。

クルップ砲は二・八トン、カノン砲は一・六八トンもの重さがある。万一波に揺られて転がり出したなら、船側を突き破るおそれがあった。

デッキから流れ込む海水をさけるために火薬庫の扉は厳重に閉ざされ、流れ込んだ海水をくみ出すための揚水機の点検も行なわれた。

最下層の船倉では、機関士たちが汗だくになって石炭を燃やしている。

帆走が困難となった今では、四百馬力のエンジンだけが頼りだった。

「乗船中の将兵諸君に告ぐ。本艦はこれより荒天航海に入る。風は強く波は高い。船の動揺尋常ならざることも予想される。各人充分にご注意願いたい」

太郎左衛門は伝声管を通じて訴えた。

船には四百名以上の陸軍将兵が乗り込んでいる。船内はただでさえ狭く、迅速な作業の妨げとなるだけに、彼らの存在は大きな重荷だった。

明け方、暴風雨は頂点に達した。風速四十メートルは優に超えている。

三本のマストは弓のように反り、横波を受けるたびに帆桁が海面につくほど船が傾いた。

船縁を越えた波は容赦なくデッキに打ち寄せ、開いたままの昇降口《ハッチ》から海水が滝のように船内に流れ込んでくる。

それでも操舵手《そうだしゅ》たちはデッキに残り、舵輪《だりん》を操って船を北に向けようとした。

「甲板長、船尾の巻揚機《ウインチ》をオフにせよ」

太郎左衛門は伝声管に向かって叫んだ。ウィンチのロープを出しつくして三嘉保丸を切り離さなければ、二隻とも沈没するおそれがあった。

「沢君、正気か」

榎本がくってかかった。

開陽丸の三分の一の大きさの三嘉保丸には、乗員のほかに六百名もの将兵が乗り込んでいる。ここで切り離したなら、自力で航行できるはずがなかった。

「このままでは開陽が沈む。切り離した方が三嘉保も動きやすい」

「馬鹿な。友軍を見捨ててはならぬ」

つかみかからんばかりにして争っていると、伝声管から甲板長の声がした。

「艦長、駄目です。ロープがウィンチのドラムにひっかかってオフに出来ません」

「分かった。すぐ行く」

太郎左衛門は腰のベルトに備前兼光をはいてデッキに出た。

とたんに大波を背中からあび、前に突き飛ばされそうになった。

手すりをつかんでかろうじて体を支えたが、船は横に四十度ばかりも傾いている。しかも大波に波頭まで持ち上げられ、波の斜面を一気に二十メートルばかりも落ちていく。大海にもてあそばれる木の葉も同じで、浮かんでいるのが不思議なほどだった。

大波が去って平衡を取り戻すと、猛烈な風が襲ってきた。

横なぐりの雨と風が、目を開けられないほどに吹きつけてくる。風に背中を向け、デッキに張った綱具《つなぐ》につかまって船尾に向かおうとすると、頭上で木の裂けるすさまじい音がした。

フォアマストの先端檣《ロイヤルマスト》が風に吹き折られ、他の二本の先端部を道連れにして、一瞬のうちに海上遠く飛び去ったのである。

太郎左衛門も舵輪を操っていた四人の操舵手たちも、ただ茫然《ぼうぜん》と自然の猛威を見つめるばかりである。

海の神様にささげたのか、四人はまげを切り落とし、ざんばら髪を風になびかせていた。

「艦長、後方より三嘉保が」

船尾で甲板長が叫んだ。

再び襲ってきた大波に三嘉保丸が高々と持ち上げられ、今にも開陽丸の頭上に落ちかかりそうだった。曳航用の二本のロープは凧《たこ》でも揚げるように天に向かい、ゆるくたわんでからみあっている。

だが次の瞬間、大波は三嘉保丸を波間に沈め、開陽丸を高々と持ち上げた。

今度はロープがぴんと張り、船を後ろに引き落とそうとする。

こうした動きをくり返しているうちに、ロープがウィンチのドラムからはずれたらしい。

直径二十センチもある麻のロープが、芯棒《しんぼう》の歯車に固くくい込んでいた。

太郎左衛門はロープを切ろうとしたが、綱具につかまったままでは片手しか使えない。

両手を離せば、デッキに打ち寄せる波にさらわれるおそれがあった。

「艦長、これをお使い下さい」

後を追って来た上原七郎が、止め金のついた命綱を投げた。

太郎左衛門は命綱を胴に巻き、止め金を綱具にかけて備前兼光を抜いた。

神道無念流免許皆伝の腕をもってすれば、ロープを切るのはさして難しいことではない。だが、ひと思いに刀をふるえないためらいがあった。

いかに開陽丸を救うためとはいえ、三嘉保丸にとっては命綱にも等しいこのロープを切っていいのか。榎本の言うように、たとえ共倒れになっても運命を共にするべきではないのか。

そうした迷いと、非情の決断を下さなければならない哀しみに、太郎左衛門は惚《ほう》けたように立ち尽くした。

頰を横なぐりの雨が打つ。波のしぶきは頭上から容赦なくふりかかる。

塩を含んだ真っ白なしぶきは、まるで花のようだ。

(頭上をおおう満開の花……)

その連想が、一瞬上野の春を思い出させた。

あれはオランダ留学に発《た》つ前の年のことだ。富子を連れて花見に出かけたことがあった。

不忍池のほとりを歩き、黒門を入って参道をのぼった。

頭上には満開の桜が枝を伸ばし、空をおおっていた。薄桃色の花は明るい日射しをあびて白っぽく輝いていた。輝きながら風に吹かれてはらはらと舞い落ちてくる。

富子は両手で花びらをすくい取ろうとした。

したたる水でも受けるように、舞い落ちる花に手をさし出している。

だが風の向きが微妙に変わり、花が斜めに流れるので、目測は狂いがちになり、島田に結った髷《まげ》や若苗色の着物の肩にばかり花がふり積もっている。

太郎左衛門が不器用を笑うと、勝気な富子は意地になって花をすくおうとした。人目もはばからず右に左に動き回り、やがて着物の裾《すそ》に足を取られて転びそうになった。

太郎左衛門は瞬速の動きでその腕を支えた。

「馬鹿だなあ。むきになることはないじゃないか」

「だって……」

富子は何かを言いかけ、顔をおおって太郎左衛門の胸に体をあずけた……。

「艦長！」

鋭い叫び声に我に返ると、足元が急に沈みはじめていた。

前方からの大波に船首が持ち上げられ、船が急角度で突っ立ったのだ。

後方にすべり落ちそうになる体を、太郎左衛門は綱具につかまってかろうじて支えた。

この波が通り過ぎたなら、船は波間に落ち、暴れ馬が後足を蹴《け》り上げるように船尾をはねるだろう。

その前にロープを切らなければ、三嘉保丸を横に引き倒すおそれがある。

太郎左衛門はずぶぬれになった体を立て直し、ドラムの間近に刀をふり下ろした。

直径二十センチもの麻のロープが、切断面も鮮やかにすぱりと切れた。

二本とも切ると、二百メートル後方の三嘉保丸が波頭に持ち上げられたまま、あっという間に遠ざかっていった。

綱具につかまっていた上原や士官たちが、無言のまま敬礼をして見送っている。

その頬がぬれているのは、雨や波しぶきのせいばかりではなかった。

「艦長、波が乱れて舵《かじ》が取れません」

舵輪にしがみついていた操舵手が悲痛な叫びを上げた。

船はどうやら黒潮と親潮（千島《ちしま》海流）が交叉《こうさ》するあたりまで流されたらしい。東からばかり打ち寄せていた波が北からも迫り、二つの波がぶつかりあって海上一面がわき立つように泡立っていた。

まるで二つの海が戦っているようで、二十メートル近い高波同士がぶつかるたびに、地鳴りのような凄《すさ》まじい音がした。

その渦中に巻き込まれたなら、二千六百トンちかい開陽丸でもひとたまりもあるまい。

だが波が不規則なので、どう進めば逃れられるか分からなかった。

「艦長、私が見張り台《トップ》に登ります」

上原が申し出た。メインマストのトップに立って、波を見極めようと言うのだ。

「この船を守らなければ、石神君たちに合わす顔がありません。行かせて下さい」

「よし。行きたまえ」

太郎左衛門は迷わず許可した。

上原はためらいのない足取りでメインマストにかけたトロスを登り、高さ十五メートルほどのトップにしっかりと体を縛りつけた。

「右舷《うげん》前方、高波。取舵《とりかじ》十五度」

上原の指示で操舵手《そうだしゅ》が舵輪《だりん》を回した。

砲術士官ながら、いつの間にか航海法もしっかりと身につけていた。

「右舷後方、高波。面舵《おもかじ》急げ」

「面舵、よう候《そろ》」

操舵手が声高に応じた。

上原の行動に勇気づけられたのか、四人が生き生きと動き始めた。

海の上では、十五メートルの高度差がもたらす視界の広さは決定的に重要である。トップに立った上原は、はるか遠くから迫って来る大波を正確に見極め、沈着な指示で海流のぶつかり合う難所から船を遠ざけていった。

だが、窮地はこれで終わりではなかった。

地獄の淵《ふち》から抜け出したと安堵《あんど》の胸をなでおろした直後から、北東の風が北西に向きを変えた。北前船の水夫たちが鉄砲西と呼んで恐れる突風である。

風と高波にはばまれながら何とか平潟の港に逃げ込もうとしていた榎本艦隊は、この魔の風を正面から受けることになった。

開陽丸の四百馬力のエンジンを全開にしても、船はずるずると後退するばかりなのだから、他は推して知るべしである。

早々に咸臨丸を切り離していた回天丸も、何とか旗艦に追いすがっていた伝令船の蟠龍丸も、風に吹き散らされて蒸気をたく煙さえ見えなくなった。

「艦長、このままでは舵綱《かじつな》がもちません」

操舵手が訴えた。

左舷前方からの波に逆らって船を北に向けておくために、四人がかりで舵輪を押さえている。だが舵に当たる波の抵抗は大きく、舵輪の動きを舵に伝える舵綱が不気味にきしんでいた。

この嵐の中でも、長年舵を取ってきた者にはその叫びが聞こえるのだ。

「榎本君、聞こえるか」

太郎左衛門は伝声管に向かって怒鳴った。

全乗員に聞こえるのだから、副総裁と呼びかけるべきである。

そんな配慮も忘れるほど事態は切迫していた。

「聞こえるとも。状況はどうだ」

「このままでは舵が危ない。ただちに追風航行《レンセン》に移りたい」

「平潟までは、あと半日もすれば着く。何とかならんか」

「無理だ。決断を願う」

「今すぐデッキに行く。しばらく待て」

レンセンとは追風に吹かれるままに船を流すことだ。こうすれば船の安全は保たれるが、どこまで流されるか分からないだけに、一刻も早く奥州救援に向かいたい榎本は決断をためらったのである。

この躊躇《ちゅうちょ》が、開陽丸をさらなる悲運へと突き落とすことになった。

左舷からの高波を受け、舵綱が音をたてて切れたのだ。急に抵抗を失った舵輪はから回りし、四人の操舵手が支えを失ってデッキに投げ出された。

その瞬間、船縁《ふなべり》を越えて滝のような波が打ち寄せ、デッキを洗って右舷へと流れ去った。

波が去りデッキの床板が現われた時には、四人の姿は消え失せていた。

コントロールを失った船は、波にあおられるまま猛烈な速さで回り始めた。荒海の上で独楽《こま》のように回転しながら、船尾から不気味な金属音を上げている。

八畳ほどの広さがある鋼鉄製の舵が、左右に激しくばたついて船体を叩《たた》いていた。

開陽丸の船尾にはスクリューを吊《つ》り上げるための装置があるために、構造は複雑で衝撃に弱い。このままでは舵が船体を打ち破るのではないかと固唾《かたず》を呑《の》んでいると、鋭い金属音を最後に急に静かになった。

直径二十四センチもある芯棒《しんぼう》がねじ切れて、舵が海中に流れ去ったのだ。

これでは船の命を奪われたも同じである。

後はハッチを密閉し、樽《たる》の中に隠れるようにして嵐の海をただよう他に手はなかった。

「全員退避。ただちにデッキを下りよ」

太郎左衛門の命令に従って、デッキに残っていた勇敢な水兵たちが次々と階下に避難したが、上原だけがいつまでたってもトップから下りて来なかった。

「上原君、どうした」

メインマストの下から声をかけると、上原が力なく腕を振った。

「駄目です。手がかじかんで、ロープが解けません」

秋とはいえ、北西の上空から吹きつける風は冬の冷たさである。

風速四十メートル近いだけに、体感温度はさらに下がる。

ずぶ濡《ぬ》れになったまま二時間以上も見張りをつづけていた上原は、体が凍えて指の自由が利かなくなっていた。

しかも体をマストに縛りつけたロープの結び目は、船が揺れるたびにしっかりと結び合わさっているので、かじかむ手ではとても歯が立たなかったのである。

「分かった。すぐ行く」

太郎左衛門はトロスを登った。強風にあおられたトロスは、宙に浮いた絨毯《じゅうたん》のように揺れ動く。船が前後左右に揺れるたびにふり落とされそうになるが、網にしっかりと手をかけてトップまで登った。

上から見ると、海はひときわ凄まじかった。

高波ははるか遠くまで折り重なってつづき、波頭が真っ白に泡立っている。

大きな波は小さな波を呑み込みながらますます高くそびえ立ち、見上げるばかりの壁となって押し寄せてくる。

巨大な波に呑み込まれた海水は空に向かって逆流し、波頭でくだけて真っ白なしぶきを上げる。

そうした波が間近に迫ると、船は波頭まで吸い上げられ、尾根の高みで一瞬静止し、もの凄《すご》い速さで波の谷間に突き落とされていく。

「上原君、手すりにつかまれ」

そう言ったが上原は手すりにつかまることはおろか、腕を上げることさえ出来なかった。

「艦長、私に構わず、避難して下さい」

「馬鹿野郎。君を置いていけるか」

太郎左衛門は命綱で二人の体を結び合わせ、金具でしっかりと止めた。

こうしてから上原がマストに縛りつけたロープを切るつもりだが、この揺れの中で二人分の体重を支えきれる自信はない。

「艦長、お願いです。自分はこれで本望ですから」

「君が死んで、石神君たちが喜ぶと思うか。生き抜いて彼らの志を果たすことが、我々の務めなのだ」

る。

南無八幡大菩薩《なむはちまんだいぼさつ》。心の中で神仏のご加護を祈りながらロープを切った。

途端に上原の体重がずしりと腰にかかった。自分では立てないほどに疲れきってい
ずぶぬれになった体は死人のように重かった。

「上原君、腕を私の肩に回せ。背中におぶさるのだ」

「駄目です、艦長。腕も足も、力が入りません」

上原が悔しさのあまり泣き出した。

太郎左衛門はトップの手すりにつかまったまま、腰をかがめて上原の腕を肩越しに出そうとするが、どうしてもうまくいかなかった。

「ならば腰にぶら下げたまま下りる。進水祝歌でも歌って、景気をつけてくれ」

トップから足を踏み出しかけた時、

「沢君、やめろ」

デッキで榎本が声を張り上げた。

「それでは無理だ。滑車を使え」

なるほどトップの上のマストには、荷を上げ下げするための滑車が結びつけてある。

コイル状に巻いたロープもある。

すぐ頭上なのに、上原のことばかりに気をとられて気付かなかった。

太郎左衛門は片手片足をマストにからめてしがみつき、片方の手でロープを滑車にかけた。一方の端を命綱の金具に止め、他方をデッキに投げ落とした。

下では榎本がしっかりと受け止め、メインマストの根方につけた滑車に通した。その先をウィンチのドラムに巻きつけ、少しずつずらしながら下ろすのだ。

「嵐の蓑虫《みのむし》作戦だ。ロープをきつく張ってみてくれ」

榎本という男は、こんな悲惨な状況でも茶目っ気を忘れない。

頭上を見上げて、いたずらっぽく笑いかけた。

太郎左衛門はロープを二度三度と引いて張りを確かめ、上原を抱きかかえて宙に体を躍らせた。

途端に猛烈な風に吹きやられ、その反動で逆にふれて、ぶらんこのように大きく揺れる。

揺れながら少しずつデッキに近づいていった。

第四章　さらば開陽

一

榎本艦隊を苦境のどん底に叩き込んだ暴風雨は、四日目にしてようやくおさまった。

先端檣《ロイヤルマスト》を三本とも吹き折られ、鋼鉄製の舵《かじ》を奪われた開陽丸は、風に吹かれ潮に流されるままに太平洋を漂流していたが、八月二十五日の午後になって活動を再開した。

幸い蒸気機関には何の損傷もなく、四百馬力のエンジンを全開にして松島湾を目ざしたが、舵を失っているだけに操船の自由がきかない。

しかも四人の操舵手《そうだしゅ》を大波にさらわれただけに、痛手ははかり知れないほど大きかった。

「やむを得ぬ。繋船桁《スウィンギングブーム》を使おう」

航海士官を集めて対応を協議していた沢太郎左衛門は、苦渋の決断を下さざるを得なかった。

スウィングブームとは、船体の外側に取りつけてある長い円材で、停泊中に漕《カッ》艇《ター》を繋留《けいりゅう》しておくためのものである。

ここからロープで結んだ空樽《あきだる》を海にたらせば、海水との摩擦が生じてブレーキとなるので、船の進行方向を変えることが出来る。

二枚羽根のスクリューを持つ世界の最新鋭艦としては何とも情けない姿だが、左右の空樽を巻揚機《ウインチ》で巻き揚げたり下ろしたりしながら舵の代わりとする以外に方法がなかった。

阿武隈《あぶくま》山地を遠くに見ながら太平洋を北上し、仙台湾に入ったのは八月二十七日のことである。

右手には牡鹿《おじか》半島が複雑に入りくんだ形で横たわり、左手には日本三景として名高い松島湾が待ちうけていた。

艦橋《ブリッジ》に立った太郎左衛門は、双眼鏡で目ざす港を確かめようとした。

だが、湾の入口には浦戸《うらと》諸島が連なり、衝立《ついたて》のように奥の景観を閉ざしている。

初めての土地だけに、港がどこにあるかも分からない。

舵を失っているので、島の間の狭い水路を通り抜けるのも容易なことではなかった。

「沢君、心配は無用だ」

背後で自信あり気な声がした。

榎本武揚が五十がらみの小柄な男をつれてブリッジに上がってきた。

「寒風沢《さぶさわ》港をよく知っているという御仁がいたよ。野島武左衛門《のじまたけざえもん》という御家人だそうだ」

「水脈《みお》が分かるほどに詳しいのかね」

太郎左衛門は懐疑的だった。

いかに土地に詳しくても、海中の水脈が分からなければ意味はなかった。

「むろん、承知してござる」

武左衛門は憮然《ぶぜん》として答えた。

額が突き出てあごの張った獅子頭《ししがしら》のような顔立ちである。

肩幅の広いがっしりとした体付きで、畑で鍬《くわ》でもふるっていた方が似合いそうだった。

「船に乗っていたとも思えぬが」

「十年ほど前まで、寒風沢の御蔵会所《おくらかいしょ》におり申した。それゆえ海中のことも陸地同様に存じておりまする」

「御蔵会所？」

「幕府の直轄地より御城米《おしろまい》を江戸に送るための番所にござる」

この若僧が、そんなことも知らねえのか。武左衛門の落ちくぼんだ目には、そう言いたげな光が宿っていた。

今日の浦戸諸島は塩釜《しおがま》市営汽船が日に数回しか通わぬ寒村となっているが、江戸時代には東北から江戸へ向かう廻船《かいせん》の寄港地として殷賑《いんしん》を極めていた。

中でも寒風沢港は仙台藩の廻米《かいまい》や、幕府直轄領であった伊達郡から上がる御城米の積み出し港として大いに栄えた。

幕末も近い嘉永《かえい》年間の仙台領内における米価は、一俵（玄米五斗入）が一両であった。

同じ頃江戸では一俵四両という高値だったために、仙台藩も幕府も江戸への廻米によって大きな収入を得ていたのである。

港にはこの米を保存するための蔵が建ち並び、仙台藩は廻船御番所《かいせんごばんしょ》を、幕府は御蔵会所をもうけて役人を常駐させていた。

御蔵会所には勘定奉行配下の旗本か御家人が派遣され、米の収集や蔵の管理、廻船の手配に当たった。

武左衛門もこうした役人の一人だけに、周辺の水脈についても知悉《ちしつ》していたのである。

「松島湾には三つの良港があると聞いたが」

「寒風沢港と桂島《かつらしま》の石浜《いしはま》港、それに宮戸島の潜《かつぎ》ヶ浦《うら》でござる」

「開陽丸の喫水は四尋《ひろ》（約七メートル）ちかい。寄港にもっとも適した港はどこかね」

「寒風沢の方が良港ではござるが、舵がこのような有様では狭い水路を通ることは出来ますまい」

武左衛門が空樽《つ》を吊るしたスウィンギングブームをちらりと見やった。

太郎左衛門は舵を失った衝撃に気落ちしているだけに、操船の不手際を露骨に責められたようで内心おだやかではいられなかった。

「ならば石浜か」

「さよう。まずは石浜に入り、引き船を雇って東名浜《とうなはま》あたりまで進み、将兵と積荷を下ろすのが妥当と存じまする」

「分かった。ならばここにいて水脈を教えてくれたまえ」

松島湾の入口には、宮戸島、寒風沢島、野々島《ののしま》、桂島という四つの大きな島が、船の出入りを拒むようにつらなっている。

暴風雨の余波で海のうねりが強いだけに、操船をあやまれば岩礁に乗り上げるおそれがあった。

「これより松島湾に入る。エンジンの出力を弱にせよ」

伝声管を通じてそう命じた。

幸い海は満潮である。開陽丸は船入島《ふないりじま》と石浜崎《いしはまさき》の間を通り、左に進路をとって石浜水道へと乗り入れていく。

船入島にも石浜崎にも仙台藩の砲台が築かれ、出入りする船に筒先を向けていた。

伝声管の声が聞こえたのか、陸軍の将兵や乗員たちが次々に甲板《デッキ》に出て、松島湾の景色に見入っている。

漂流の間狭い船内に押し込められていただけに、眺望の素晴らしさがひときわ胸にしみるようだった。

石浜港まで一キロばかりに迫った時、外輪型の大型蒸気船が停泊しているのが見えた。

「あれは……」

太郎左衛門は双眼鏡をのぞき込んだ。

船尾に葵《あおい》の紋章をつけた長鯨丸である。

側に寄り添うようにしている小型船は、日本初の国産蒸気船千代田形だった。

「榎本君、長鯨だ」

太郎左衛門が歓《よろこ》びに上ずった声で告げた時には、榎本もすでに双眼鏡を目に当てていた。

「ああ、二隻とも無事だったらしい」

長鯨丸は船足の遅い千代田形を曳航《えいこう》し、開陽丸より半日早く館山港を出港した。そのために間一髪の差で暴風雨の被害をまぬがれ、無傷で松島にたどり着いたのである。

石浜港に着くと、さらに嬉《うれ》しい知らせが待ち受けていた。

回天丸もマスト二本を吹き折られただけで、昨日無事に寒風沢港に到着した。仙台藩の要人も榎本艦隊を出迎えるために御蔵会所に来ているという。

「沢君、行こう」

榎本は休む間も惜しんで寒風沢港に向かいたがった。

到着が大幅に遅れただけに、奥羽越列藩同盟の動向を一刻も早く知りたいのだ。

「分かった。その前にお茶を一杯飲ませてくれ」

太郎左衛門も嵐には慣れているし体力にも自信がある。だが漂流している間、水不足を補うためにお茶を断っていただけに、せめて一服心静かに味わいたかった。

カッター二隻で石浜港を出た時には、これまでの嵐が嘘のように波は静まっていた。先頭の船には太郎左衛門が野島武左衛門らと乗り、後方の船には榎本が救援を求めに来た奥羽越列藩同盟の使者たちとともに乗っていた。

野々島の南を回ると、前方に寒風沢水道が開けていた。島と島の間を走る幅二百メートルばかりのものだが、水深が充分にある上に野々島が北西の風をさえぎってくれるので、水道の中ほどにある寒風沢港は天然の良港となっていた。

港には前檣《フォアマスト》と主檣《メインマスト》を中ほどから吹き折られた回天丸が停泊していた。

帆の大半を失った無残な姿だが、船体にはまったく損傷がないようである。

デッキには太郎左衛門や榎本に気付いた乗員たちが集まり、船縁《ふなべり》から身を乗り出して手を振っていた。

島の西側には見張り台のような形にそびえる山がある。港はその山のふもとにあった。

断崖《だんがい》の下に屋敷や蔵がひっそりと寄り添うように建ち並んでいる。

港の南側には外海からの荒波をさけるための防波堤があり、その向こうに三つの桟橋が水道に向かって突き出していた。廻船の荷を揚げ下ろしするためのものだ。

「あの山を日和山《ひよりやま》と申す。山頂から沖を見て海路の日和を見たために、その名がついたのでござる」

武左衛門が山の頂きを見上げた。空は相変わらずどんよりと曇り、雲の流れが速い。上空ではまだ、かなり強い風が吹いているのだ。

「あの桟橋は、五、六間（約十メートル）の長さしかないようだが」

「長さ六間半、幅一間半でござる。あのように橋板を張っておりませぬゆえ、船が着いた時には歩み板を敷いて使いまする」

海が荒れた時には波が桟橋の上にまで達し、橋板をさらっていく。また板に波が打ち寄せて桟橋を押し倒すこともあるので、橋板を張らなくなったのだという。

「港に面した屋敷が御蔵会所でござる。道ひとつへだてた所にあるのが、仙台藩の廻船御番所でござる」

御蔵会所の築地塀《ついじべい》は海岸通りにそって三町ばかりもつづいている。

白漆喰《しろしっくい》の塀の向こうに、いくつもの建物が屋根を並べていた。

「真ん中にあるのが御役所、その右側に見えるのが御蔵の屋根でござる」

「あれだけの長さでは、大きな船は横付け出来ないのではないかね」

太郎左衛門は桟橋のことばかり気になっていた。

「あの先は水道の水脈淵《みおふち》まで達しております。四尋の深さは充分にござる」

「開陽丸を横付けしても大丈夫だろうか」

「海が荒れなければ心配はござるまい。されど舵《かじ》の修理をするのは、なかなか骨が折れることでござろう」

港に入る榎本らのカッターを尻目《しりめ》に寒風沢水道を北上し、宮戸島の垂水鼻《たれみずはな》の沖を通って潜ヶ浦まで行ってみたが、ここも似たり寄ったりである。

塩釜や仙台への交通の便や、御蔵会所を使えるという利点を考えれば、寒風沢港を修理地とした方が得策だった。

翌八月二十八日、開陽丸は仙台藩の蒸気船宮城丸《みやぎまる》に曳航されて松島湾に入り、東名浜の沖合三百メートルばかりの所で錨《いかり》を下ろした。

ここで、榎本武揚ら旧幕府軍首脳と陸軍将兵を下ろし、弾薬や食糧もすべて陸揚げして、翌二十九日に寒風沢港の桟橋に横付けした。

太郎左衛門はただちにカッターを下ろし、被害箇所の点検をした。

開陽丸の舵は長さ七メートル、舵面《だめん》の広さは八畳ほどもあったが、芯棒《しんぼう》が途中から折れ、舵面は消え失せている。これではハンドルを失った自転車と同じだった。

「上田《うえだ》君、修理の方策はあるかね」

同乗していた上田寅吉《とらきち》にたずねた。

寅吉は伊豆の戸田《へだ》村出身で、日本初の洋式帆船の建造にたずさわった船大工だった。

安政元（一八五四）年にロシア使節プチャーチンの乗ったディアナ号が、下田《しもだ》港で大地震に巻き込まれて破船した。

幕府はプチャーチンと四百余名の乗員をロシアに送り返すために、西伊豆《にしいず》の戸田村で洋式帆船の建造に着手した。

寅吉はこの時卓越した技量をみせて中心的な役割を果たし、後にその功績が認められて長崎海軍伝習所の職工に抜擢《ばってき》された。

伝習所で造船術についての勉学に励んだ後、御軍艦役としてオランダ留学生に選ばれ、ドルトレヒトのヒップス造船所で開陽丸の建造に立ち会った。

設計から進水まで、三年にわたる開陽丸の建造過程をすべて頭に叩《たた》き込んでいる男だった。

「ここでは鋼鉄製の舵を作るこたぁ出来ません。船台《ドック》がなければ代用の舵を取りつけることも出来にゃあし」

寅吉は四十四歳になる。

故郷を離れて十数年もたっているが、いまだにお国の訛《なま》りが抜けなかった。

「木造の舵でも取りつけられないだろうか」

「千石船程度の舵なら、取りつけられねえこともにゃあでしょうが」

「それでは駄目かね」

「船の重さに耐えきれにゃあと思います」

「破損の原因は何だと思う」

「舵綱《かじづな》が切れたのは乗員が多過ぎて荷重がかかり過ぎたためでしょうが、芯棒が折れたのは舵面が船体に当たったからじゃにゃあと思います」

「なぜだね」

「当たったために折れたのなら、船体にも相当の傷がつくはずです。しかしそのような傷はどこにもにゃあで、設計の誤りが原因じゃにゃあかと思いますら」

排水量二千五百九十トンもある船にしては、舵の芯棒が細すぎる。寅吉は設計の段階からそう感じ、オランダ人の技師たちに疑問をぶつけてみたが、耳を貸そうとはしなかったのだという。

「なるほど。そう言われれば、直径二十四センチの芯棒では細すぎたかも知れぬ」

「私がもっと強く言っておりゃあ、こんなことにゃあならなかったかも知れませんら」

「いや。君の責任ではない。悔やむべきは我々の知識のなさだ」

東洋の島国から来た船大工が何を言おうと、誇り高いオランダ人が耳を貸すはずがない。たとえ貸したとしても、洋式船建造の経験も知識も浅いだけに、彼らの誤りを正確に指摘することは至難の業だったのである。

修理のための本営は御蔵会所においた。

桟橋に面した広大な敷地に、白壁の役所や蔵が並んでいる。

御城米を保管するための、間口十六間奥行四間もある巨大な蔵が二棟も建てられていた。

修理の手配は野島武左衛門がした。

御蔵会所に勤めていただけに、地元の事情に詳しく知己も多い。旧幕府時代の浦役人や仙台藩御番所の協力をあおぎ、塩釜や石巻《いしのまき》、気仙沼《けせんぬま》などから三百人ちかい大工や鍛冶《かじ》を集めて作業に当たらせた。

また飲料水や食糧も、平田船や高瀬船で近在の村々から運ばせ、開陽丸や回天丸乗員のための風呂場《ふろば》まで作り上げた。

武左衛門に寄せる島の者たちの信頼には絶大なるものがあった。

御蔵会所の役人は、廻船《かいせん》の船頭からいくらかの袖《そで》の下《した》を受け取るのが慣例だったが、武左衛門は十五年間この地に勤めていた間一度として不正な金を受け取ったことはなかった。

かといって杓子定規《しゃくしじょうぎ》に船頭らの不正を摘発するようなこともなく、情理をわきまえた、誰に対しても公平な処理をするので、武左衛門の命とあらばどんな荒くれも神妙に従ったという。

その話を浦役人の一人から聞いた時、太郎左衛門は己れの不明を恥じた。

武左衛門が頑固で偏屈そうに見えたのは、己れの職務を忠実に果たそうとする一徹さのゆえなのだ。徳川三百年の治政は、そうした武骨で責任感の強い武士たちによって支えられてきたのである。

九月五日、神速丸が石浜港にたどりついた。

二本マストのスクリュー型蒸気船で、排水量は二百五十トン。小型だが操縦性にすぐれたアメリカ製の軽量艦で、嵐の海を何とか自力で乗り切ったのだ。

これで到着したのは五隻。残るは三嘉保丸と蟠龍丸、咸臨丸である。どの船にも数百名の陸軍将兵と乗員が乗っているだけに、ひときわ安否が気遣われた。

翌六日の朝、仙台に行った榎本武揚から飛脚便がとどいた。

白石《しろいし》に滞在しておられた輪王寺宮さまが、九月二日から当地に来ておられる。君に会いたいとのご意向なので、手が空き次第来仙を乞《こ》う。榎本らしい簡潔な文章でそう記してある。

太郎左衛門は士官たちを集めて後事を託すと、上原七郎一人を連れて仙台へと向かった。

情けないことだが、太郎左衛門も上原も乗馬が出来ない。

貧しい御家人の家に育ったので、馬に乗る機会など一度もなかったのだ。

やむなく塩釜で四人仕立ての早駕籠《はやかご》に乗り、十六キロの道を激しく揺られながら、夕方に榎本が投宿している下国分町《しもこくぶんちょう》の旅籠《はたご》についた。

道の両側には、白壁作り総二階の家がつづいている。店に並ぶ商品も豊かで、人通りも多い。奥州の雄と称された伊達家の城下町だけに、整備も行き届き景観も見事だった。

旅籠の玄関口で来訪を告げると、すぐに部屋に案内された。

榎本は小袖《こそで》の上に褞袍《どてら》を重ね着し、文机《ふづくえ》に向かっていた。膨大な資料と首っ引きで何かを記している。

「やあ、早かったね」

太郎左衛門が部屋に入ると、すぐにペンを置いて向き直った。

「こちらの様子も気になったものでね。上原君と駕籠を飛ばして駆け付けた」

「宮さまもご落胆でね。君が訪ねたなら、きっとお歓《よろこ》びになるよ」

「どうして私のことなどお気にとめておられるのだろう」

「鉄砲洲の松坂屋と連絡をとった功績は大きいからね。東照宮《とうしょうぐう》の仙岳院《せんがくいん》におられるから、明朝にでも訪ねてみるといい」

「君は？」

「仙台藩との大事な折衝があって、あいにく同行出来ないんだ」

榎本は文机の側から火鉢を運び、旅籠の者を呼んで酒を申し付けた。

「何しろここは寒くてね。酒でも飲みながら話そうじゃないか」

「状況はかなり悪いのか」

奥羽越列藩同盟軍が各地で新政府軍に敗れているという噂は、寒風沢港でもしきりに飛び交っていた。

「悪い。一昨日《おととい》米沢藩が降伏した。会津城も敵に包囲されて落城間近だ」

「仙台藩はどうだ」

「こちらもあまり芳しくないね。伊達公は恭順派に引きずられて意を決しかねておられる」

榎本らは九月三日に列藩同盟軍の軍事会議に出席し、徹底抗戦を主張した。

松島湾に上陸した旧幕府軍将兵は二千名ちかく、装備も優秀である。これに仙台藩の洋式部隊である額兵隊《がくへいたい》一千名を加え、会津鶴《つる》ヶ城の救援に向かうべきだと力説した。

仙台藩主であり列藩同盟の盟主でもある伊達慶邦《よしくに》もこれに同意し、翌日自ら兵を率いて会津救援に向かうと決した。

ところが恭順派の家老らが慶邦に直訴してこの出陣を中止させ、会津藩や庄内藩を見殺しにしてでも新政府軍に降伏すべきだと主張した。

迷った慶邦は四日に御前会議を開いて対応を協議したが、抗戦派と恭順派が真っ向から対立し、今日に至るも結論が出ないのだという。

「気の毒なのは会津さ。城を包囲されて主従そろって討死しようかという時に、こっちじゃ火鉢を囲んで長々と議論しているんだからね。伊達政宗《まさむね》公の末裔《まつえい》ともあろう者が、これほどの腰抜けぞろいとは残念でならねえ」

「見通しはどうだ」

「何が？」

「御前会議さ。抗戦と決しそうなのか」

「明日青葉城《あしたあおば》に乗り込んでガツンと一発くらわしてやるつもりだが、見通しは暗いね。戦うつもりなら、牛の涎《よだれ》のような会議をつづけたりはしねえだろうよ」

榎本は下女が運んで来た酒を腹立たしげに飲み干した。

列藩同盟に参加した奥羽越各藩の兵力は五万人にものぼる。彼らが郷里の山河を盾として戦ったなら、半年や一年は敵を食い止めることが出来るだろう。

江戸にいた頃には榎本も太郎左衛門もそう考えていたが、勝海舟が言った通り同盟軍は信じ難いほどに弱く、今や盟主自らが降伏に傾いていた。

「仙台藩が駄目でも、蝦夷地には行くんだろう」

盃《さかずき》を傾けながら榎本の嘆きを聞いた後で、太郎左衛門はそうたずねた。

「むろん行くさ。もう一度嘆願書を出してみようと、開拓計画の要旨をまとめていたところだ」

「それを聞いて安心したよ。こんな所で立ち往生するわけにはいかないからね」

二人の目的は、旧幕臣による蝦夷地開拓を新政府に認めさせることにある。

列藩同盟が当てにならないのなら、次の策を講じなければならなかった。

翌日、太郎左衛門は上原を連れて仙岳院を訪ねた。

仙岳院は仙台城下の北のはずれに建てられた仙台東照宮の別当寺として創建された

もので、東照宮の参道の西側にあった。

表門の前には、赤いラシャ地の軍服を着た額兵隊の隊士が四人、銃を構えた姿勢のまま警固に当たっていた。

境内には黒松の古木が、鶴が羽根を伸ばした形に枝を広げている。

松の向こうに二層造りの釈迦堂《しゃかどう》が重厚なたたずまいをみせていた。

左手には庫裡《くり》があり、額兵隊士の詰所となっている。

庫裡の奥の離れが、輪王寺宮能久親王の御座所に当てられていた。

どうやら宮の仙台移徙《わたまし》が決まってから、急遽移築《きゅうきょ》されたものらしい。十畳と十二畳の部屋が二つあるだけの小さな離れで、釈迦堂の陰になって日当たりも悪かった。

宮は上段の間とされた奥の十畳に座しておられた。

ねずみ色の木綿の単衣《ひとえ》に黒の麻衣という僧侶《そうりょ》の姿のままである。

五月に江戸でお目にかかって以来だから、四ヵ月ぶりの再会である。

その後の苦難のせいか、ふくよかだった頰はこけ、目もいくらかくぼんでいたが、それがかえって表情に深みを与え、聡明《そうめい》さを際立たせていた。

「この間は松坂屋に連絡をとってくれてありがとう。お陰でこうして奥州にたどり着くことが出来ました」

「私はお申し付けの通りに御文を届けたばかりでございます」

太郎左衛門は下段の十二畳間に平伏したままだった。

「改まった礼は無用だと、この間も言いました。楽にして下さい」

「もったいないお言葉でございます」

「あなたは榎本らとオランダに留学しておられたのでしょう。その割には堅苦しさが抜けませんね」

宮は急に席を立って下段に下り、太郎左衛門の手を取って古びた扇を渡された。

「これは伏見宮家に伝わるものです。この間のお礼に何か差し上げたいと思って、わざわざ来ていただいたのです」

骨を黒漆でぬった大きな扇には、金泥の地に王朝絵巻が描かれている。源氏物語の場面なのか、水干《すいかん》を着た公卿《くぎょう》が今しも牛車《ぎっしゃ》に乗り込もうとする所である。

太郎左衛門は思いがけない贈り物に、お礼の言葉さえ忘れていた。

「仙台藩は恭順と決するそうですね」

「そのように聞き及んでおります」

「榎本艦隊はどうしますか」

「蝦夷地に渡り、旧幕臣による開拓を目ざすことといたします」

「そうですか。それも険しい道ですね」

上段の間にもどると、宮は憂いをふくんだ目を庭に向けられた。

禅寺らしい簡素な庭で、片隅に植えられた紅葉の色が鮮やかだった。

「しかし、是非やりとげて下さい。誰かが薩摩や長州の非道を正さなければ、この国の将来は危うくなるばかりです」

彼らは尊皇攘夷《じょうい》をとなえて幕府を倒したが、今になってみれば攘夷は幕府を追い詰めるための方便に過ぎなかったことがはっきりとした。

尊皇もそれと同じだろう。自らの政権を打ち立てるために朝廷を利用しているばかりで、やがては朝廷さえも意のままに牛耳ろうとするにちがいない。

宮は淡々とした口調でそう語られた。

「私は寛永寺にいた頃、吉田松陰《よしだしょういん》という者の書物をいくらか読みました。長州の者たちがどんな考えをもって幕府を倒そうとしているのか知りたかったからです」

太郎左衛門も吉田松陰の名は聞いたことがある。

だがどんな説をとなえているかについては、まったく知らなかった。

「読んでみて驚きました。松陰は欧米諸国と対抗するためには、王制復古をなしとげて国をひとつにし、富国強兵策をおし進めて朝鮮や清国の領土を取るべきだと説いています。豊臣秀吉《とよとみひでよし》が関白の地位を利用して文禄《ぶんろく》、慶長《けいちょう》の役を起こしたように、彼らも朝廷を利用して富国強兵と海外出兵を強行しようとしているのです。しかし、このような無法な国家を作ることは、決して朝廷の伝統とはなじみません。それがなぜだか分かりますか」

「いいえ。申しわけありませんが、私には分かりません」

「朝廷は古《いにしえ》より、神々に礼を尽くすことでこの国の平安を保ってきました。元日の四《し》方拝《ほうはい》に始まり、大晦日《おおみそか》の追儺《ついな》に至るまで、すべての行事が神々にこの国の平安を願うためのものです。帝《みかど》はその重責を果たすために、人にあらざるが如き厳しい戒律を守っておられます。このような朝廷のあり方と、海外出兵などという暴挙が相容《あいい》れると思いますか」

その言葉を聞きながら、太郎左衛門は目を開かれたような感動を覚えた。これまで漠然と感じていた新政府への不満や反感の本質を、掌《たなごころ》をさすように言い当てられたからだ。

「私が列藩同盟のためにこの身を捧《さき》げようと決意したのは、誰かが今この誤りを正さなければ、この国も朝廷も滅ぶと思ったからです。今やその願いも空しくなりましたが、あなた方だけは初志を貫いて下さい。私も蝦夷地開拓の許可が下りるよう、あらゆる機会に兄宮や主上に嘆願するつもりです」

宮の兄君は仁和寺宮嘉彰《にんなじのみやよしあき》親王である。現在越後口総督に就任しておられるだけに、嘆願が奏功したなら事態は大きく変わるはずだった。

二

開陽丸の船尾では、巨大な矢倉を組む作業が始まっていた。

流失した舵《かじ》のかわりに千石船用の舵を取りつけるためには、折れ残った芯棒《しんぼう》を取りはずさなければならない。

だが鋼鉄製の芯棒は直径二十四センチ、長さ四メートルちかいだけに、高い矢倉を組んで滑車で吊《つ》り上げなければ引き抜くことが出来なかった。

狭い場所での難しい作業だが、野島武左衛門が集めて来た大工たちは実に手際よく働いた。

三本の巨木を船に運び上げ、先端をロープで結んで垂直に立て、コンパスのように三方に開くと頑丈な矢倉が出来上がった。

それを御輿《みこし》でもかつぐようにして数十人で船尾まで運び、足場を固定して据えつける。

矢倉の上方に三つの滑車をとりつけ、ロープをたらして舵の芯棒に結びつけた。

「なかなか見事な仕事ぶりだな」

太郎左衛門は武左衛門とともに監督に当たっていた。

「船大工が多いだけに、このような仕事に慣れておるのでござる」

「それにしても実によく息が合っている。あなたの指示が行き届いているからだろう」

「それがしなどは、与えられた役目を果たしているばかりでござる」

武左衛門は相変わらず不愛想だが、さすがに嬉《うれ》しそうだった。

「艦長、用意が整いましたら」

指揮をとっていた上田寅吉が報告に来た。

「よし、やってくれ。舵が折れた原因を知る手がかりになるかも知れぬ。くれぐれも慎重にな」

「承知しました。皆の衆、引き上げるずらよ」

寅吉も船大工だっただけに、大工たちとはすっかり打ちとけた仲になっていた。

「そーれ、そーれ」

皆で声をかけあい、調子を合わせてロープを引くと、芯棒がにぶい金属音をたてながら姿を現わした。

ねじ切れた時に曲がっているので、船体とこすれ合っているのだ。鳥肌立つような不快な音に耐えながら見守っていると、最後にひときわ高い音をたてて船体からはずれた。

ロープをゆるめてデッキに下ろすと、荒波から受けた衝撃の凄《すさ》まじさが如実に分かった。

芯棒は曲がっているばかりではなく、飴《あめ》のようにねじれていたのだ。

寅吉が言ったように、これは舵面《だめん》が船体に当たったために折れたのではない。

舵に荷重がかかった状態でなければ、こんな風にねじ曲がるはずがないのである。

そう考えながら芯棒を詳細に観察していると、切断面の一ヵ所にかすかな赤さびがあることに気付いた。

長さ六センチ、幅四ミリほどの赤さびが、円周部に確かについている。

「上田君、これを見たまえ」

「何ですら」

横に並んでのぞき込んだ寅吉が顔色を変え、切断面を舌先でなめてみた。

「大変だ。さびじゃにゃあですか」

「そうだ。これは嵐の時についた傷ではない」

遭難から二十日ちかくがたち、芯棒の断面にはすでにさびが付きはじめていたが、円周部の赤さびはそれとはまったく異なっていた。

少なくとも二、三年はたたなければ、このように毒々しい色にはならないのである。

「おそらく、遭難する前からひびが入っていたのだ。そのひびが原因となって、芯棒が折れたのだよ」

「しかし、これまで一度も座礁したことはにゃあじゃにゃあですか」

「おそらく進水式の事故のせいだろう。やはりあの時、もう一度検査し直すように求めるべきだったのだ」

開陽丸の進水式は三年前、一八六五（慶応元）年十一月二日にドルトレヒトのヒップス造船所で行なわれた。

式には長崎海軍伝習所の教授をつとめたこともある海軍大臣カッテンディケや、オランダ貿易会社の重役などが立ち合い、ドックの周囲には数千人の市民が見物に集まった。

当日の模様をオランダの雑誌『ネーダーランス・マガゼイン』は、次のように華々しく伝えたものである。

〈この荘厳な光景を見んとて、幾千の観衆は同市に押しかけた。ドルトレヒト市民の暇ある者で、家に留《とど》まっていた者は一人もなかった。おもだった来賓は美しく飾られた見物席に座を占めた。そこには幾多のドルトレヒトの選《え》りすぐりの人々のほかに、海軍大臣、オランダ貿易会社の代表者、オランダ海軍の有力者および数名の日本人士官も見受けられた。艦が堂々と架台からすべって水煙を立て、美しいメルウェデ河に浮かび上がったときに、どっと歓声があがった〉

オランダは造船立国だけに、世界最新鋭艦の完成を国をあげて祝福したのだ。

そのために雑誌も掲載することをはばかったのだが、実は進水式当日に重大な事故が起こった。

造船用の架台からメルウェデ河にすべり出した開陽丸は、勢いあまって事故防止用のロープを引きちぎり、河の対岸に乗り上げてしまったのである。

その様子を開陽丸の『艤装《ぎそう》日誌』は次のように記している。

〈十一月二日　北西微風　晴
進水式は午後四時におこなわれた。船架よりすべりおり運河に入った開陽丸は、スピードをゆるめるために張ってあるロープをひきちぎり、反対側の岸辺に擱坐《かくざ》した。タグボートで引き出そうとしたが、おりから引き潮だったために成功せず、翌日になってようやく正常に復した〉

船は造船中には後ろ向きに架台に乗せられる。

だからこの時開陽丸は、船尾から対岸に乗り上げた。

そのために舵部やスクリュー部の破損を危ぶむ声も上がったが、オランダ海軍の技術将校たちが開陽丸を点検し、何ら問題はないと断言した。

太郎左衛門もこの場に立ち会っていたが、前日まで火薬製造機械購入の交渉のためにパリに出張していたので、造船の最終過程に関わっておらず、再検査をしてくれと申し入れることをためらったのである。

知識や経験のなさ、オランダ人に対する遠慮という悪条件が重なったとはいえ、技術者としては絶対に犯してはならないミスだった。

そんなことをあれこれと思い出しながら悄然《しょうぜん》と芯棒をながめていると、

「艦長、仙台藩の方がお目にかかりたいとのことでございます」

連絡下士官がそう告げた。

桟橋を渡って御蔵会所に行くと、上士らしい三人の武士が待ち受けていた。

一人は五十歳ばかりの細面の武士で、他の二人は屈強な体付きをした青年である。

「それがし、仙台藩監察久世《くぜ》平八郎《へいはちろう》と申す者でござる。藩公の命によって参上いたしました」

久世という年長の武士が、辞を低くして名乗った。

「開陽丸の沢です。どのようなご用件でしょうか」

「まことに申し上げにくいことながら、本日当藩は新政府に恭順すると決し申した。それゆえ領内に滞在中の各隊にこの旨を伝え、家臣にあらざる者はすみやかに退去させるようにとのご下命にござる」

「そうですか。やはり噂は本当でしたか」

「面目ない。この通りでござる」

久世はいきなり土下座した。かくなる上は平謝りに謝るしか方法はないと肚《はら》をくくってきたらしい。二人の連れもあわてて久世の後ろで平伏した。

「我らとて断腸の思いでござる。されど主家を保つためには、苦渋の決断を下さざるを得なかったのでござる」

「この戦は貴藩が西軍参謀を斬ったために起こったものでしょう。隣の鶴ヶ城では会津藩が必死の防戦をしているというのに、そんなことで伊達家の義が立ちますか」

「何と責められようと致し方ござらぬ。されど藩公が恭順と決された以上、我らはご下命に従わざるを得ないのでござる」

「そんな無責任な言い草がありますか」

太郎左衛門はむっとして声を荒らげた。

土下座こそしているものの、久世が内心ふてぶてしく開き直っていることに気付いたからである。

「江戸にいた頃には矢の催促で救援を求めておきながら、自分たちが降伏するから出て行けというのは身勝手すぎるんじゃありませんか」

「どうあっても、お聞き届けいただけませぬか」

「聞ける頼みかどうかくらい、士道に照らして考えれば明らかでしょう」

「そうですか。ならばやむを得ませんな」

久世が急に立ち上がり、もったいをつけて袴《はかま》についたほこりを払った。

「とにかく近日中に領内から退去せよとのご下命にござる。それがしは役目によりそれを伝えに来たばかりで、貴殿と士道の何たるかについて論じるつもりはありませんな」

「江戸ではそんな野郎を提灯持ち《ちょうちんも》と言いますがね。この御蔵会所は幕府のもんだ。あなた方に追い出される謂《いわ》れはありませんよ」

「ならば戦によって雌雄を決するばかりでござる。それから本日ただ今をもって貴艦隊への協力はお断わり申す。使役中の領民はすべて在所に帰していただく」

久世は憎さげに吐き捨てて出て行った。

仙台藩からの命令が下った後も、寒風沢港に集まった大工や鍛冶《かじ》たちは引き上げようとはしなかった。

御番所の役人たちが、野島武左衛門の旧恩にむくいるために作業をつづけよと命じたからである。

久世は命令違反をとがめる使者を再三つかわしたが、御番所の役人たちは「開陽丸のような最新鋭艦の構造を船大工たちに覚えさせることは、当藩の造船業にとってはかり知れない利益をもたらす」と、頑として応じようとはしなかった。

仙台藩は数年前、この寒風沢港で蒸気船開成丸《かいせいまる》を建造したことがある。

だが完成した船には多くの欠陥があり、わずか二年で廃艦のやむなきに至っている。

それだけに開陽丸から最新の技術を吸収したいという関係者の熱意には、並々ならぬものがあったのである。

九月十八日、港は思いもかけぬ歓《よろこ》びにわき返った。

沈没したと思われていた蟠龍丸が、満身創痍《まんしんそうい》ながら自力で松島湾にたどりついたのだ。

仙台藩の降伏を知って旧幕臣たちは意気消沈していただけに、太郎左衛門は蟠龍丸の到着を祝砲を撃って歓迎し、艦隊の乗員すべてを御蔵会所に集めて酒宴を開いた。

その席で語られた蟠龍丸の苦難は、想像を絶するものだった。

三百七十トンの小型蒸気船蟠龍丸は、八月二十二日に遭難した直後から追風航行《レンセン》に移り、南へ南へと流されながら何とか沈没をまぬがれていたが、陸軍将兵や大量の武器弾薬を乗せているために、デッキは海面すれすれとなり、波が打ち寄せるたびに水に潜っているような有様だった。

海水が機関室にまで入ったためにエンジンが故障し、操船の自由も奪われて、もはや沈没を待つばかりとなった。

航海士官たちは大砲、弾薬を捨てて船を身軽にするべきだと進言したが、副艦長の松平時之助《ときのすけ》は「軍艦に大砲がなくて戦えると思うか」と拒み通した。

何とか沈没はまぬがれたものの、飲料水も食糧もない。やむなく徳川家の所領となった駿河の清水《しみず》港に難をさけたところ、藩庁からすぐに船を新政府に献上し、乗員は駿河に謹慎せよとの命令が下った。

ひたすら恭順の姿勢を取る徳川家は、脱走兵を出した責任を追及されて駿府七十万石まで取り上げられるのではないかと、戦々兢々《せんせんきょうきょう》だったのである。

蟠龍丸艦長の松岡磐吉《まつおかばんきち》や松平時之助は、故障したままの船を天朝に献上するのは畏《おそ》れ多いから修理した後で引き渡すと口実を構え、昼夜兼行の突貫作業で修理を終えて九月十日に清水港を脱出してきたという。

咸臨丸も沈没することなく清水港に避難していたと聞き、太郎左衛門らは安堵《あんど》の胸をなで下ろしたが、ちょうどその頃咸臨丸のデッキでは血の惨劇が起こっていたのである。

蟠龍丸到着の翌日、御蔵会所に珍しい来客があった。新選組の土方歳三である。

「やあ、船の修理も進んでいるようですね」

土方は相変わらず現実に即したことを口にする。富士山丸で榎本に引き合わされた後、二、三度一緒に酒を飲み、すっかり打ち解けた仲になっていた。

年は土方のほうがひとつ下である。

「艦内の修理はほぼ終わりましたが、舵《かじ》が満足にいきません」

「箱館に着いて直せばいいではありませんか。ご軍艦で蝦夷地に向かうと決したので、我々陸軍も松島湾に参集することにしたのです」

土方はフランス式の軍服の詰め襟をきちんと止め、腰に二尺三寸ばかりの刀をはいている。涼やかな目は相変わらずで、いくたの戦場を駆け抜けてきたとは思えないほど清らかな雰囲気を身につけていた。

「わざわざ挨拶《あいさつ》に来てくれたのですか？」

「剣を学んだ者同士だからでしょうね。沢さんと会うと妙に落ち着くんですよ。それにお引き合わせしたい人もいますから」

「どなたでしょう」

「外で待ってますが、会ってくれますか」

「むろんですよ。遠慮はご無用です」

「お許しをいただいたよ。南雲君」

土方が声をかけると、南雲富子が戸の陰から遠慮がちに入ってきた。

軍帽、軍服という姿で、腰にはピストルを入れた革のホルスターを吊《つ》るしている。

「会津の母成峠の戦で、我々はこの人に命を救われました。勝岩の塹壕《ざんごう》で敵を迎え討っていた時に、背後の本営にいた身方が逃亡したのです。そのことをこの人が知らせてくれなければ、第一大隊も新選組も退路を断たれて全滅するところでした」

大鳥圭介が指揮する本営軍の逃亡を知った土方らは、塹壕に残っていた負傷兵を収容しながら、敵に包囲される寸前に脱出した。

それ以来富子は新しく編制された新選組の副長並に抜擢《ばってき》され、土方と行動をともにしてきたという。

「この人の度胸は、失礼ながら男まさりですよ。私も長年猛者《もさ》たちを見てきましたが、眉《まゆ》ひとつ動かさずに死地に飛び込める男はそんなにいるもんじゃない」

死にたがっているような戦いぶりに疑問を持った土方は、富子にわけを問いただし、太郎左衛門との間柄を知った。

そこで尻《しり》ごみする富子を引きずって、ここまで連れて来たのだった。

「わずかでもお二人の役に立てればと思ったのですよ。おっと、月下氷人が長居をしてはいけないな」

俳句の素養もある土方は、しゃれた言葉を残して部屋を出て行った。

二人きりで向かい合うのは、六年ぶりのことだ。互いの境遇も一変しただけに、太郎左衛門は何からどう切り出していいか分からなかった。

富子も上官を前にした兵士のように、背筋を真っ直ぐに伸ばして突っ立っている。

「ここではゆっくり話もできません。よろしければ開陽丸に案内しましょうか」

「でも、私のような者が……」

「女性の立入りは禁じていますが、その姿なら誰にも気付かれませんよ。それに上原君もあなたに会いたがっていますから」

上原は富子の従弟《いとこ》に当たる。

太郎左衛門はためらう富子を引きずるようにして開陽丸に連れて行った。

「飲み物はどうです。紅茶かコーヒーを運ばせましょうか」

艦長室に入るなりそうたずねた。

胸のあたりが切なく絞り上げられるようで、いつもの落ち着きを失っている。

「コーヒー？」

「ええ。ヨーロッパでは木の実を粉にし、その上から湯をかけてお茶がわりに飲むのです」

「苦くはないのですか」

「苦いのも渋いのもあります。そのまま飲む者もいれば、砂糖や牛乳を混ぜて飲む者もいます。試してみますか？」

「いいえ。結構です」

「それならワインはどうです。ぶどうから作った酒ですが、なかなか美味なものですよ」

「お忙しい時に、お手間を取らせては申しわけありません。わたくしはただ、これまでのお礼を申し上げたかったばかりですから」

「ともかく、座って下さい。今日はそれほど忙しいわけではありませんから」

太郎左衛門は強引に椅子をすすめた。

やらなければならない仕事は山ほどある。だが富子と語り合う時間には代え難かった。

「帰国して以来、私はずっとあなたを捜していました。こうしてようやく会えたんだ。ゆっくりと語り合うことくらいは許されてもいいはずです」

「沢さまがオランダに留学なされている間に、我家にもいろいろのことがありました」

「聞きました。母上が亡くなられたそうですね」

「父も身を持ち崩して死にました。わたくしのことも、お聞きになったでしょう」

富子が張り詰めた表情をして、黒目がちの眼を真っ直ぐに向けた。

「ええ、聞きました」

「ならば、もうお目にかかれる立場ではないことはお分かりでしょう」

「そうでしょうか。私はそうは思わない」

太郎左衛門は狭い部屋で向き合っているのが辛《つら》くなり、戸棚からハイネケンの瓶を取り出した。

「これは小麦から作ったビールというものです。少し飲んでみませんか」

そう勧めたが、富子はいらないと言う。

やむなく真鍮《しんちゅう》のコップについで一人で飲んだ。いつになくほろ苦い。

「あれが世界というものですか」

富子が壁に張った世界地図をめずらしそうにながめた。

開国してから間がないだけに、正確な世界地図を知る者は少なかったのである。

「そうです。日本はここ、私たちが住んでいたオランダのドルトレヒトはここです」

太郎左衛門は立ち上がって教師のように地図を指した。

「まあ。日本がそんなに小さいとすると、ずいぶんと遠くまでお出かけになったのですね」

「長崎を出たのが文久二《ぶんきゅう》（一八六二）年の九月十一日。オランダに着いたのが翌年の四月十六日ですから、七ヵ月も船に揺られていました」

「それでは何かとご不自由なさったでしょう」

「毎日毎日海と空ばかりながめていましたよ。このボルネオ島の沖で船が座礁して、あやうく死にかけたこともありました」

富子が興味を示してくれたことに力を得て、太郎左衛門は留学中の出来事を次々と話した。

難破した船を脱出し、バタビア（現在のジャカルタ）で別の船に乗り換えたこと。

オランダでは髷《まげ》と月代《さかやき》をめずらしがられ、町を歩くたびに見物の群衆が集まってきたこと。

仲間同士で住んでいては日本語ばかり使うことになり、外国語も上達しないし土地の人々にもなじめないので、それぞれ下宿に分かれて住むことにしたこと。

親友の榎本武揚が下宿の娘と恋仲になり、娘をとるか君命をとるか、悶《もだ》え死なんばかりに思い悩んでいたこと。

開陽丸に乗って帰国する時には、南アメリカのリオ・デ・ジャネイロ港に立ち寄り、コパカバーナという美しい海岸でひと泳ぎしたこと……。

太郎左衛門にとっては、黄金の日々と呼べるほどに楽しい思い出ばかりである。

だが話を聞くうちに、富子の表情は次第に暗くなっていった。

華やかな話を聞けば聞くほど、太郎左衛門と別れた後の自分の無残な境遇が切なく思われるらしい。

「そうそう。あれがあったっけ」

太郎左衛門は机の引き出しから真鍮製の小さな根付けを取り出した。

二人で浅草寺にお詣《まい》りに行った時、富子が買ってくれた夫婦《めおと》根付けである。

「約束通りオランダでも肌身離さず持っていました。これをいただいた時のあなたの言葉を、何度も思い出したものですよ」

真鍮なら朽ち果てないから、夫婦の約束の標《しるし》としていつまでも残る。

富子はそう言って根付けを渡したのである。

「ごめんなさい。わたくしはもう失くしてしまいました。そろそろ隊に戻らなければなりませんので」

富子は肘《ひじ》を張った陸軍式の敬礼をすると、軍靴の音を響かせて部屋を出て行った。

太郎左衛門は根付けを握りしめたまま、遠ざかる足音にじっと耳を傾けていた。

木製の舵《かじ》の取り付けが終わったのは、九月二十五日のことだった。

長さ五メートル、広さ六畳ばかりの千石船の舵を海に沈め、水練の心得のある者たちが冷たい海にもぐって下から芯棒《しんぼう》を差し込んだのである。

翌日試運転のために寒風沢を出港し、東名浜の南を抜けて石巻沖まで航海してみた。波の静かな松島湾内では支障はなかったが、太平洋の荒波が相手となると木製の舵では心許《こころもと》ない。

大砲二十六門を積んだ開陽丸は、千石船の十倍以上もの重さがあるだけに、舵が重量に耐えかねて割れそうになるのだ。

失意のまま寒風沢に引き返すと、御蔵会所に榎本が来ていた。

体の具合が悪いのか、顔色がすぐれなかった。

「舵の調子はどうだい」

「駄目だ。木に竹を接《つ》ぐようなものだよ」

「箱館まで行けそうにないか」

「波と風がおだやかなら、何とかなると思うがね」

「ならばそうしてくれ。箱館のドッグでなら、本格的な修理が出来るだろう」

「いつ発《た》つか決まったのか」

「まだだ。仙台藩の連中は早く出て行けと急《せ》かすばかりで、何の援助もしようとはしねえ」


榎本は仙台から石浜港に引き上げた後、塩釜に頻繁に出かけて仙台藩の役人たちと交渉をつづけていた。

当初の約束に反して降伏した仙台藩に賠償金の支払いを要求していたが、仙台藩も相つぐ出兵で財政が逼迫《ひっぱく》しているためにすんなりとは応じなかったのである。

「彼らの豹変《ひょうへん》ぶりにも腹が立つが、それ以上に無残な知らせが届いたよ。咸臨丸の乗員が、清水港で惨殺されたのだ」

蟠龍丸が松島湾にたどりついた九月十八日、清水港に停泊していた咸臨丸に新政府軍の将兵たちが乗り込んできた。

折悪しく艦長の小林文次郎《こばやしもんじろう》は駿府の徳川藩庁に出頭していたので、副艦長の春山弁蔵《はるやまべんぞう》らが応対に出た。

山らはひたすら恭順の姿勢を取ったが、新政府軍の将兵たちは銃口をつきつけてり囲み、威丈高に罵詈《ばり》雑言《ぞうごん》をあびせた。あまりの無礼に耐えかねた春山らは抜刀して抵抗し、乗員二十数名とともに牛馬のように撃ち殺されたのである。

勝海舟らが咸臨丸に乗り込み、日本人として初めて太平洋横断に成功したのは八年前のことだ。徳川海軍の栄光の象徴でもあったその船が、惨劇の舞台となったのである。

しかも新政府軍の将兵は遺体をすべて海に投げ捨てるという恥辱を加えたが、徳川家では脱走兵に加担していると疑われることを怖れて見て見ぬふりをしたという。見かねて遺体を回収し、手厚く葬ったのは、清水《しみず》の次郎長《じろちょう》と呼ばれる侠客《きょうかく》だった。

「恭順している相手をなぶり殺しにすることが、武士たる者のやることかい。それを黙って見ているとは、徳川家の侍もあまりに情けないじゃないか」

悔しさをこらえきれなくなったのか、榎本は顔をおおって泣き出した。

咸臨丸の乗員すべてがかけがえのない部下だっただけに、我身を切り刻まれるほどの痛手を受けていたのである。

「やはり君が正しかった。浦賀水道で咸臨丸を諦《あきら》めていれば、春山君たちを死なせずに済んだのだ。そのことが悔やまれてならないよ」

太郎左衛門は黙り込んだままだった。怒りや悔しさが胸の中で渦を巻き、目まいを覚えるほどである。だが敵とまみえるまでは、その感情をじっと押し殺しておこうと思った。

三

慶応四（一八六八）年九月八日、新政府は明治と改元し、新しい政治の始まりを天下に布告した。

幕府びいきの江戸っ子は、「明治じゃとても治まる明《めい》」と揶揄《やゆ》したが、新政府軍は奥州での戦に相ついで勝利し、反対勢力を一掃しつつあった。

九月四日　米沢藩降伏
九月十一日　仙台藩降伏
九月十七日　庄内藩降伏
九月二十二日　会津藩降伏

これによって奥羽越列藩同盟は瓦解《がかい》し、輪王寺宮を奉じて薩長主導の新政府に対抗しようという奥羽越諸藩の構想も、列藩同盟軍の力によって新政府に譲歩を迫ろうとの榎本らの戦略も、うたかたの夢と消えた。

だが夢は消えても人は残る。

降伏をいさぎよしとしない旧幕府軍や奥羽越諸藩の将兵は、榎本艦隊を頼って松島湾周辺に続々と集まってきた。

その人数と部隊はおよそ以下の通りである。

旧幕府正規軍および幕臣義勇軍

伝習隊三百八十名、第一連隊二百名、砲兵隊百七十名、工兵隊七十名、衝鋒隊《しょうほうたい》四百名、彰義隊二百四十名、遊撃隊百二十名、陸軍隊百六十名、新選組百二十名。計千八百六十名

各藩脱藩者による部隊

会津遊撃隊（会津藩）七十名、額兵隊（仙台藩）二百五十名、見国隊《みくにたい》（仙台藩）四百名、神木隊（高田《たかだ》藩）七十名、杜陵隊《とりょう》（盛岡藩）七十名。計八百六十名

これにフランス人士官十名、榎本艦隊の海軍将兵八百七十名を加えると、三千六百名に上る。

降伏を決めた仙台藩にとって、この一大勢力が領内にとどまっていることは極めて不都合なだけに、すみやかに退去するよう再三申し入れたが、榎本らは容易には応じなかった。

仙台藩の弱腰と手のひらを返したような態度が腹に据えかねているので、一戦も辞

さずという強談判《こわだんぱん》に及んだのである。

　また四千名近い将兵をひきいて極寒の蝦夷地に向かうだけに、充分な支度を整えなければとても出発することは出来なかった。

　困り果てた仙台藩は、榎本艦隊に以下の物資を提供したと『仙台戊《ぼ》辰《しん》史』は伝えている。

〈酒一斗入千樽《たる》、沢庵《たくあん》三百樽、味噌《みそ》二百樽、塩百五十俵、荏油《えのあぶら》（えごまの種子からとった油、油紙・雨傘などに塗る）五十樽、椿油二十樽、水油（灯油）七十樽、胡麻油《ごまあぶら》二百樽、上麻《じょうあさ》千貫目、中麻《ちゅうあさ》三百貫目、十匁蠟燭《ろうそく》三万挺《ちょう》、梅干二百樽、大木椀《おおぎわん》三千人分、塗箸《ぬりばし》一万人分、白木綿五百反、青竹千本、檎桐皮《ごとうひ》廿五《にじゅうご》貫目、椎茸《しいたけ》二百貫目、鰹節《かつおぶし》五百貫目、鶏卵三万粒、鯣《するめ》三万枚、仙台糒《ほしいい》五十石、大豆五十俵、白砂糖三百貫目、醤油《しょうゆ》五百樽、白半切《しろはんぎり》（巻紙）五万枚、料紙三千枚、炭十万俵、薪《まき》五万本、焼パン百箱、五《ご》升芋《しょいも》（馬鈴薯《ばれいしょ》）五十俵、飯杓子《めしじゃくし》二百本、竹柄杓《たけびしゃく》三百本、ミゴ箒《ほうき》五百本、竹サヽラ二百本、竹箒《たけぼうき》百本、瓦《かわら》三百枚、砥粉《とのこ》百斤、貝杓子《かいじゃくし》二百本、番茶三百斤、上茶二百斤、渋《しぶ》団扇《うちわ》五百本、杉手桶《すぎておけ》百五十、砂鉢三十枚、酢三十樽、薄縁《うすべり》千五百枚、角盆五百膳《ぜん》、米千俵〉

　こうした生活用品のほかに、石巻港の砲台に据えていた二十四斤砲二門と弾薬まで与えたというのだから、仙台藩の苦衷や察すべしである。

おそらく藩士や領民は新政府軍に降伏する屈辱と、榎本らの強要に屈する情けなさに涙しながら、城下を駆けずり回ってこれらの物資を集めたにちがいない。

ともあれ十月七日に供出された物資を積み込んだ榎本艦隊は、十月十日に石巻湾の折浜《おりはま》に結集した。

開陽丸、回天丸、蟠龍丸、神速丸、長鯨丸の五隻に、幕府から仙台藩に貸与していた大江丸《たいこうまる》、鳳凰丸《ほうおうまる》、回春丸を加えた八隻である。

これに前述した陸軍部隊を分乗させ、十月十三日に折ヶ浜を出港した。

奇《く》しくもこの前日、輪王寺宮能久親王が新政府に出頭するために仙台を発っておられる。

宮は十一月十九日に京都に戻られ、ご実家である伏見宮邸で謹慎なされた後、ドイツ留学へと旅立たれた。

明治十年二月にご帰国。その後北白川宮家《きたしらかわのみやけ》をつがれたが、明治二十八年の日清戦争の際には近衛《このえ》師団長に任じられ、台湾出兵中に熱病にかかって薨去《こうきょ》された。行年四十九歳。明治政府の成立にも、朝廷を奉じての海外侵略路線にも反対しておられた輪王寺宮が、真っ先にその路線の犠牲となられたのである。

宮古《みやこ》湾で薪の補給をした榎本艦隊が、内浦《うちうら》湾（噴火《ふんか》湾）の鷲《わし》ノ木《き》沖に着いたのは十月二十日早朝だった。

左手には雪におおわれて白く輝く駒《こま》ヶ岳《たけ》が青空にそびえ、右手には弓なりとなった海岸線が遠く室蘭《むろらん》までつづいている。

鷲ノ木村は戸数八十戸ばかりの寒村で、海岸まで迫る山肌に民家がへばりつくように建っていた。

山の木々も民家の屋根も厚い雪におおわれ、藍色《あいいろ》の海から打ち寄せる白い波と向き合っている。

ブリッジに立った沢太郎左衛門は、あたりをひとわたり見回すと双眼鏡を海岸線に向けた。

開陽丸をどこまで接近させることが出来るのか。カッターを使って上陸するにはどこが適しているのか。海面の色の変化や地形を見て判断しなければならなかった。

「沢君、どうだい。何とも雄大な景色だろう」

榎本が晴れ晴れとした顔で歩み寄ってきた。

若い頃に箱館奉行所に勤めていたことがあるだけに、故郷にでも帰ったような気分らしい。

「確かにそうだが、近寄りがたい厳しさがあるね。吹雪《ふぶ》いた時には、とても表は歩けまい」

「この土地にはここに適した暮らし方がある。それさえ覚えれば恐るるに足らんよ」

「君はいつもたじろぐということを知らないからな」

「何を気弱なことを言ってるんだ。蝦夷地の緯度はオランダやドイツより低いんだよ。しかも四方の海は豊かな漁場だ。まずは農業と漁業、次に畜産業や加工分野へ手を広げていけば、十年もしないうちにオランダに負けないチーズやビールを作れるようになるさ」

榎本の蝦夷地開拓の夢は今に始まったことではなかった。

箱館奉行所で各地の調査に当たっていた頃から、この地の雄大さと可能性に魅せられ、開拓を急ぐよう幕府に進言していた。

オランダ留学中も将来の開拓事業にそなえて農業や畜産業の書物を読みあさり、暇があれば開拓村に泊まり込んで指導を受けるほどだった。

海軍大臣カッテンディケを通じてオランダ政府に働きかけ、幕府が開拓に着手したなら技師を送って指導するという約束もすでに取り付けてある。

旧幕臣による蝦夷地の開拓を新政府に申し入れたのは、こうしたいきさつを踏まえてのことだった。

「問題は新政府がどう出るかだね」

太郎左衛門はコートのボタンを止めた。

風はほとんどなかったが、ブリッジに立っているだけで足元から寒さが忍び寄ってくる。

「むろんすんなりとは認めないだろう。だが輪王寺宮さまにも勝先生にも、新政府にとり成してくれるように頼んである。また外国公使を通じても働きかけている。我々の決意さえ固ければ、まだまだ活路を開く余地はあるさ」

「もし新政府が開拓を拒絶し、力ずくで討伐しようとしたならどうする」

「一戦に及ぶまでさ。これだけの兵力があれば蝦夷地をおさえるのはた易い。後は防戦の構えをとって、新政府から譲歩を引き出すしかあるまい」

「ならば開拓地の統率者が必要だろう。その役に私を任じてくれないか」

脱走軍の兵力では、とても長期戦には耐えられない。緒戦に勝利し、有利な条件で和議を結ぶしかないだろう。その時に新政府は、開拓を認めることと引きかえに責任者の首を要求してくるはずである。

太郎左衛門が柄にもない申し出をしたのは、そう考えてのことだった。

むろん榎本もそんなことは百も承知していた。

「駄目だね。君にそんな役をさせられるものか。時に応じて人を用う。これ兵法の極意なりだ」

からからと笑って船室に下りていった。

上陸に先立ち、榎本は開陽丸の艦長室に全部隊の首脳を集めて会議を開いた。

今後の方針についての意志統一をはかるためである。

参集したのは旧老中の板倉伊賀守勝静や小笠原《おがさわら》壱岐守《いきのかみ》長行《ながみち》、陸軍奉行だった竹中丹後守《たけなかたんごのかみ》重固《しげかた》、歩兵奉行の大鳥圭介、海軍からは荒井《あらい》郁之助《いくのすけ》や沢太郎左衛門、それに各藩部隊の隊長ら合わせて十数人だった。

「錚々《そうそう》たるお歴々を差しおいて僭越《せんえつ》とは存じますが、今後の指揮はこの榎本にお任せいただきたい」

榎本は開口一番そう宣言した。

新政府との和議の時には、自分の首をさし出すつもりなのである。

「それはどういう意味かね」

板倉伊賀守が不平を鳴らした。

前将軍慶喜が大坂から開陽丸に逃げ込んで来た時、側に近侍《きんじ》していた男である。慶喜が新政府に恭順すると決してからは日光《にっこう》に謹慎していたが、大鳥圭介らに誘われて伝習隊と行動を共にしていた。

「我らは旧幕臣と各藩有志からなる混成軍です。それゆえ新たな指揮命令系統を確立しなければ、一致協力した行動がとれません」

「それは分かるが、小笠原公や竹中公もおられる。君が指揮をとるのは筋違いではないのかね」

「筋違いは重々承知しておりますが、このような非常の際ゆえしばらくの間便宜の処置をとらせていただきたい」

「我らは幕府の存続を計るために戦っているのだ。かような事態に立ち至ったとはいえ、幕府の秩序を乱してはなるまい」

「ならばこうしましょう。西洋には選挙というものがあり、役職を望む者は自ら名乗り出て住民の審判をあおぎます。指揮をとりたいと望まれる方はこの場で立っていただき、全員の入札《いれふだ》によって決することといたしましょう」

榎本は真っ先に立ち上がって対立候補を待ったが、後につづく者はいなかった。この先どう行動し新政府とどう渡り合うか、誰も榎本ほど明確な方針を持っていなかったのである。

「それでは今後は何事によらず私の指示に従っていただきます」

「先程しばらくの間と言ったが、それはいつまでかね」

伊賀守がなおも抵抗した。

備前松山《びぜんまつやま》藩主でもあった伊賀守には、下級幕臣の小倅《こせがれ》だった榎本の風下に立つことが承服できないのである。

「新政府に蝦夷地の開拓を認めさせるまでといたします。嘆願ならず戦となった時には、この首を和議の引出物にするつもりです。それでよろしいでしょうか」

「異議なし」

太郎左衛門はすかさず手を叩《たた》いた。それにつられてまばらな拍手が起こった。

「それでは上陸後の作戦計画について、大鳥君から説明してもらいます」

榎本の指名を受けて、旧歩兵奉行の大鳥圭介が立った。

播州赤穂《ばんしゅうあこう》の生まれで三十六歳。大坂の緒方洪庵《おがたこうあん》の塾に入って蘭学をおさめた後、江戸の江川太郎左衛門の塾で兵学を学んだ秀才で、慶応二年に江川の推薦によって禄高《ろくだか》百石で幕臣に取り立てられた。

会津口の母成峠の戦では、前線の身方を置き去りにして撤退したために土方歳三らの顰蹙《ひんしゅく》を買ったが、今も伝習隊隊長として指揮をとっていた。

榎本は会議を召集する前に大鳥と今後の作戦について話し合い、計画を練り上げていたのである。

「まずはこれをご覧いただきたい」

大鳥が渡島半島の地図を壁に張り出した。

半島の先端は東の亀田《かめだ》半島、西の松前《まつまえ》半島に分かれ、ちょうど股《また》のあたりに箱館が位置している。

「これから上陸する鷲ノ木はここ。真南に進路を取れば、箱館まではおよそ十二里の距離でございます」

大鳥が地図を指しながら説明したのは、およそ次のようなことだった。

鷲ノ木上陸後は遊撃隊の人見勝太郎らを使者として箱館に向かわせ、府知事の清水《しみず》谷公考《だにきんなる》に蝦夷地開拓の嘆願書を提出する。

陸軍将兵は上陸後に二手に分け、大鳥がひきいる本隊は本道沿いを、土方歳三がひきいる別働隊は海岸沿いの道を下って、箱館と五稜郭《ごりょうかく》に向かう。

松岡四郎次郎《まつおかしろうじろう》がひきいる後続部隊は、後詰めとして大鳥隊につづく。

海軍軍艦は状況に応じて箱館港に入り、陸軍部隊を支援する。

ただし開陽丸だけは舵《かじ》の修理に万全を期し、鷲ノ木の撤収を終えてから箱館港に入る。

「私から一言補足させていただくが」

大鳥の説明が終わると、榎本が再び立ち上がった。

「我々の目的は目前の戦に勝利することではない。当地の開拓を新政府に認めさせることだ。そのためには戦争の拡大をなるべく避け、万一戦うのやむなきに至った場合にも、無用の殺戮《さつりく》は厳につつしまねばならぬ。このことを各自胆に銘じていただきたい」

指揮官として厳しく申し渡したが、戦は生き物である。将兵一人一人の敵意や功名心に引きずられ、部隊全体が思わぬ方向に暴走することはよくあることだ。

そのことが実戦経験のない榎本や太郎左衛門には、まだ分かっていなかったのである。


窓の下を何かがよぎった。

黄金色の毛をした小さな獣が、雪の上を小走りに通り過ぎた。

（蝦夷地にも猫がいるのか……）

開陽丸に積み込んでいた物資の荷揚げを終え、鷲ノ木の陣屋で休んでいた太郎左衛門は、興味をひかれて外をのぞいた。

さっきの獣が松の根方にうずくまり、前足でしきりに雪をかき分けている。

猫にしては毛が豊か過ぎ、犬にしては尻尾《しっぽ》が長過ぎる。

背中を向けたままなので、顔付きで見分けることもできなかった。

太郎左衛門は軽く手を打ち鳴らしてみた。獣は反射的にふり返ったが、逃げようとはしない。黒く澄みきった愛らしい目を向けたまま、誰だろうとでも言いたげに首をかしげていた。

（狐か……）

キタキツネである。榎本から話には聞いていたが、目にするのは初めてだった。

太郎左衛門は少年のようないたずら心を起こし、糸で結んだ乾肉《ほしにく》を雪の上に投げた。キタキツネは興味をひかれたらしく、用心深く近付いてくる。

近付いた分だけ糸をたぐると、思慮深そうな表情でしばらく乾肉を見つめ、再び歩を詰める。まだ子狐らしく、人間さまの企みにはまったく気付いていない。

このまま窓の下までおびき寄せてつかまえてやろう。

太郎左衛門がはやる心をおさえて糸をたぐった時、間近で銃声が聞こえた。

間髪いれぬ二発の銃声に、キタキツネはぴくりと体を震わせ、雪の上を飛ぶように走り去った。

表に出てみると、雪を鮮血に染めて歩兵が倒れていた。

伝習隊の制服を着た男が額と左目を撃ち抜かれ、あお向けになって息絶えている。

五メートルほど離れた所には、コルト四十四型のピストルを構えた南雲富子が青い顔で立ち尽くしていた。銃口からは、まだかすかに煙が立ち昇っている。

富子の後ろには二十人ばかりの新選組の隊士が、歩兵の側には伝習隊の者たちがいて、殺気立った顔でにらみ合っていた。

「どうした。何事だ」

太郎左衛門は両者の間に割って入った。

「この者が上官を侮辱しました。それゆえ軍規に従って死罪に処したのです」

富子は落ち着いていた。

青ざめているのは歩兵を射殺したためではなく、侮辱された怒りのためらしい。

「侮辱ではない。松本は事実を言ったまでだ」

伝習隊員の一人が反論し、何人かが同意の声を上げた。

「衆を頼んでの雑言はやめたまえ。誰か責任ある者はいないのか」

「私は伝習隊歩兵頭補佐、高山六三郎《たかやまろくさぶろう》でございます」

三十がらみの背の高い下士官が進み出て、争いのいきさつを説明した。

開陽丸から鷲ノ木陣屋に陸揚げされた食糧や弾薬などの物資は、榎本の命令によって新選組が管理していた。京都市中取締りに当たっていた経験を買われてのことだ。

物資が必要な者は上官の命令書を添えて新選組に申し込み、決められただけの配給を受けることになっていたが、伝習隊の者たちはこの決まりを破ろうとした。

兵舎の寒さに耐えかね、上官の命令書がないまま薪《まき》を配給させようとしたのである。

上官である大鳥圭介はすでに本隊をひきいて箱館に向かっていたので、急には許可を得られないという事情もあった。

この求めを、新選組の副長並になっていた南雲富子は拒絶した。

上官である土方歳三の許可がなければ、そのような例外は認められないと突っぱねたのだ。

だが土方もすでに別働隊をひきいて進発していたので、互いに益のない議論をくり返すばかりで、感情的な対立ばかりが高まっていった。

その挙句、松本という歩兵が富子に向かって暴言を吐いたのである。

「それは、どんな暴言かね」

「この方は女性でありますが、彰義隊の士官諸氏と行動を共にしておられました」

「本多誠一郎君たちだろう。そのことなら私も聞いている」

「その間慰安婦の役を果たしておられたという噂が、広く流布しております」

士官たちには体を許しておきながら、わしらには薪一本渡さぬつもりか。松本は富子にそう詰め寄り、即座に撃ち殺されたのだ。

「高山君の報告に相違ないかね」

太郎左衛門は内心の動揺を押し隠して富子にたずねた。

二人の関係を知っているのは、榎本と上原七郎だけである。

この場はあくまで上官として振舞わなければならなかった。

「相違ありません」

富子の瞳《ひとみ》の底には凍《い》てつくような暗い光が宿っている。

「しかし、噂はあくまで噂です。それを理由に上官を侮辱していいということにはなりません」

「根も葉もない噂なら、射殺するほどの罪には当たりますまい」

高山が激しい口調で反論した。

「このことについては、厳しく糾明していただくようお願い申し上げます」

「分かった。後日大鳥君、土方君同席の上で裁定を下す。それまで南雲君の身柄は開陽丸に預かることにする」

会津口の母成峠の戦い以来、大鳥と土方は対立を深め、伝習隊と新選組の仲も険悪になっている。富子をこのまま陣屋に残しておけば、伝習隊員に闇討ちされるおそれがあった。

上原七郎を呼んで富子を開陽丸の営倉に入れるように命じると、太郎左衛門は重い足取りで陣屋に戻った。

キタキツネの姿はすでに消え失せていた。

足跡と松の根方を掘った跡だけが雪の上に残っている。

太郎左衛門は乾肉をひろい上げ、キタキツネが去ったとおぼしきあたりに力任せにほうり投げた。

戦は十月二十二日の夜半に始まった。

十月二十日に箱館府知事にあてた嘆願書を持って鷲ノ木を出発した人見勝太郎らは、

この日箱館の北二十四キロほどの所にある峠下村《とうげしたむら》に宿をとった。一個小隊三十人の護衛を連れた人見らの陣に、新政府軍は夜半いきなり砲弾を撃ち込んできた。

榎本艦隊が蝦夷地に向かうとの報を得た新政府は、箱館府を死守するために備後福山《びんごふくやま》藩や越前大野《えちぜんおおの》藩などの援軍を急行させ、榎本軍を発見次第討ち取るように命じていたのである。

だが新政府軍の総勢は千五百足らずで、装備も旧式で戦にも慣れていない。大鳥がひきいる本隊と土方の別働隊は各地で敵を撃破し、十月二十五日には箱館市と五稜郭を無血占領した。

同日、回天丸、蟠龍丸が箱館に入港し、将兵を上陸させて町の治安維持に当たった。回天丸艦長の甲賀源吾は、さっそく市中に次のような触れを出している。

〈一、徳川海陸ノモノ衆議ノ上、永井玄蕃《ながいげんば》ハ当所奉行ニ選ビ候間、此段相心得、市中村々へ相触レ申スベキ事。

一、我等儀、兼テ歎願《たんがん》致シ置キ候儀コレ有リ、当湊《みなと》へ罷《まか》リ越シ候処、当所詰役人残ラズ引キ払ヒ、右ニ付、市中動揺致ス趣ニ付、鎮撫《ちんぶ》ノタメ上陸、決シテ手アラノ儀コレ無ク候間、他所《よそ》へ立退《たちの》キ候モノモ、安堵《あんど》ニ商売致スベキ事〉

榎本軍はここでも嘆願のために来たことを強調しているが、新政府側は頑として彼らの要求を容《い》れようとはしなかったのである。

開陽丸が鷲ノ木を発《た》ったのは十月三十日、箱館に入港したのは翌十一月一日のことだ。

箱館平定を祝するために船を満艦飾に飾り立て、二十一発の祝砲を放っての華々しい入港だったが、沢太郎左衛門の心は晴れなかった。

舵《かじ》の修理は不充分で、北海の荒波を乗りこなすにはほど遠い。それに富子が彰義隊の士官たちに体を許していたという噂が、不快な気がかりとして脳裡《のうり》にへばりついていた。

四

箱館に着いてからも、南雲富子は上陸を許されなかった。

乗員たちの祝賀気分に忘れ去られたように、開陽丸の営倉に入れられたまま三日を過ごした。

営倉といっても四畳ばかりの広さのある部屋で、寝台もついているし丸いガラス窓もあって光が射し込んでくる。

食事も日に三度決まった時間に運ばれてくるし、味も悪くはない。

営倉というより旅客にでもなったような恵まれた待遇だった。

ただひとつ困るのが、排泄物《はいせつぶつ》の始末である。部屋の隅に置かれた陶器のおまるで用を足し、差し入れ口から外に出すように言われたが、さすがに恥ずかしいので食事に手をつけることも少なくなっていた。

こうした穏やかな日々を過ごすのは何年ぶりだろう。父の借金を返すために品川宿の茶屋で働くようになって以来、富子は我身をふり返る余裕さえない日々を過ごしてきた。

相楽総三の密書を盗み出して追われる身となり、三田の薩摩藩邸に連れ込まれて拷問を受けた。

藩邸が幕府方の軍勢に攻められて焼き払われると、蒸気船に乗せられて西国へと向かった。

途中で逃げ出し、何とか密書を太郎左衛門に渡したものの、すでにその時には幕府は倒れ、上野のお山にたてこもった彰義隊も一夜にして敗走した。

以来六ヵ月、富子は彰義隊や新選組とともに奥州各地を転戦してきた。死地を求めて戦いつづけてきたが、この身を死神でさえ厭《いと》うのか死ぬことすらできなかったのである。

富子は湿気にくもったガラス窓から、ぼんやりと外をながめた。

港には榎本艦隊の軍艦や外国の蒸気船が、マストを林立させて停泊している。屋根に雪をかぶってひっそりとうずくまる町並みの中に、外国領事館にかかげられた国旗ばかりが鮮やかにひるがえっていた。

嘉永《かえい》六(一八五三)年にアメリカのペリー提督が浦賀に来航してから、まだ十五年しかたっていない。だが世の中はこれほど変わり、富子の運命も一変した。

この国に多くの災禍をもたらしたことを、あの傲慢《ごうまん》な外国人たちは考えたことがあるのだろうか。真の敵は薩摩や長州ではなく、あの者たちではないのか。

そう思うと、言いようのない憤りが胸元まで突き上げ、じっとしていられないような焦燥に駆られる。

だが富子にできることは、四畳ばかりの細長い部屋を歩き回ったり、くもりガラスを指でぬぐうことくらいだった。

「富子さん、入りますよ」

ドアを叩《たた》く音がして、上原七郎が入ってきた。

七歳下の従弟《いとこ》で、営倉に入れられて以来何かと世話をしてくれていた。

「今日で釈放です。双方に落度があり、責任を問わないということになりました」

「そうですか。ありがとう」

「これも沢艦長の尽力のお陰です。お礼は艦長に言って下さい」

太郎左衛門と土方歳三とは旧知の間柄で、伝習隊の大鳥圭介は江川塾の後輩に当たる。箱館に着くとすぐに二人に連絡をとり、双方の非を認めるということで和解させたのだという。

「今艦長室におられます。ご案内しましょうか」

「いえ、お目にかかりたくありません。深く感謝申し上げるとお伝え下さい」

「どうしてです。艦長はずっとあなたのことを気にかけておられたのですよ」

「わたくしの噂は聞いたでしょう。これ以上親しくしていただいては、沢さまに迷惑がかかるばかりです」

「噂が何ですか。艦長はそんなことを気にするほど、心の狭い人じゃありませんよ」

(あれは事実なのです)

そう言ったなら、この純真な青年はどんな顔をするだろう。

富子は一瞬そう考え、試してみたい誘惑に駆られた。

富子とて太郎左衛門に会いたかった。

六年前に別れて以来、彼の帰国だけを心待ちにしてきたのだ。たった一日でもいい。もう一度昔のような間柄に戻れるのなら、何を犠牲にしても構わなかった。

だが、もはや夢は終わったのだ。

この六年の間に二人の立場は大きく隔たった。

今さら近付いても、太郎左衛門の重荷になるばかりである。

鉄砲洲で偶然再会した時に、富子ははっきりとそのことを思いしらされた。

だから彰義隊とともに幕府に殉じる道を選び、本多らに身を捧《ささ》げたのだ。

今さら太郎左衛門に会いたいなどとは、口が裂けても言えなかった。

「ところで戦はどうなりました。松前藩は降伏しましたか」

「いいえ。あくまで抵抗する構えのようです」

箱館を無血占領した陸軍部隊は、十月二十八日に土方を司令官とする七百余名を福山（現在の松前市）に向けて進発させた。

旧幕府軍による蝦夷地開拓を承認させるためだが、これを認めることは新政府の命令に背くことになるだけに、松前藩は使者を斬り捨てて抗戦の意志を明らかにした。

しかも十一月二日未明、知内《しりうち》に宿営していた土方隊に夜襲をかけてきたので、両軍入り乱れての戦闘になった。

数と装備に勝る土方隊は知内や福山の戦に勝ち、松前城下に迫っているが、慣れない大雪のために思いのほか苦戦しているという。

「ならばわたくしも本隊に合流して戦います。前線に向かう船はありませんか」

「明日《あした》回天丸が物資を届けに行く予定ですが、これ以上戦に出る必要はないのではありませんか。母上もあなたのことを心配しておられるのですよ」

上原の母は亡くなった富子の母の妹である。

幼い頃から何かと気遣ってくれたやさしい叔母だった。

「回天丸に乗れるように計らって下さい。わたくしは新選組の一員なのですから、本隊に復する義務があります」

今度こそ死に遅れてはならない。額を撃ち抜かれて真っ白な雪の上に倒れる自分の姿を思うと、富子は胸の苦しみが軽くなっていくような安らぎを覚えた。


開陽丸の舵の修理は、難航をきわめていた。

なにしろ二千六百トンもある巨大戦艦だけに、外国船が多く出入りする箱館港にも修理できるドックがないのである。

上田寅吉や野島武左衛門の奔走によって鋼鉄製の舵を作れる見通しはついたが、海に浮かべたままではこれを取り付けることは不可能だった。

「艦長、砂浜に横倒しにしてみてはどうですろ」

士官たちを集めての会議で、寅吉が遠慮がちに提案した。

「横倒しにして、船側が傷まないかね」

開陽丸には重さ二・八トンもあるクルップ砲を十八門、一・六八トンのカノン砲八門を搭載している。横にしたなら、その重みが船側にもろにかかることになるのであ

ロープで反対側に吊《つ》っておけば大丈夫じゃにゃあでしょうか」

「しかし、どうやって倒す。引き起こすのも容易ではあるまい」

士官の一人が疑わしげにたずねた。

「干潮の時に浅瀬に寄せ、マストのトップにロープをかけて引けば簡単に傾きます。満潮を待ってロープを離せば、船の復原力で元に戻るはずですら」

寅吉も試したことはないが、そうした修理法があることをオランダ留学中に学んでいたのである。

「それには岩場のない良質の砂浜が必要だろう。近くに適した場所があるかね」

「七重《ななえ》の浜なら大丈夫だと思います。岩場どころか、石ころひとつ落ちてにゃあ所ですから」

「分かった。舵《かじ》が完成したならやってみよう」

太郎左衛門は重い積荷を船底の底荷《バラスト》の上に移すように命じた。

重心を低くして、船の復原力を大きくするためである。

鉄製の舵は十一月十日に完成した。箱館造船所にあった作りかけの舵に、船大工や鍛冶《かじ》たちが手を加えて大急ぎで作り上げたものである。

芯棒《しんぼう》の長さ五メートル、舵面《だめん》の広さは六畳ほどで、流失した舵よりひと回り小さかったが、木製のものに比べれば耐久性が格段にすぐれていた。

干潮を待って七重の浜に開陽丸を寄せ、三本のマストの上部にロープをかけた。たらしたロープを二百数十名の乗員たちが握り、三列になって合図の太鼓を待っている。

松を植え込んだ防風林に隠れるようにして、近所の者たちが大勢見物していた。

だが、舵がなかなか運ばれて来なかった。造船所から神速丸に乗せてくるはずだったが、二トンちかい重量があるために、積み込みに苦労しているらしい。

これ以上時間がたてば海は引き潮から上げ潮へと変わるだけに、太郎左衛門は気が気ではなかった。

寅吉はそれ以上に焦っているらしく、何度も造船所に使いを出して様子を確かめさせた。

「上田君、今日は無理かも知れないな」

「もう積み込みが終わったそうですから、もうじき着くはずです」

二人は床に腰を下ろしたまま、箱館港の方を見やった。

太郎左衛門は手持《ても》ち無沙汰《ぶさた》をまぎらわすために、コートのポケットに入れた根付けを指先でもてあそんでいた。浅草寺で富子が買ってくれた真鍮製《しんちゅうせい》のものである。

富子が去って以来捨てるつもりで持ち歩いていたが、よい汐《しお》もなかったのでそのままにしていたのである。

やがて沖に神速丸が姿を現わした。横につないだ三艘《そう》の小舟に舵を乗せ、ロープで引っ張っている。この方が舵を開陽丸の間近まで運べるので、取り付けるのも便利なのだ。

「上田君、始めよう。太鼓を打ってくれ」

寅吉が打つ太鼓の調子に合わせて、乗員たちが慎重にロープを引いた。

開陽丸はゆっくりと傾き、海水を押し分けて横倒しになった。

まるで浜に打ち上げられた巨大な鯨のようである。デッキの半ばまで海に沈んでいたが、昇降口《ハッチ》も砲門も厳重に閉ざしてあるので水が入るおそれはなかった。

「よし。舵を取りつけるずら。舟を寄せてくんにゃい」

寅吉は小舟を開陽丸の船尾にこぎ寄せて指揮をとった。

十数人の屈強の男たちが船の上に乗り、ロープをかけて舵を抱え上げ、芯棒を舵部に通そうとする。

だが三連式の小舟が波に揺れるので、なかなかうまく取り付けられなかった。

「芯棒の穴にロープを通し、芯棒にゆわえて引き上げたらどうだ」

太郎左衛門の指示に従ってロープが通され、芯棒に結びつけられた。

冬の海は身を切るほどに冷たいが、乗員たちはぬれるのも構わず作業に没頭している。

芯棒が穴に入ると、浜にいた者たちが声を合わせてロープを引いた。

船に登った男たちは、舵を上に引き上げて水平に保とうとする。

その様はガリバーに挑む小人のようだが、芯棒にはたっぷりと油脂《グリス》がぬってあるので、思いのほか簡単に取りつけることができた。

寅吉が網《トロス》を伝ってデッキに上がり、舵棒《かじぼう》を左右に動かして調子を確かめている。

「どうだね。いけそうか」

太郎左衛門も小舟を出して間近までこぎ寄せた。

「少し小さいのでガタつきますが、まわりに砂を詰めれば大丈夫じゃにゃあでしょうか」

「後は満潮を待つばかりだな」

「無事に起きてくれると思いますが」

洋式船は樽《たる》と同じである。

海に浮かべば、船底のバラストが重りとなって船体は立ち直る。

理屈ではそうと分かっていても試してみるのは初めてだけに、寅吉も心配そうだった。

それが杞憂《きゆう》であったことは、満潮になるとすぐに分かった。

開陽丸は浮き上がるごとに船体を起こし、いとも易々と正常な位置に復したのである。

高さ四十数メートルもある三本のマストが徐々に起き上がり、天を突くようにそびえ立つと、見物の群衆からどよめきが起こった。

乗員たちは声高に万歳をとなえ、手を取り合い肩を叩《たた》き合って歓《よろこ》んでいる。退勢いちじるしい旧幕府軍にとって開陽丸は最後の切り札だけに、奇跡のように立ち上がる姿に誰もが胸を打たれていた。

復調なった船に榎本武揚が訪ねて来たのは、十一月十三日のことだ。

「舵の調子はどうだ。北の荒波にも耐えられそうかね」

デッキに下り立つなりそうたずねた。軍帽にもコートにも白く雪が積もっている。

寒さと疲れのせいか、いつになく険しい表情をしていた。

「試運転は順調だが、嵐に耐えられるかどうかは分からない。何しろ舵輪《だりん》と操舵手《そうだしゅ》を失ったからね」

鋼鉄製の舵は取り付けたが、舵輪で操作できるようにするほど高度な技術は持ち合わせていない。やむなく芯棒に長い舵棒をつけて動かしていたが、嵐の時に舵の負荷に耐えられるかどうかは分からなかった。

「しかし、通常の航海なら支障はないんだろう」

「昨日津軽《つがる》海峡を渡ってみたが、何の問題もなかった。大丈夫だと思う」

「ならば頼みがあるんだが」

「ともかく艦長室に来てくれ。お茶でも飲みながら話そうじゃないか」

部屋に案内すると、太郎左衛門は紅茶を運ぶように当番の下士官に命じた。

「世界は広いな。何だか夢のようだ」

榎本は壁に張った世界地図の前で感慨深げに立ち止まった。

二人がオランダ留学から戻ったのは昨年三月のことだ。西洋の新しい知識と開陽丸をひっ提げての輝かしい帰国だったが、それから一年もしないうちに幕府は崩壊し、賊軍として新政府の追討を受ける身となったのだ。

この間の運命の転変の激しさに、太郎左衛門も時折夢を見ているような錯覚を覚えることがあった。

「寒いだろう。アイリッシュにするかね」

運ばれてきた紅茶に、太郎左衛門は数滴のウィスキーをたらした。

紅茶の熱でアルコールが飛んで、あたりにかぐわしい香りがただよった。

「ライデン大学の喫茶室を思い出すな。冬になるとみんなよくこれを飲んでいた」

榎本は目を細めて香りを楽しんでいる。疲れ果てた顔にようやく生気が戻っていた。

「それで、頼みとは何だね」

「開陽丸で福山に行きたい。福山で陸軍幹部と打ち合わせた後で江差へ向かう」

「戦争の拡大には反対じゃなかったのか」

「ところがそうも言っていられなくなったのだ」

当初榎本は箱館占領後は戦いをさけると明言していた。戦火が拡大するほど新政府の心証を害し、蝦夷地開拓が認められる余地がなくなるからだ。

だが箱館を占領した陸軍幹部は、榎本が到着する前に土方歳三を司令官とする部隊を福山城攻撃に向かわせていた。

十一月五日に福山城を占領したものの、松前藩主松前徳広《まつまえのりひろ》は家臣たちとともに館村《たて》(現在の厚沢部町《あつさぶちょう》)の新城に逃れて抵抗をつづけた。

これを討つために、十一月九日には伝習隊の本隊が箱館を発《た》って館村に向かい、十一月十一日には土方が率いる部隊が福山から江差へ向けて出発した。

榎本は命令違反だと陸軍幹部に詰め寄ったが、松前藩を降伏させないかぎり蝦夷地平定は終わらないと反駁《はんばく》され、かえって作戦に参加しない海軍の不甲斐《ふがい》なさをなじられた。

榎本はさんざん議論した挙句、自ら軍艦を指揮して江差平定に向かうと明言したのだという。

「福山から江差へ向かう道中は、道も険しく雪も深い。土方隊は蝦夷地の冬に不馴《ふな》れな上に防寒の装備も充分ではないから、敵襲を受けて立ち往生したら凍死するおそれがある。それに海軍の中にも、このままでは陸軍に頭が上がらなくなると危惧《きぐ》する者が多くてね」

「江差は外海に面している。補修した舵《かじ》が、激しい波と風に耐えきれるかどうか分からないんだ」

「君が反対なら回天丸で行ってもいい。だがここらで開陽丸の威力を見せつけておけば、陸軍の連中を黙らせることができる。新政府との交渉にも有利をもたらすと思うんだ」

「分かった。指揮官は君だ。思う通りにしたらいいよ」

不安はあったが、指揮官の命令とあれば死力を尽くしてやり遂げるのが艦長たる者の責務である。

開陽丸を頼む榎本の気持が分かるだけに、なおさら面目を潰《つぶ》すわけにはいかなかった。

夜が明けるにつれて、薄闇の中から雪景色が浮かび上がってきた。

正面になだらかな山がつらなり、山肌がゆるやかな斜面となって海へつづいている。

の境目に、戸数三千と言われる江差の町が横に長く広がっていた。

厚い雪におおわれ、まるで銀を敷きつめたようである。

波打ち際には、軒下に小舟をつなげるように庇《ひさし》を張り出した民家が並んでいた。

岸から六町ほど沖に鷗島があった。鷗が翼を広げたような形をした島が、南北に長く横たわっている。

周囲二キロばかりの島には樹木がなく、雪に厚くおおわれているばかりである。

中央には砲台のような形をした台地があったが、人影は見えなかった。

町も静まり返り、防備を固めている様子はない。
二、三ヵ所にかがり火が燃えているばかりだった。
「どうやら町の者たちは避難しているようだ」

二キロほど沖に開陽丸を止め、太郎左衛門はブリッジに立って双眼鏡をのぞいた。

雪は昨夜から降りつづき、北風が容赦なく吹きつけてくる。

耳も鼻も削り取られるような冷たさだった。

「試しに鷗島に一発撃ち込んでみたまえ。砲台があるのなら反撃してくるはずだ」

榎本も双眼鏡をのぞきながら、しきりに鼻水をすすり上げている。

寒さにやられて風邪をひいたらしい。

船尾にすえた三十ポンドカノン砲が、朝の静寂《しじま》を破って火を噴いたが、鷗島からは何の反応もなかった。

つづいてクルップ砲の仰角を最大に上げ、町から離れた山の中腹に撃ち込んでみた。白銀色の景色の中に花火のように火炎が上がったが、松前藩兵らしき者は姿を現わさない。

民家に残っていた者たちが五、六人、あわてて山の中に走り込んだだけだった。

「どうやら敵はいないらしい。偵察隊を上陸させてみよう」

榎本の命令でカッターが下ろされ、二十人ばかりが岸に乗りつけた。

十五分ほど待つと、海岸から信号が送られてきた。

敵の姿はなく、町の者たちもいないという。

「陸軍部隊はまだ到着していないようだな」

榎本が懐中時計を見た。十五日の午前八時を回ったところである。

「予定では、昨日のうちに着くはずだろう」

「慣れない土地でこの雪だ。思うように進めないのも致し方あるまい」

十一日に福山を出発した土方隊五百余名は、海岸ぞいの道を江差へと向かったが、小砂子《ちいさご》と石崎《いしざき》の間にある大滝山《おおたきやま》で松前藩兵に進軍をはばまれていた。

榎本が危惧していた通り、山には一・五メートルちかい雪が積もり、海からの風がつけるので、防寒の装備も夜営の仕度も充分ではない将兵は、凍死凍傷の危機にさらされているという。

　これを救援し、補給物資をとどけることが、開陽丸の江差回航の目的だった。

「沢君、今のうちに物資を荷揚げしておこう。船をなるべく岸まで寄せてくれ」

　海岸まで一キロの地点で錨《いかり》を下ろすと、榎本を先頭に百名ちかくが上陸した。このうち五十名に最新式のライフル銃を持たせ、土方隊を支援するために大滝山に急行させた。

　狙撃兵と砲兵の中から志願した者たちで、上原も加わっている。

　海軍初の実戦部隊だけに、太郎左衛門も上陸して見送った。

　残りを数隊に分けて町の中を巡察させ、決して住民に危害を加えないことを触れ回らせた。

　それを聞いて安心したのか、方々に隠れていた者たちが姿を現わした。

　彼らの話によれば、松前藩兵は昨日のうちにことごとく立ち去ったという。

　船会所や役所の倉庫を調べてみたが、荷物はすべて運び去られていた。

「こいつはいい。補給物資の保管場所として使わせてもらおうじゃないか」

　榎本は上機嫌で空の倉庫を見回した。

　北前船の積荷を貯えておく倉庫だけに、作りが頑丈で広さも充分だった。

　物資の荷揚げには、思った以上に時間がかかった。町の者たちを雇い入れ、十数艘《そう》の小舟で運び上げたが、何しろ五百人分の食糧や衣類、弾薬など膨大な量である。しかも海のうねりが強く、開陽丸から小舟に積みかえるのも容易なことではなかった。

夕方になってようやく荷揚げが終わった時には、北西の風が不気味な音を立てて吹きつけ、防波堤に打ち寄せる波が高々としぶきを上げるようになっていた。

江差は風の町である。冬場には日本海から北西の風がもろに吹きつける。外海なので波も荒い。

沖に停泊した開陽丸は、強くなった波と風にさらされ、心細げにマストを揺らしていた。

「榎本君、私はこれから艦に戻る」

太郎左衛門は六名の水兵にカッターを出すように命じた。

「しかし君、この波と風では無理だ」

「まだ大丈夫だ。開陽丸に万一のことがあったら、取り返しがつかないからね」

太郎左衛門が乗り込むと、六人の水兵がカッターを海に押し出し、沖に向かってこぎ始めた。全員腰に命綱を巻き、波にふり落とされないように金具でしっかりと止めている。

防波堤の外に出ると途端に大波が打ち寄せ、カッターの舳先《へさき》が高々と持ち上げられたが、六人はひるむことなく進んでいく。

一キロばかりの距離を三十分ちかくもかかって開陽丸にたどり着くと、トロスと縄《なわ》梯子《ばしご》が下ろしてあった。太郎左衛門の帰艦に気付いた乗員たちが、手回しよく手配したのだ。

六人には港に戻るように命じ、トロスを登ってデッキに下り立った。

副艦長の渡辺《わたなべ》清次郎以下数名の士官が出迎えた。

「状況はどうだ」

「異状ありません。しかし、これ以上波風が強くなると危険です」

渡辺が即座に答えた。

「よし、ただちに退避する。総員持ち場につけ」

太郎左衛門はブリッジに立って指揮をとった。

横なぐりの雪が顔をかすめてゆくが、切迫した事態に寒さを忘れていた。

「補助エンジン全開、錨を上げ、南々東に進路をとれ」

伝声管を通じて矢つぎ早に指示を出したが、思いもかけぬ不都合が起こった。

錨が海底の岩場にくい込んで巻き上げられなかったのである。

風に吹き流されようとする開陽丸を支えているうちに、岩とがっちりかみ合ったらしい。

ギアをバックシフトに入れて後ずさりし、方向を変えて引き上げようとするが、錨は根がかりした釣り針のように離れない。

「錨を放棄する。鎖《チェーン》をオフにせよ」

錨のチェーンはまだ国産では作れない貴重なものだが、それを捨ててでもこの場を逃れなければ危険だった。

不運はその決断を下した直後に襲ってきた。

チェーンをオフにした瞬間をねらいすましたように、北西からの突風が吹きつけたのだ。

風速五十メートルはあろうかという風に、錨の支えを失った開陽丸はなす術《すべ》もなく吹き流され、鷗島ちかくの岩礁に船首から乗り上げた。

断末魔の叫びのような金属音と激しい揺れが同時に起こり、真下から突き上げる衝撃に体が浮き上がった。

「総員、被害箇所の点検をせよ」

「機関部、損傷なし」

「砲床《ガンデッキ》、損傷なし」

「船側、船底、異状なし」

伝声管を通じて次々と報告がとどく。

乗員の誰もが初めて遭遇する危機に動揺し、声を上ずらせている。

太郎左衛門は腰にはいた備前兼光の鯉口を切り、親指を刃に押しつけた。

指先に走る痛みで、冷静さを取り戻すためである。

座礁した場合には、じっと動かずに有利な状況を待つのが最善の策である。

波風がおさまり潮が満ちてくれば、自然と離礁することもある。

だが刻々と風が強まっていく状況下では、時を待つ余裕はなかった。

じっとしていると船は少しずつ岸の方へ押しやられ、座礁はますますひどくなっていく。

「諸君、これより離礁をこころみる。手順は次の通りだ」

エンジンの出力を最大に上げ、ギアをバックシフトに入れる。同時に船首の大砲四門を撃つ。砲撃の反動を利用して船を後方に押し出すためだ。

「艦長、砲撃は実弾でありましょうか」

砲術士官がたずねた。

「実弾だ。右一、二番、左一、二番、撃ち方用意」

「右一番、よう候《そろ》」

「右二番、よう候」

右につづいて左からも用意完了の声が上がった。

った。


「射度ゼロ、砲首を前方最大角にとれ」

大砲を前に向けて水平に撃てば、最も有効に後方への反動が得られる。

幸い前方は海なので、民家に被害が及ぶおそれもなかった。

機関部からも用意完了の声が上がると、太郎左衛門は空を見上げて風の切れ間を待った。

すでにあたりは漆黒の闇に包まれている。

闇の中から風と波ばかりが休みなく襲いかかって開陽丸をおびやかす。

太郎左衛門は心の中で神仏にすがった。

(南無《なむ》八幡大菩薩《はちまんだいぼさつ》)

無駄とは知りつつ、そうせずにはいられなかった。

その祈りに応《こた》えるように、風が一瞬静まった。

「今だ。離礁」

声を限りに叫ぶと、四百馬力のエンジンが船を揺らしてうなりを上げ、四門のクルップ砲が轟音《ごうおん》を立てて火を噴いた。二十四キロもある砲撃弾が四発、闇を切り裂いて飛んでいく。

作戦は完璧《かんぺき》だった。タイミングにも寸分の狂いもなかった。

開陽丸は砲撃の反動で離礁し、五十メートルほどバックして見事に体勢を立て直し

正規の舵《かじ》を失った悲運が、またしても巨艦開陽に災いをもたらした。

再び吹き始めた突風と高波に抗して南々東に進路を取ろうとしたが、舵にかかる圧力を支えきれずに、五人の操舵手《そうだしゅ》が舵棒《かじぼう》を離したのだ。

離さなければ海に投げ出されるほどの強大な力が、一瞬の間に舵棒にかかったのである。

舵取《かじと》りを失った開陽丸はなす術もなく岸に向かって押し流され、土地の人々がエンカマと呼ぶ岩礁の裂け目に乗り上げた。

砲撃の反動を利用して何度か離礁をこころみたが、船底の半ばまで乗り上げているだけに、もはや逃れることはできなかった。

しかも船底に亀裂が走り、機関室まで浸水してエンジンが停止した。

このままでは亀裂はどんどん大きくなり、船が真っ二つに割れるおそれがある。

ここに至って、太郎左衛門も最後の決断を下さざるを得なかった。

時計の針は、十七日の午前七時二十三分を指していた。

「総員に告ぐ。ただちに退避せよ」

勇敢な水兵たちがカッターを下ろし、岸までこぎ寄せて船との間にロープを張った。

ロープを伝って百数十名の乗員たちが、次々と岸へ避難していく。

昨日上陸していた者たちも、仲間を救助しようとありったけの小舟をこぎ出している。

最後までデッキに残って乗員の脱出を見届けると、太郎左衛門は艦長室にもどった。軍帽もコートも雪と波しぶきでびしょ濡《ぬ》れである。帽子をぬぎ、コートをいつものように洋服かけに吊《つ》るすと、ポケットから真鍮《しんちゅう》の根付けを取り出した。

ついに捨てきれなかった思い出の品を、机の引き出しをあけて元のように仕舞い込んだ。

富子との思い出とも、留学中に英語を覚えるために愛読したシェイクスピアともお別れである。

ここがはるかな旅路の果てだ。ここが見果てぬ夢の目的地。そして無残に座礁した開陽丸が、旅路の終わりを示す港の標識なのである。

太郎左衛門は上着を脱ぎ捨て、一尺八寸の備前兼光を抜き放った。

開陽丸は城である。城が落ちる時には、城主たる者は運命をともにしなければならない。それが太郎左衛門が信じる武士としての責任の取り方だった。

艦長室の後方にはガラス窓がある。窓には高波が音を立てて打ち寄せ、真っ白な波しぶきを上げている。それでも十数枚のガラスをはめ込んだ窓はびくともしなかった。

左衛門はしばらくその様子を見つめてから、シャツのボタンをはずして腹をくつろげた。

備前兼光に懐紙を巻いて逆手に持った時、榎本武揚がドアを蹴破《けやぶ》って飛び込んできた。

「こんなこったろうと思ったよ」

榎本は仁王立ちになり、肩で荒い息をした。

全身ずぶ濡れで、ほつれた髪が顔にへばりついている。

「君の士魂には敬服するが、馬鹿な真似はやめたまえ」

「馬鹿は承知だ。だがこれが最後の幕臣としての身の処し方なのだ」

「まだすべてが終わったわけじゃない。蝦夷地の開拓は緒についたばかりだ。君が死んだら、部下たちの面倒は誰がみるのだ」

「私にはもはや彼らの指揮を取る資格はない。君にはすまないが気の済むようにさせてくれ」

「この国と旧幕臣のために戦うと誓い合ったじゃないか。最後まで生き抜いて約束を果たすのが、武士としての責任の取り方じゃないのか」

「私は開陽丸の艦長だ。この船を失って、おめおめと生きていたくはないのだよ」

「そうか。ならば死にたまえ。だが開陽丸を江差に向けよと命じたのは私だ。君が死ぬというのなら、その前にこの私を斬り殺してくれ」

榎本は両手を広げて詰め寄った。

「さあ斬れ。神道無念流練達の腕で、この首をすっぱりとやってくれ」

悔しさに顔をゆがめ、目を真っ赤にして涙を流している。

開陽丸を失った痛手は榎本も同じなのだ。

「すまぬ。私が間違っていた」

太郎左衛門は刀をおさめた。

この親友を嵐の中に残したまま、自分だけが楽になるわけにはいかなかった。

用意の小舟に乗り込み、極寒の海を渡って岸までたどり着くと、乗員たちが先を争って駆け寄ってきた。

「艦長」

「沢艦長」

口々に叫びながら、波打ち際まで走り入って小舟を押さえた。

そうして引き上げなければ、小舟が返す波にさらわれるからだ。

大きな倉庫の中には、火が赤々と燃えさかっている。乗員たちは凍えて体の自由がきかなくなった太郎左衛門を、両側から抱きかかえるようにして火の側に連れていった。

「諸君、私を忘れちゃ困るじゃないか」

榎本は冗談を飛ばしながら自力で歩いている。

ずぶ濡れの服をはぎ取られて裸になった背中に、暖かい毛布がふわりとかけられた。

ふり向くと富子と上原七郎が立っている。涼やかな笑顔をした土方歳三もいた。

「海軍部隊のおかげで、凍え死なずにたどり着くことができました。お互い無事で何よりです」

差し出された土方の手を、太郎左衛門はしっかりと握り返した。

開陽丸の江差回航は、決して無駄ではなかったのである。

「諸君、来れ友だちだ。我らが盟友を、陽気に送ろうではないか」

榎本の音頭で開陽丸進水祝歌の合唱がはじまった。

〽来れ友だち　はれやかに
今しも宴《えん》は開かれぬ
ヒップスの友が日本の
ためにつくりし美《うま》し船
〽来れ友だち　いざ歌へ
若き日本のそが為に
やよとこしへに記憶せん

かくも楽しき今日の日を
〽来れ友だち　もろ共に
力の限り朗《おほら》かに
盃乾《ほ》して祈らなむ
わが日本の友のため

ヒップス造船所での進水式の日に聞いた晴れやかな歌に送られながら、開陽丸は荒れ狂う海にゆっくりと姿を隠していった。

終章　よみがえる伝説

さわが久々に江差の港を訪ねたのは、昭和五十一（一九七六）年四月のことだった。山奥の開拓村は冬の間雪に閉ざされるので、出かけたくとも動くことができないのである。

しかも十数年ぶりに風邪をひき、隣に住む幼なじみのきぬさんに看病してもらいながら床に伏す日がつづいた。

病みついてみると、八十歳も間近の身ではさすがに心細い。

東京に出て行った息子は、意地を張らないで一緒に住もうと誘ってくれるが、さわにはこの村を離れるつもりはなかった。

たった五軒になったとはいえ、祖母の富子らがうっそうと茂るブナの原生林を切り倒し、凍《い》てつく大地に鍬《くゎ》を入れて切り開いた村である。

さわはここで生まれ、ここで育ち、婿をとって子供をなした。

はやり歌の文句ではないが、血と汗と涙のしみ込んだ愛着深い土地なのだ。

それに息子の暮らしも決して楽ではないのである。十年ほど前に三人目の孫が生まれた時に訪ねてみたが、マンションとかいう三部屋しかない所に家族五人で住んでいた。

今では三人の孫も大きくなって、とても自分が入り込む余地などあるまい。国家公務員になっているから生活の不安はないだろうが、近頃はオイルショックとやらで物価が高騰し、物入りも多いらしい。

たとえ一人ひっそりと息を引き取ることになろうと、生まれ育った土地に最後まで残ること。そして一日でも多く江差に通い、開陽丸の引き上げ作業を見届けること。それがさわの望みであり、生きる楽しみだった。

北国の春はいっせいにやってくる。

野山は花と新緑に満ち、桜が色鮮やかに咲きほこる。

海は暖かい水色に変わり、空気までがみずみずしい甘い匂いがする。

さわは何やら若やいだように心を弾ませながら、引き上げ作業場を訪ねた。

露天の作業場には赤黒くさびた大砲の弾が何十発も並べられ、高校生たちが泥まみれになって働いていた。

百年以上もの間海の底に沈んでいただけに、塩気を抜き取る処理をしなければ鉄もすぐに朽ち果ててしまう。

れるような気がする。

いつか開拓村に羆《ひぐま》が現われた時、竹竿《たけざお》一本持って立ちはだかり、山に追い返したことがある。そういう生き方をした祖母なのだ。

江差には三日いた。

民宿に素泊まりで泊めてもらい、食堂でニシンそばなどを食べながら作業場に通った。

沖の沈没地点にはクレーン船が出て、ワイヤーロープに荷がかけられるのを待っている。

開陽丸の遺物は泥に埋まっているので、慎重にかき分けてからでないと手がつけられないらしい。

春の海は眠気をさそうほどにのどかで、空は青く澄みわたっている。

季節が冬でなかったなら、開陽丸も無残に沈没することはなかったはずだ。

三日目の午後、作業場にちょっとした異変が起こった。脱塩作業をしていた高校生たちが輪になって何かをのぞき込み、しきりに首をかしげている。

そろそろ帰ろうと思っていたさわは、興味を引かれて生徒たちの肩越しにのぞき込んだ。

引き上げられたばかりの品々が、泥に汚れたまま地べたに並べられている。

壊れたピストルやさびて折れ曲がった刀、くしゃくしゃになった革靴、割れたガラス瓶などに混じって、真鍮製《しんちゅうせい》の鈴のようなものがあった。

長さ三センチ、幅二センチほどの小さなもので、丸い形をした胴体の上部に、紐《ひも》を通せるような金具が付いていた。

胴の部分には鍵穴《かぎあな》のような穴が開けられ、「ふぐ売りと吉原ハ　江戸の北ニ向く」という文字が刻まれている。

生徒たちは何だろうと首をかしげていたが、さわにはすぐに分かった。

富子が臨終の日に握りしめていたものと同じ形だったからだ。

富子の遺体を棺《ひつぎ》に納めようとした時、親指くらいの大きさの根付けがぽろりと手からこぼれ落ちたことを、さわは今でもはっきりと覚えている。

誰もその由来を知らなかったが、余程大切なものだろうと察して一緒に葬ることにした。

あの根付けと同じものが目の前にある。その不思議に、さわの胸はざわめいた。

「婆っちゃん。何だか分かるんかね」

顔見知りの女生徒がたずねた。

自分でも気付かないうちに、頰のしわを寄せてほくそえんでいたらしい。

「なあんも。婆なんかに分かるもんかね」

さわは首を振って人垣から離れた。
この心ときめく秘密を、自分の胸だけにおさめておきたかったのである。

（開陽丸進水祝歌は、宮永孝著『幕府オランダ留学生』から引用させていただきました）

主要参考文献

『開陽丸ノート・百十一話』　石橋藤雄著
『開陽丸ルネッサンス』　石橋藤雄著（共同文化社）
『開陽丸——海底遺跡の発掘調査報告Ⅰ』　江差町教育委員会編
『開陽丸——海底遺跡の発掘調査報告Ⅱ』　江差町教育委員会編
『幕府オランダ留学生』　宮永孝著（東京書籍）
『徳川艦隊北走記』　石井勉著（學藝書林）
『軍艦開陽丸物語』　脇哲著（新人物往来社）
『乱』　綱淵謙錠著（中央公論新社）

解説

植松三十里

開陽丸は江差沖で沈んで以来、明治大正昭和と時代を経る中で、何度も引き上げが試みられた。太平洋戦争中の金属不足の時期には、古鉄の転売を目当てに、大砲や砲弾を探したこともあった。ただ毎度、満足な結果には至らず、船は備品とともに北の海の底で眠り続けた。

地元の思いは、利益とは別のところにあった。幕府海軍最大の軍艦で、まして日本での就航後、わずか一年半で沈んだ船だ。まさに幕府崩壊の象徴であり、失われたものへの憐憫《れんびん》や憧憬《どうけい》が、人々を惹《ひ》きつけたのだ。

そんな思いが実を結び、本格的な引き上げが始まったのは、昭和五十年六月三日だった。船体そのものは木造だけに、海底で朽ち果てており、日本初の水中考古学の発掘として、作業は十数年もの長きに亘った。その結果、六門の大砲をはじめ、膨大な数の砲弾、ロープ、ガラス瓶、古文書、そして軍服のボタンや革靴に至るまで、幕末の息吹《いぶき》を伝える品々が、百年ぶりに日の目を見たのだ。

本書『幕末　開陽丸　徳川海軍最後の戦い』は、そんな一連の作業の中で、三十ポンドカノン砲が引き上げられた当日から始まる。序章は、さわという女性の視点で描かれており、彼女の回顧の中で、富子《とみこ》という祖母が登場する。これによって著者は、作中で女性が重要人物になることを示唆している。

歴史小説の多くは、主に男の世界を描いており、特に海軍は男性だけの社会だ。そこに途中から女性が登場すると、読者に唐突な印象や違和感を与えかねない。それを避けるために、こういった序章を設けたのは疑いない。もちろん開陽丸引き上げという大事業に対する著者の共感も、序章を設けた理由のひとつだろう。

第一章以降、富子は婚約者だった沢太郎左衛門《さわたろうざえもん》のために、身を挺《てい》して働く。ある時は薩長《さっちょう》側に近づき、ある時は銃を携えて転戦していく。沢は開陽丸の艦長という役目を果たしつつも、富子を探し求める。手が触れそうになりながらも、また遠のいてしまう男女の仲が、幕府崩壊の動乱に加味されているのだ。

作品は主に沢の視点で描かれているが、時に富子の視点に移る。これによって、沢の視点だけでは描ききれない敵方の状況なども、著者は思う存分に描いている。

また著者が主人公として、榎本武揚《えのもとたけあき》ではなく沢太郎左衛門を選んだのも、特筆すべきことだ。今日の函館《はこだて》の観光地には、榎本武揚ストラップやら、新選組の土方歳三《ひじかたとしぞう》チョコレートやらが、山のように売られている。このふたりこそが箱館戦争のスターキャラであり、残念ながら沢太郎左衛門は影もない。

だが沢なくして榎本は輝けなかったはずだ。支えた側の人物を主人公に据えたのは、安部龍太郎氏の心意気だろう。安部氏の人柄のよさや、影にいる人への温かい気づかいは、彼を知る誰もが揃《そろ》って口にするところだ。

また沢太郎左衛門という人物自体が歴史的に面白い。沢は後年、手記や聞き語りを残しており、現在では活字になって、『旧幕府』などの史料集に収められている。鳥羽伏見の戦いの後、徳川慶喜《よしのぶ》が開陽丸で江戸に逃げ帰った時のことも、そこで触れられている。

徳川慶喜は、上陸中だった榎本武揚に代えて、沢太郎左衛門を艦長に任命し、強引に出航させたという。まさに絶対的な権力を行使した奇策だが、任命された側としては、とてつもない驚きと戸惑いがあったことだろう。

沢以下、開陽丸の乗り手たちは、徳川慶喜の敵前逃亡を目の当たりにしたわけで、その憤りが艦隊脱走へと駆り立てたのだ。

ところで、幕末小説は陸上の物語が多い。幕末の志士たちが京都や江戸を駆けめぐり、刀の腕をふるい、命をかけて志を貫くという展開は、読者の共感を得やすい。

ただ幕末という時代は、実は陸上だけでは語りきれない。幕末の始まりがペリー来航であることが象徴的だが、海からの視点は欠かせない。生麦事件や兵庫開港などに際して、海外からの圧力がかかるたびに、国内では攘夷《じょうい》の声が高まった。そして外圧と内圧のはざまで、幕府は動きが取れなくなり、力を失っていったのだ。

中国が列国に侵されていき、東南アジア諸国が植民地になった結果を見れば、幕末の日本にも危機が迫っていたのは疑いない。外圧の矢面に立ったのは、まさに幕府海軍だ。ペリー来航の二年後に、幕府が長崎海軍伝習所を開き、わずかな年月で洋式海軍を充実させたことは、日本が独立を保てた大きな要因だ。

もっと注目されてしかるべきなのだが、幕末の海軍を描く作家は、そう多くはない。それは専門技術の知識が必要であり、それでいて技術の説明は、下手をすると読者を飽きさせてしまうからだ。その点、安部龍太郎氏は、むしろ技術的な説明で、読者の興味を引っ張る。

たとえば船の速度の計り方だが、一般の船の解説書では、結び目のあるロープを流して、一定時間に、いくつの結び目が流れていくかを数えたと説明する。ちなみに結び目そのものをノットといい、それが船の速さの単位になったのだ。

そういった説明文を読むと、なるほど、そういうものかと頭では理解できる。だが安部氏の描写では、結び目のあるロープが、見る見るうちに荒海に呑《の》み込まれていく様子が、ありありと脳裏に浮かぶのだ。

それは書き手が当時の技術や状況を、とことん理解していないと描けない。緻密《ちみつ》な調査のなせる技だ。読者としては解説書や歴史書ではなく、まさに小説を読む醍醐味《だいごみ》となる。

また当作品は、ストーリー展開もさることながら、嵐の海のシーンが秀逸だ。ただし荒れた海の取材は容易ではない。現在は高度な天候予測が可能となり、少しでも波が高くなると、船は海に出ない。つまり乗せてもらえる機会がないのだ。

遠洋航海向きの大型船なら、暴風圏内に突っ込むこともあるかもしれないが、取材で遠洋まで行くわけにもいかない。まして今の大型船は、さほど揺れがひどくない。『海神《わだつみ》』など、著者のほかの作品にも、臨場感ある嵐のシーンが出てくる。それも何らかの取材なしでは描けない迫力だ。安部氏は、堤防や海岸から荒れ狂う海を眺めたのか、それとも映像資料を利用したのか、さもなくば運よく嵐の際に、小船に乗り込めたのか。

いずれにしても、主人公の完全な追体験は不可能だ。小説家は、どこかで憶測を書くことになる。そうでなければ、そもそも人斬りのシーンなど描けない。憶測を迫真の場面として描くのが、筆力というものだ。

当作品の終章には、ふたたび、さわが登場する。本編中で富子は、沢太郎左衛門の前から姿を消したままだった。

下級幕臣やその家族が、幕府崩壊の動乱に翻弄《ほんろう》され、北海道の開拓に従事した例は、枚挙にいとまがない。明治維新以降の富子も、そんなひとりとして描かれている。

北の大地の開拓は、並大抵の厳しさではないものの、富子は力強く生き抜き、さわという孫娘に昔話をするまでに至った。文章として詳しく述べられてはいないが、幸薄かった富子が家庭を築いて、人並みの幸せを手に入れたことが、推し量られるエンディングだ。彼女に、そんな後半生を与えたのは、やはり著者の人柄であり、優しさなのだろう。

安部龍太郎という名前の中には、龍が潜んでいる。龍は水の神であり、時に天に昇って雲に乗る。もしかしたら、この龍は雲の上から海を見下ろして、嵐に翻弄される開陽丸を、取材してきたのではあるまいか。

そうとまで思わせる筆力で、これからも安部氏には、海や船に関わる歴史小説を、書き続けて頂きたいと願ってやまない。

本書は平成十四年十二月に講談社文庫より刊行された『開陽丸、北へ　徳川海軍の興亡』を改題したものです。

幕末《ばくまつ》　開陽丸《かいようまる》

徳川海軍最後《とくがわかいぐんさいご》の戦《たたか》い

安部龍太郎《あべりゅうたろう》

平成26年 12月25日　初版発行
令和6年 9月20日　6版発行

発行者●山下直久

発行●株式会社KADOKAWA
〒102-8177　東京都千代田区富士見2-13-3
電話　0570-002-301（ナビダイヤル）

角川文庫 18901

印刷所●株式会社KADOKAWA
製本所●株式会社KADOKAWA

表紙画●和田三造

●お問い合わせ
https://www.kadokawa.co.jp/（「お問い合わせ」へお進みください）
※内容によっては、お答えできない場合があります。
※サポートは日本国内のみとさせていただきます。
※Japanese text only

ISBN978-4-04-101781-4　C0193

◆◇◇

角川文庫発刊に際して

角川源義

第二次世界大戦の敗北は、軍事力の敗北であった以上に、私たちの若い文化力の敗退であった。私たちの文化が戦争に対して如何に無力であり、単なるあだ花に過ぎなかったかを、私たちは身を以て体験し痛感した。西洋近代文化の摂取にとって、明治以後八十年の歳月は決して短かすぎたとは言えない。にもかかわらず、近代文化の伝統を確立し、自由な批判と柔軟な良識に富む文化層として自らを形成することに私たちは失敗して来た。そしてこれは、各層への文化の普及滲透を任務とする出版人の責任でもあった。

一九四五年以来、私たちは再び振出しに戻り、第一歩から踏み出すことを余儀なくされた。これは大きな不幸ではあるが、反面、これまでの混沌・未熟・歪曲の中にあった我が国の文化に秩序と確たる基礎を齎らすためには絶好の機会でもある。角川書店は、このような祖国の文化的危機にあたり、微力をも顧みず再建の礎石たるべき抱負と決意とをもって出発したが、ここに創立以来の念願を果すべく角川文庫を発刊する。これまで刊行されたあらゆる全集叢書文庫類の長所と短所とを検討し、古今東西の不朽の典籍を、良心的編集のもとに、廉価に、そして書架にふさわしい美本として、多くのひとびとに提供しようとする。しかし私たちは徒らに百科全書的な知識のジレッタントを作ることを目的とせず、あくまで祖国の文化に秩序と再建への道を示し、この文庫を角川書店の栄ある事業として、今後永久に継続発展せしめ、学芸と教養との殿堂として大成せんことを期したい。多くの読書子の愛情ある忠言と支持とによって、この希望と抱負とを完遂せしめられんことを願う。

一九四九年五月三日

角川文庫ベストセラー

戦国秘譚
神々に告ぐ　(上)(下)　安部龍太郎

戦国の世、将軍・足利義輝を助け秩序回復に奔走する関白・近衛前嗣は、上杉・織田の力を借りようとする。その前に、復讐に燃える松永久秀が立ちふさがる。彼の狙いは？　そして恐るべき朝廷の秘密とは――。

彷徨える帝　(上)(下)　安部龍太郎

室町幕府が開かれて百年。二つに分かれていた朝廷も一つに戻り、旧南朝方は逼塞を余儀なくされていた。幕府を崩壊させる秘密が込められた能面をめぐり、旧南朝方、将軍義教、赤松氏の決死の争奪戦が始まる！

浄土の帝　安部龍太郎

末法の世、平安末期。貴族たちの抗争は皇位継承をめぐる骨肉の争いと結びつき、鳥羽院崩御を機に戦乱の炎が都を包む。朝廷が権力を失っていく中、自らの存在意義を問い理想を追い求めた後白河帝の半生を描く。

天下布武　(上)(下)
夢どの与一郎　安部龍太郎

信長軍団の若武者・長岡与一郎は、万見仙千代、荒木新八郎ら仲間に支えられ明智光秀の娘・玉を娶る。大航海時代、イエズス会は信長に何を迫ったのか？　信長の夢に隠された真実を新視点で描く衝撃の歴史長編。

密室大坂城　安部龍太郎

大坂の陣。二十万の徳川軍に包囲された大坂城を守るのは秀吉の一粒種の秀頼。そこに母・淀殿がかつて犯した不貞を記した証拠が投げ込まれた。陥落寸前の城を舞台に母と子の過酷な運命を描く。傑作歴史小説！

角川文庫ベストセラー

私という運命について　白石一文

大手メーカーに勤務する亜紀が、かつて恋人からのプロポーズを断った際、相手の母親から貰った一通の手紙。女性にとって、恋愛、結婚、出産、そして死とは……運命の不可思議を鮮やかに映し出す感動長篇。

不夜城　馳　星周

アジア屈指の歓楽街・新宿歌舞伎町の中国人黒社会を器用に生き抜く劉健一。だが、上海マフィアのボスの片腕を殺し逃亡していたかつての相棒・呉富春が町に戻り、事態は変わった――。衝撃のデビュー作!!

夜光虫　馳　星周

プロ野球界のヒーロー加倉昭彦は栄光に彩られた人生を送るはずだった。しかし、肩の故障が彼を襲う。引退、事業の失敗、莫大な借金……諦めきれない加倉は台湾に渡り、八百長野球に手を染めた。

古惑仔　馳　星周

5年前、中国から同じ船でやってきた阿扁たち15人。だが、毎年仲間は減り続け、残るは9人……。歌舞伎町の暗黒の淵で藻掻く若者たちの苛烈な生きざまを描く傑作ノワール、全6編。

弥勒世(上)(下)　馳　星周

沖縄返還直前、タカ派御用達の英字新聞記者・伊波尚友は、CIAと見られる二人の米国人から反戦運動家たちへのスパイ活動を迫られる。グリーンカードの発給を条件に承諾した彼は、地元ゴザへと戻るが――。